FRÉDÉRIC LENORMAND

DIE VENEZIANISCHE AGENTIN

DIE GEHEIMNISSE
DER SERENISSIMA

FRÉDÉRIC LENORMAND

DIE VENEZIANISCHE AGENTIN

Aus dem Französischen übersetzt
von Christiane Landgrebe

Roman

THIELE VERLAG

Vorwort

Man braucht den ersten Band nicht gelesen zu haben, um diese neue Abenteuergeschichte zu verstehen. Es genügt, wenn der Leser weiß, dass Leonora Pucci bis zu ihrem achtzehnten Geburtstag bei den Ursulinen in Vicenza erzogen wurde, bei denen ihre Mutter, eine berühmte Kurtisane aus Venedig, sie untergebracht hatte. Ihr Vater, der reiche Patrizier Cesare dalla Frascada, hat sie dort herausgeholt und in seinen Palazzo am Canal Grande aufgenommen. Mit Hilfe von Flaminio dell'Oio, einem venezianischen Höfling, einer Art Mann für alles, hat sie ihren Vater aus den Bleikammern befreit, dem Gefängnis des Dogenpalasts, und den kriminellen Machenschaften eines vom rechten Weg abgekommenen, venezianischen Adeligen, des finsteren Lazaro Corner, den Garaus gemacht.

1

An jenem Sonntagmorgen Ende Juni 1762 drängten sich eintausendfünfhundert Patrizier von Venedig in dem riesigen Saal des Dogenpalasts, in dem die wöchentliche Sitzung des Großen Rates stattfand. Eine wimmelnde Menge schwarzer Togen, Gürtel mit Silberschnallen, Perücken unter der *beretta*, einer einfachen Wollhaube. Von Zeit zu Zeit zogen die Wahlmänner, denen dieses Recht vererbt worden war, aus ihren Ärmeln Fächer und Süßigkeiten, die ihnen die Teilnahme an den Sitzungen erleichterte. Die Weite dieser Ärmel wuchs mit der Bedeutung derer, welche die Gewänder trugen.

Die höchsten Magistrate in blauer oder violetter Toga saßen im Holzgestühl längs der Wand. Auf der Tribüne, unter der Darstellung des Paradieses von Tintoretto, saßen die Mitglieder des Rates der Zehn in schwarzen oder scharlachroten Roben. In ihrer Mitte der neue Doge, Marco Foscarini, ganz in schimmerndes Gold gekleidet. Der Fürst der Serenissima thronte auf einem leicht erhöhten Sessel, Zeichen für seinen Rang, nicht für seine Herrschaft, denn die Macht in Venedig war geteilt.

Nachdem verschiedene Dekrete verlesen worden waren, alle auf Venezianisch verfasst, um nicht die Adeligen auszuschließen, die kein Latein konnten, wurden drei Gesandte ernannt, außerdem ein neuer *capitan da mar* als Befehlshaber der Kriegsflotte, einige Gouverneure auf dem Festland und acht Kommandanten von Galeeren und Segelschiffen.

Cesare dalla Frascada saß in einem der für die Berater des Dogen reservierten Sessel und schlummerte. Dies alles interessierte ihn nicht. Es war jetzt schon das vierte Mal, dass er auf dem seit Langem begehrten Platz an einer Sitzung teilnahm. Seine Aufregung hatte sich jedoch bereits am ersten Tag gelegt. Er hatte dieses wichtige Amt nicht übernommen, um mit abwesendem Blick ermüdende Wahlverfahren zu überwachen, und wusste genau, dass die entscheidenden Dinge auf den Fluren und in den Komitees verhandelt wurden. Diese tagten an den Wochentagen hinter verschlossenen Türen, lange bevor der Menge der Patrizier die Tore geöffnet wurden, um ihr einziges Privileg auszuüben: die Besetzung von zweihundertfünfzig öffentlichen Ämtern mit Leuten aus ihrer Mitte, die die *Serenissima Repubblica* den Adeligen vorbehielt. Beinahe bedauerte Ser Cesare, nicht mehr sein früheres Amt innezuhaben – die Wartung der Kanäle.

Am anderen Ende des Saales erhob sich plötzlich ein Murmeln, Rufe wurden laut. Zahlreiche Wahlmänner sprangen auf, wiesen mit dem Finger aufeinander, gestikulierten wild. Dann strömten viele Männer auf den Ausgang zu.

Saverio Barbaran, der Rote Inquisitor, dessen beide Kollegen schwarz gekleidet waren, hob den Blick von der Akte auf seinen Knien.

»Was ist los? Was bedeutet diese Aufregung?«

Der Verwaltungssekretär Ottoboni, einer seiner Mitarbeiter, eilte herbei, um ihn über das Geschehene zu unterrichten, während die anderen Räte sich zu ihm beugten, um zu lauschen.

»*Nobiluomo* Zan Pelizzioli wurde tot auf seiner Bank aufgefunden, Exzellenz!«

Der Rote Inquisitor wunderte sich schon seit Langem über die Neigung seiner Standesgenossen, sich über unwichtige Dinge aufzuregen, während er sich um die eigentlichen Probleme der Republik kümmerte.

»Na und?«, brummte er und las weiter in den Dekreten. »Warum bilden die Leute sich nur ein, wenn man zum Adel gehört, könne man ewig leben? Sind sie enttäuscht?«

Der Sekretär warf einen Blick auf die Räte, die irritiert dasaßen, und sagte leise, der Verstorbene habe einen Dolch im Rücken.

Saverio Barbaran sprang so heftig auf, dass sich die Aktenblätter auf der Tribüne verstreuten.

»So eine Ehrverletzung! Ein Mord! In diesem Saal! In dieser Versammlung! Vor den Augen des Serenissimus! Ich werde das nicht dulden!«

Er sah aus, als wolle er den gesamten Adel Venedigs einsperren. Doch er begnügte sich zunächst damit, die Schließung der Türen zu veranlassen.

»Ruft die *arsenalotti*! Sie sollen auf alle, die versuchen zu entkommen, mit der Muskete schießen.«

Die Arbeiter des Arsenals, die die sonntäglichen Sitzungen bewachten, hätten eine solche Gelegenheit, die parasitären reichen Erben zu peinigen, nur zu gern genutzt. Der Rote Inquisitor schien bereit, die Elite der Lagune umzubringen, um die Ordnung wiederherzustellen und den Leuten Respekt vor dem Staat einzuflößen. Die schwarzen Roben eilten eiliger denn je zum Ausgang. Wie eine Schar von Raben im Gewitterwind. Bleich und starr hob der Doge Foscarini die Hand zu einer Geste, die bedeutete: Beruhigt euch, oder ich lasse Barbaran auf euch los!

Als die Türen sich wieder zu schließen begannen, unter dem Druck der kräftigen Kerle, die im Vestibül postiert waren, stießen die Patrizier gegen die Türflügel und stürzten. Sie liefen dabei Gefahr, dem unglücklichen Pelizzioli ins Paradies zu folgen. Hier war für den Adel Venedigs vermutlich ein Platz reserviert, auf dem Canal Grande der Milchstraße, wo weiß geflügelte Engel mit weißem Ruder die himmlischen Gondeln lenken. Bevor alle Tore verschlossen waren, machten sich die *arsenalotti* einen Spaß daraus, alle, denen es gelungen war, zu entkommen, und die man in den Fluren des Palastes aufgegriffen hatte, wieder in den Saal zu treiben. Dalla Frascada wandte sich seinem Privatsekretär zu, dem Patrizier Tommaso Zen, und riet ihm, durch die kleine Tür zu verschwinden.

»Unser Roter Inquisitor ist gefährlicher als der Mörder. Der hat wenigstens nur einen von uns umgebracht!«

Als sich die Unruhe ein wenig gelegt hatte und man diejenigen, die von ihresgleichen niedergetrampelt worden waren, wieder aufgerichtet hatte, stellten die Wahlmänner fest, dass sie in diesem düsteren Saal eingesperrt waren. Zusammen mit einem auf dem mit Marmorsplittern gepflasterten Boden liegenden Toten. Saverio Barbaran erklärte dem Dogen, man müsse mit allen Mitteln verhindern, dass die Neuigkeit nach außen dringe. Den Adeligen gegenüber wiederholte er seine Argumente in weniger gesetzten Worten und ging sogar so weit, auch den Ärmsten von ihnen mit harten Strafen zu drohen, wenn sie nicht ihre Zunge im Zaum hielten.

Dieser Mord sei eine schwere Beleidigung der Republik, und deshalb sei es besser, so zu tun, als hätte es ihn gar nicht gegeben. All dies müsse gewissermaßen in der Familie bleiben. Diese Entscheidung bedeute allerdings nicht, dass der Schuldige nicht vom Inquisitor Venedigs verfolgt würde, dessen Aufgabe es ja gerade sei, die Verbrechen gegen die Institutionen zu verhindern und die Moral der Republik aufrechtzuerhalten.

Nachdem alle begriffen hatten, was ihnen zustoßen würde, wenn sie die Sache durch ihr Geschwätz verraten würden – die Inquisitoren hatten seit der Gründung ihrer Instanz vor drei Jahrhunderten jedes Jahr aufs Neue bewiesen, dass sie jeglichen Angriff auf ihre Autorität aufzuklären und zu verfolgen verstanden –, durften die Adeligen sich zurückziehen, was sie schweigend taten, in der Gemütsverfassung einer Schar Kinder, die gerade von einem strengen Lehrer ausgeschimpft worden ist.

Der Rat der Zehn zog sich in das Kabinett zurück, das »Heiligtum« genannt wurde und eine Etage unter dem Saal gelegen war. Schon am Eingang wurden die Berater mit einem makabren Schauspiel konfrontiert. Die Verwaltungsangestellten hatten das Opfer auf einen Tisch in der Mitte des Raumes gelegt. Der Doge sah sich hilfesuchend nach dalla Frascada um. Er fühlte sich krank. Marco Foscarinis schwächlicher Gesundheitszustand war schon bei seiner Wahl im vergangenen Monat aufgefallen. Man konnte Zweifel haben, ob seine schmalen Schultern stark genug waren, die schwere Aufgabe zu meistern. Man musste sich deshalb entschließen, ihn in seine Gemächer zu führen.

Saverio Barbaran setzte sich in den Sessel, der seit jeher dem Roten Inquisitor zugedacht war.

»Jetzt, wo wir unter seriösen Leuten sind, können wir entscheiden, welche Maßnahmen wir ergreifen werden.«

Er betrachtete die Leiche, die vor ihm lag, mit dem Ausdruck eines durch ein unbekanntes Gericht verstörten Tischgenossen.

»Wer ist das da?«, fragte er und wies mit dem Zeigefinger auf den etwa fünfzigjährigen Eindringling, der ungebührlich den Ehrenplatz in ihrem kleinen, der Elite vorbehaltenen Halbkreis eingenommen hatte.

Es stellte sich heraus, dass Zan Pelizzioli zu den mittellosen Adeligen gehörte, denen die Republik in der Gemeinde San Barnaba eine bescheidene Unterkunft bezahlte.

»Deswegen kannte ich ihn nicht«, sagte der Inquisitor.

Messer Grande, der Polizeichef, hatte in aller Eile einen Arzt kommen lassen, um den Toten zu untersuchen. Nathanael de Pomis, ein fülliger Mann mit dem prächtigen Backenbart eines biblischen Patriarchen, verneigte sich tief vor den Zehn, bevor er sich über den Adeligen mit der durchbohrten Brust, der auf dem Tisch lag, beugte.

»Ein Jude?«, fragte der Schwarze Inquisitor Tiepolo erstaunt. »Sollen wir nicht lieber einen Arzt rufen, der unserer Religion angehört, wenn er schon nicht Teil unserer Kaste ist?«

»Auf gar keinen Fall!«, rief Saverio Barbaran.

Bei einem Juden glaubte er das Geheimnis gewahrt. Das Geschwätz würde nicht aus den Mauern des Ghettos nach außen dringen. Außerdem waren diese Levantiner exzellente Kenner des menschlichen Körpers. Das hatten sie bei den Arabern gelernt.

»In Krisenzeiten muss man die wirksamste Lösung wählen«, schloss er.

»Ihre Hellsicht erleuchtet unsere edle Versammlung, wie immer«, antwortete Tiepolo.

Leise sagte er zu seinem Nachbarn, dem Schwarzen Inquisitor Pisani:

»Eines Tages wird er so sehr auf Effizienz aus sein, dass er die Wahl eines Juden zum Dogen empfiehlt.«

Saverio Barbaran hielt es für angebracht, ihm den Grund seiner Beunruhigung zu nennen.

»Pelizzioli wird uns zwar nicht fehlen, aber wir können nicht dulden, dass Adelige vor unseren Augen umgebracht werden.«

Das Ärgerlichste war, dass der Patrizier von einem Mann seines Rangs umgebracht worden sein musste. Nur mühsam räumte der Rote Inquisitor gegenüber den Räten ein, dass sie es hier mit einem Verbrechen gegen den Staat zu tun hatten, begangen von einem Adeligen.

Deshalb sei die Inquisition in zweifacher Hinsicht für die Sache zuständig. Er selbst übernehme die Verantwortung für die Ermittlungen.

Nach einer kurzen Beratung einigten sich die drei Inquisitoren auf einen Namen, Barbaran präsentierte ihre Überlegungen:

»Angesichts eines so schwierigen Problems sagen wir uns: Wir brauchen jemanden vom Rang dalla Frascadas!«

Für Ser Cesare war dies, als erwachten die geflügelten Figuren des Deckenfreskos zum Leben und riefen ihn auf den Berg Olymp, zum Schall von Pauken und Trompeten. Endlich war die Stunde seines Ruhms gekommen. Er erhob sich von seinem hölzernen Stuhl und verbeugte sich in freudiger Erregung vor den Herren des obersten Gerichts, um ihnen seinen unendlichen Dank zu erweisen.

»Ich werde mich Eures Vertrauens würdig erweisen«, sagte er mit bemüht fester und entschlossener Stimme.

»Ich zweifle nicht daran, Ser Cesare. Geht zu Eurer Tochter und erklärt ihr, worum es sich handelt.«

Der Schall der Trompeten wurde zu einem schrillen Pfeifen in den Ohren des Rats des Dogen.

»Meine Tochter? Welche Tochter?«, stammelte er.

»Ihre Tochter, die Einzige, die Ihr habt.«

»Meine Tochter ist bei den Ursulinen in Vicenza, Exzellenz.«

»Dann befehlt ihr, die Paternoster und Ave Maria eine Weile zu unterbrechen, hierherzukommen und unseren dreisten Mörder zu entlarven. In aller Diskretion natürlich. Wir zählen auf Euch.«

Dalla Frascada fragte sich, ob sie damit die Benachrichtigung seiner Tochter oder seine Diskretion meinten. Die Lösung des Rätsels trauten sie ihm offenbar nicht zu.

»Sie will Nonne werden«, murmelte er, die Brauen gerunzelt.

»Sie kann dann Nonne werden, wenn die Republik sie nicht mehr braucht«, entgegnete Barbaran in einem Ton, der keinen Widerspruch duldete.

Der Inquisitor schloss die Sitzung und bat den Arzt, ihm nach der Autopsie die Ergebnisse mitzuteilen.

Dalla Frascada verließ das Heiligtum gemeinsam mit den Kollegen aus dem Rat der Zehn. Die meisten gingen zu den Arkaden der Piazetta, wo die Patrizier ihre zeremoniellen Gewänder ablegten. Die einzige Hoffnung, die Ser Cesare hatte, war, dass ihre Missstimmung sie so weit trieb, gegen die Befehle des Roten Inquisitors zu protestieren.

»Um einen Übeltäter zu bekämpfen, hat er ein kleines Mädchen ausgesucht!«, sagte einer von ihnen.

»In dem Saal waren tausendfünfhundert Männer im reifen Alter, und keiner hat das Verbrechen verhindert«, sagte ein anderer. »Was soll ein kleines Mädchen da ausrichten?«

Ser Cesare begriff, dass er ihr Bedürfnis nach Ruhe unterschätzt hatte. Sie ließen jeden, der in der Lage war, Verantwortung für riskante Entscheidungen zu übernehmen, gewähren. Faulheit, Feigheit und Unentschlossenheit waren die besten Verbündeten ehrgeiziger Leute.

»Wie ist er nur auf den irren Gedanken gekommen, ein unbekanntes Gör, das nicht mal hier aufgewachsen ist, für diese Aufgabe auszuwählen?«, sagte er empört.

Es war gar nicht so schwierig, den Mäandern der Gedanken des Inquisitors zu folgen. Der Inquisitor Pisani übernahm die Aufgabe, sie dem unglücklichen Mitglied des Rates, aus Enttäuschung und Demütigung in trüber Stimmung, zu erläutern.

»Mein lieber Cousin, wir wissen, dass Ihr ihr viel verdankt. Wir schuldeten ihr gern ebenso viel Dank.«

»Aber, mein lieber Cousin, in Venedig wimmelt es von tüchtigen Polizisten, die unsere Stadt in- und auswendig kennen!«

»Genau. Sie kennen sie einfach zu gut, und wir brauchen eine unbekannte Person, die durchschaubar und von unverbrüchlicher Treue ist und zu keiner Partei gehört.«

Und die wir ohne das geringste Aufsehen wieder loswerden können, fuhr dalla Frascada im Geiste fort. Er hatte begriffen, warum seine Tochter für diese skrupellosen Hierarchen so interessant war. Nicht nur, dass sie bereits ihre Fähigkeiten unter Beweis gestellt hatte, man konnte sie bei der kleinsten Schwierigkeit sofort wegschicken, damit ein unliebsames Geheimnis nicht ans Licht kam oder ein Skandal im Keim erstickt wurde. Er bekam Angst um sie.

»Lasst meine Tochter im Frieden ihres Klosters, Ihr könnt mir vertrauen.«

»Dalla Frascada«, sagte seine Exzellenz Pisani, während er seine schwarze Toga faltete, «wenn es um die

Wartung unserer Wasserstraßen ginge, würde ich mich auf Euch verlassen. Aber hier geht es um ein Problem von ganz anderen Dimensionen.«

Ser Cesare wurde röter als sein Gewand.

»Was für einen Ton erlaubt Ihr Euch? Ich habe immerhin eines der höchsten Staatsämter inne!«

»Es kommt nicht darauf an, wie wichtig ein Amt ist, sondern darauf, wie man es wahrnimmt. Bewährt Euch im Großen Rat, und wir werden sehen. Bis dahin verlasse ich mich lieber auf ein achtzehnjähriges Mädchen, das seine Nützlichkeit bereits unter Beweis gestellt hat.«

Jetzt musste Leonora nur noch aus Vicenza geholt werden. Ser Cesare erinnerte seinen Kollegen daran, dass die jungen Mädchen von 1762 nicht mehr so seien wie in früheren Zeiten. Sie hätten ihren eigenen Kopf, und manchmal passiere es sogar, dass sie sich gegen arrangierte Eheschließungen wehrten und sich weigerten, ins Kloster zu gehen.

Vor allem solche, die einen Waschlappen zum Vater haben, dachte sein Gesprächspartner.

Glücklicherweise gab es kein väterliches Geheiß, das der Hohe Rat ernst nehmen musste wie ein himmlisches Gebot.

2

Seit ihrer Rückkehr zu den Ursulinen von Vicenza galt Leonora nicht mehr als Schülerin und brauchte nicht an dem Stickunterricht teilzunehmen, der sie tödlich langweilte. Es wurden auch keine frommen und erbaulichen Geschichten mehr vorgelesen. Sie waren durch Berichte über die Erlebnisse des jungen Mädchens in der Stadt Venedig ersetzt worden. Diese Abenteuer waren für die stickenden Mädchen eine angenehme Abwechslung zum Neuen Testament, und die schändlichen Geschichten aus Venedig konnten mit denen aus dem Alten Testament durchaus mithalten. Leonora sagte den Ordensschwestern zwar, sie wolle sich dem Orden anschließen. Doch ohne es sich einzugestehen, hoffte sie, dass der *nobiluomo* Ser dalla Frascada sie bald wieder nach Venedig rufen ließ. Sie wollte aber dazu aufgefordert werden, denn sie konnte nicht zu diesen Leuten zurückkehren, ohne ganz sicher zu sein, dass sie sie immer noch haben wollten oder, besser gesagt, dass sie ohne sie nicht auskamen.

Die Äbtissin, Mutter Silvana, war wenig überzeugt von der Gläubigkeit ihrer Schülerin und nutzte ihr Talent, um mit den zahllosen kleinen Scherereien fertigzuwerden, mit denen eine Ehrwürdige Mutter zu tun hatte.

Heute mussten sie sich wegen einer ärgerlichen Angelegenheit zum Sitz der Stadtregierung begeben. Der Stadtrat von Vicenza, eine Versammlung von Ratsmitgliedern, die ihr Geld zusammenhielten, hatte es gewagt, die tausend Zechinen, die seit jeher für die Erziehung der Waisen zur Verfügung gestellt wurden, zu streichen. Die Äbtissin, die keine großen diplomatischen Fähigkeiten besaß, hatte keine guten Beziehungen zum Stadtoberhaupt, das sie als «einen unbedeutenden jungen Mann« bezeichnete, »der seinen Rang allein dem Zufall seiner Geburt verdankt«.

Es ist wirklich unangenehm, sich mit einem Fatzke auseinandersetzen zu müssen, der nicht mal fünfundzwanzig Jahre alt ist, weder etwas vom Leben noch von der Leitung eines Klosters versteht und auf einen herabsieht, weil seine Vorfahren im Goldenen Buch stehen.

Zaccaria Trevisan war in ihren Augen ein boshafter Flegel. Als die Bibliothekarin merkte, dass die Angelegenheit eine schlechte Wendung zu nehmen drohte, schlug sie Silvana vor, die Fähigkeiten der »kleinen Pucci« in Anspruch zu nehmen. Die Nonnen waren zu jedem Mittel bereit, um an ihr Ziel zu kommen, in dieser Hinsicht waren sie durchaus venezianisch. Da Pucci dic Fähigkcit besaß, die Geheimnisse anderer Leute ans Licht zu befördern, lag es nahe, sie für die Sache einzusetzen.

»Wir müssen alle Register ziehen!«, sagte die Bibliothekarin.

In solchen Augenblicken kam ihre Vergangenheit als Spielerin wieder zum Vorschein, ein in den Städten Venetiens weit verbreitetes Laster.

Die Sache war vor allem deshalb schwierig, weil der Podestà, der Chef der Verwaltung, alle drei Jahre neu gewählt wurde. Die Patrizier der Serenissima drängten sich nicht um glanzlose Posten ohne Zukunftsaussichten. Deshalb schickten sie die Sprösslinge der großen Familien, die noch am Anfang ihrer Laufbahn standen, in die Provinz, um dort Erfahrung zu sammeln. Diese jungen Männer waren nicht nur arrogant, sondern auch unerfahren, und das hasste die Mutter Äbtissin ganz besonders.

Zaccaria Trevisan empfing sie in der Ragione, der nach Plänen von Palladio erbauten, weltlichen Basilika im Stadtzentrum. Er freute sich nicht auf die Besucherinnen. Ihretwegen musste er das hässliche Patriziergewand, das nur kärglich mit Stickereien verziert war, und die altmodische hohe Perücke tragen, die die alten Magistraten ihren Nachfolgern aufzwangen, weil sie sie selbst auch hatten tragen müssen.

Als Mutter Silvana ihm ihren Schützling vorstellte, fragte er sich, ob sie wohl sein Amt für einen Ort halte, der für die Erziehung junger Mädchen zuständig sei. Glücklicherweise hielt sich die Äbtissin nicht lange mit Formalitäten auf und kam gleich auf den Zweck ihres Besuchs zu sprechen – die Bitte um Geld.

»Wie sollen wir die armen Waisenkinder ohne öffentliche Unterstützung erziehen?«

»Ich habe erfahren, dass Ihr schöne Stickereien anfertigt«, antwortete Ser Trevisan in scherzendem Ton und hob den goldbestickten Ärmel seiner Jacke in die Höhe, der aus der Toga ragte.

Mutter Silvana hätte ihn am liebsten erwürgt, dachte aber daran, dass sie sich geschworen hatte, Geduld zu üben und Sanftmut walten zu lassen.

Seine Exzellenz hatte andere Sorgen. Am Morgen war etwas geschehen, das ihm eine schlimmere Strafe einbringen konnte, als in dieser Stadt ohne Kanäle und Gondeln als Bürgermeister zu wirken. Er hatte eine Idee.

»Ehrwürdige Mutter, neulich wurde mir von dem erstaunlichen Scharfsinn unserer lieben Ursulinen berichtet. Offenbar ist Eure Ordensgemeinschaft so sehr vom Heiligen Geist durchdrungen, dass Ihr mit den schwierigsten Ereignissen fertigwerdet. Sollte dies wahr sein, schlage ich Euch vor, ein kleines Ärgernis aus der Welt zu schaffen, das meine Verwaltung beschäftigt. Wenn Euch das gelingt, würde ich in der Lage sein, das Herz unserer Schöffen zu erweichen. Sollte ich weniger erfolgreich sein als Ihr, verspreche ich, Euch die tausend Zechinen aus meiner Privatschatulle zu zahlen.«

»Euer Exzellenz meint das wohl nicht ernst«, sagte Mutter Silvana empört.

»Doch, ja. Ihr wollt Eure Zechinen, ich will meine Ruhe. Ein Vorteil gegen einen anderen, das kann nicht schaden.«

»Ich werde mich beim *Collegio* beschweren!«

Leonora legte der Äbtissin eine Hand auf den Arm. Ihre Blicke kreuzten sich.

»Wir nehmen das großzügige Angebot Eurer Exzellenz an«, erklärte die Äbtissin mit so ruhiger Stimme, dass Zaccaria Trevisan schon fast beunruhigt war.

Er bat seinen Sekretär, den frommen Frauen von dem unangenehmen Ereignis zu berichten, und kehrte zu seinen Geschäften zurück, in der Überzeugung, die beiden Quälgeister für eine ganze Weile los zu sein.

Der Sekretär führte die beiden Frauen in die Residenz des Repräsentanten von Venedig auf der anderen Seite des Platzes. Das »kleine Ärgernis«, das dem Podestà zu schaffen machte, war das Verschwinden eines Kundschafters in seiner Residenz. Der Mann war früh am Morgen mit einer wichtigen Nachricht erschienen, aber der Empfänger hatte sie nie erhalten. Der Brief und der Überbringer hatten sich in Luft aufgelöst, und niemand konnte sagen, wo sie waren.

»Das ist ein großes Missgeschick«, schloss der Sekretär. »Nicht, dass unser Herr jemals wichtige Post erhielte, aber die Signoria der Serenissima wird sich ärgern, wenn sie auf eine Antwort warten muss.«

Der Mann war bei Sonnenaufgang erschienen, um den Brief persönlich zu übergeben. Da aber Seine Exzellenz nicht daran dachte, so früh aufzustehen, hatte man den Boten hereingelassen, damit er sich ein wenig erholen konnte.

»Wenn ich richtig verstehe«, resümierte Leonora, »dann ist der Bote auf dem Weg zwischen dem Eingang und Eurem Büro verschwunden. Er hat wohl kaum gedacht, dass dies der schwierigste Teil seines Weges war.«

Sie versuchte, sich in den Boten hineinzuversetzen. Er war sehr früh gekommen, er war müde, war also nachts unterwegs gewesen. Nach einer so langen Strecke hatte er sich bestimmt ausruhen wollen.

Sie durchquerte das Erdgeschoss und betrat den Innenhof, in dem sich ein Brunnen befand. Der Mann hatte sich hier vermutlich gewaschen. In einer Ecke lag ein gefaltetes Stück Tuch. Es war eine Decke, wie sie Reiter verwenden, wenn sie eine Pause machen und sich vor Müdigkeit nicht im Sattel halten können. Aus einer offenen Tür drang Suppengeruch. Leonora ging dem Geruch nach, und gefolgt von den anderen, landete sie in der Küche.

Hier war nur ein Küchenjunge, der vor Sonnenaufgang die Öfen beheizte, um die Wächter mit einem *risi e bisi* zu erquicken, einer Reissuppe mit Erbsen, in dem trotz der Sparsamkeit der Verwaltung ein Pfund fettes Fleisch schwamm.

»Ihr habt doch sicher den Mann gesehen, der sich dort gewaschen hat«, sagte Pucci und zeigte auf die offene Tür.

Der Koch behauptete, keinen Unbekannten gesehen zu haben. Das war erstaunlich, denn sie hatte den Beweis, dass der Bote sich ganz in der Nähe im Hof aufgehalten hatte. Vermutlich hatte er sich entkleidet, um sich gründlich zu waschen. Außerdem war es seltsam, dass der Reisende nicht dem Geruch von Reis gefolgt war und sich eine Schale voll geholt hatte. Sie jedenfalls hätte an seiner Stelle nicht gezögert.

Der Koch machte einen nervösen Eindruck. Er hatte sein Gemüse fertig geschnitten, stand verlegen da und ließ die Arme hängen, anstatt zu kochen.

»Bitte, lasst Euch von uns nicht stören. Ich möchte nicht daran schuld sein, dass Seiner Exzellenz das Essen zu spät serviert wird.«

Der Koch schien in größter Verlegenheit. Das junge Mädchen sah sich um.

»Sie brauchen den richtigen Topf, oder? Wo stehen die Töpfe denn?«

Beunruhigt blickte der Koch auf einen Schrank. Leonora fasste an die beiden Griffe und riss die Türen auf.

In dem Schrank unter den Brettern mit den Kochtöpfen saß zusammengekauert ein Mann. Als sie ihn herausziehen wollten, brach er leblos auf dem schmutzigen Boden zusammen.

»Mörder!«, rief der Sekretär des Podestà.

Der Koch fiel auf den Fliesen auf die Knie und versuchte vergeblich, die weiß bestrumpften Waden des Mannes, der ihn beschuldigte, zu umfassen. Er stammelte und sagte, er habe niemanden töten wollen. Er habe dem Besucher eine Schale Reis gegeben, und dieser sei nach den ersten Löffeln zusammengebrochen. Von dem Gedanken besessen, sein Essen könne vergiftet sein, habe er alles weggeworfen, und jetzt sei er mit seiner Arbeit im Verzug.

Leonora durchsuchte die Jacke des Toten. Sie holte verschiedene klein gefaltete Papiere heraus und sah sie sich genau an. Die Äbtissin öffnete den Mund des Toten und zog seine Zunge heraus. Sie war schwarzblau.

»Er ist vergiftet worden«, stellte sie fest, bevor sie die Zunge wieder zurückschob.

Ihr Schützling schwor sich, sie eines Tages zu fragen, wieso sie sich so gut mit Gift auskannte.

»Unser Mann hatte Herzprobleme«, erklärte Leonora, »seit Jahren schon.«

Der Sekretär staunte, dass sie nach einer kurzen Betrachtung des Toten so viele Dinge herausfand.

»Es steht auf einem Rezept«, erklärte sie und zeigte ihm eines der Papiere, die sie gerade gelesen hatte.

»Er ist also an dieser Krankheit gestorben«, rief der Sekretär erleichtert aus. »Das erklärt alles!«

Der Koch dankte bereits der heiligen Rita, der Schutzpatronin für Verzweifelte aller Art, dass sie ihm aus der Patsche geholfen hatte. Leonora fuhr fort, ohne Rücksicht auf die Seelenruhe der beiden Männer:

»Gewiss, aus gesundheitlichen Gründen. Signor Marconi hatte ein Leiden, das nicht lebensgefährlich war, aber ausgerechnet hier in der Küche erwischte es ihn, als er gerade Seiner Exzellenz vertrauliche Schreiben überreichen wollte. Das liegt auf der Hand.«

Sie zog ein Fläschchen aus einer anderen Tasche, das mit einem Korken verschlossen war. Sie hielt es sich an die Nase, schnupperte daran und reichte es der Äbtissin, die offenbar einiges von Gift verstand.

»Zyankali«, sagte diese mit der Gewissheit eines Professors.

»Ich habe eine gute Nachricht für Euch«, sagte Leonora und sah die beiden tief erschrockenen Diener an. »Signor Marconi ist vergiftet worden, aber der Täter stammt nicht aus Vicenza. Er hat sich mit einem Medikament vergiftet, das ihm jemand bei seiner Abreise in Venedig mitgegeben hat. Er hat es erst hier eingenommen, als er sich endlich ausruhen konnte. Sonst hätte der Mörder dafür gesorgt, dass das Fläschchen verschwindet, um die Behörden zu täuschen. Ihr seid nicht verantwortlich für das, was geschehen ist.«

Plötzlich ging dem Sekretär ein furchtbarer Gedanke durch den Kopf:

»Wie wolltet Ihr den Kadaver loswerden? Wolltet Ihr ein Linsen-*musetto* daraus machen?«

Der Koch antwortete, er habe gehandelt, ohne nachzudenken, in Panik. Was Leonora irritierte, war das Mordmotiv. Deshalb wollte sie unbedingt wissen, was in dem Brief stand.

Nachdem der Koch den Wachen übergeben worden war, in Erwartung eines ungewissen Schicksals, begleitete der Sekretär die beiden Frauen in das Büro des Bürgermeisters. Dieser war höchst überrascht und ungehalten, erneut gestört zu werden.

»Habt Ihr meine Briefe gefunden?«

»Besser als das, exzellenter Herr, ich habe den Boten gefunden.«

Die Leiche folgte auf einer Bahre. Zaccaria Trevisan sah mit Schrecken, wie zwei Diener die Bahre mit einem bleichen Toten mit verzerrtem Gesicht und einer Tasche auf dem Bauch auf seinem Teppich abstellten. Er ließ die Tasche öffnen und warf rasch einen Blick auf einige der Schreiben.

»Alles hat ein gutes Ende. Diese Briefe sind nicht für mich!«

»Für wen waren sie dann bestimmt, Euer Exzellenz?«, fragte Leonora.

»Für Euch, meine Liebe.«

Er reichte ihr einen Brief, sichtlich erfreut, sowohl die Nachricht als auch die Empfängerin los zu sein.

Der Brief stammte vom Rat der Zehn. Auf der oberen Hälfte stand der offizielle Teil des Textes:

Der Hohe Rat fordert Euch auf, uns umgehend die Ursulinenschülerin Leonora Angela Immacolata Pucci dalla Frascada zu schicken.

Weiter unten, unterhalb des Siegels mit dem geflügelten Löwen, stand in derselben Handschrift:
Komm schnell wieder her, cara mia, *wir brauchen Dich,*
Dein Vater.

Die Tage im Leben eines Menschen, an denen man genau das erhält, was man sich seit Langem wünscht, sind selten. Es sind flüchtige Gelegenheiten, die man sich nicht entgehen lassen darf, vor allem, wenn man ein so schlaues junges Mädchen wie Leonora ist. Mutter Silvana begriff, dass die Zeit, in der sie und ihre Schwestern von Puccis Begabung profitieren konnten, bald vorüber war. Sie war schon in diesem Augenblick vorbei. In der Botschaft wurde angeordnet, dass Seine Exzellenz Trevisan ohne Verzug die Reise der besagten Person zu veranlassen habe. Es las sich fast wie die Aufforderung zu einer Entführung.

Der Bürgermeister versprach, beim Rat der Kommune seinen ganzen Einfluss geltend zu machen, zum einen, weil er seine Wette verloren hatte, zum andern, weil er sich wegen lächerlicher tausend Zechinen nicht mit einer Novizin streiten wollte, die von höchster Stelle Anweisungen erhielt. Bei der Art von Demokratie, die in den Städten Venetiens herrschte, war über die Erneuerung ihrer Einkünfte sozusagen schon im Vorhinein abgestimmt worden.

Sobald die Kutsche mit dem Wappen von Trevisan vor dem Eingang hielt, verbreitete sich das Gerücht, dass Leonora sie wieder verließ. Alle im Kloster kamen angelaufen, um zu erfahren, worum es ging.

»Unsere liebe Pucci wurde nach Venedig zurückgerufen«, bestätigte Mutter Silvana.

Auf den Gesichtern der Schülerinnen und der Nonnen war Enttäuschung zu lesen.

»Wir können nichts dafür«, fügte sie hinzu, »der Große Rat hat dies angeordnet.«

Jetzt wich die Erschütterung großer Begeisterung. Kein Zweifel, dass sie bei ihrer Rückkehr eine Fülle neuer Geschichten mitbringen würde.

»Ich habe, ehrlich gesagt, nie daran geglaubt, dass du das Gelübde ablegen würdest«, sagte die Äbtissin zu Pucci, »du bist viel zu umtriebig, um es im Kloster auszuhalten. Allerdings habe ich nicht damit gerechnet, dass sie dich so bald zurückholen würden. Ich verstehe nicht so recht, was die in Venedig an einem Mädchen finden, dessen vorrangige Qualitäten Ehrlichkeit und ein klarer Verstand sind.«

Leonora wagte nicht, zu antworten, dass es auf den Seltenheitswert dieser Eigenschaften ankam, in Venedig und anderswo.

»Wenn du nicht ins Kloster eintrittst, dann heirate wenigstens«, empfahl die Äbtissin ihr. »Für eine ehrenhafte Frau gibt es keine andere Lösung.«

Pucci versprach, sich mit der Frage zu beschäftigen, ob sie ein Gefängnis durch ein anderes ersetzen wollte.

Ihre Freundin Cornelia traf Pucci in der Halle, das Reisegepäck in der Hand. Die beiden Mädchen hatten einander versprochen, sich zu helfen, wenn eine von ihnen den Ort verließ. Cornelia strahlte. »Du bist ein Engel, dass du an unsere Abmachung gedacht hast!«

»Du täuschst dich«, entgegnete Leonora. »Du läufst Gefahr, an meiner Stelle zu sterben, wenn sie dich mit mir verwechseln. Schon dreimal haben sie dort versucht, mich zu töten.«

Das glückliche Lächeln auf dem Gesicht ihrer Freundin verschwand nach dieser ironischen Äußerung.

»Wenn du über Venedig redest, sind deine Scherze immer beißend.«

»Weil du die Stadt nicht kennst, Cornelia. Das war kein Witz.«

Die kleinen und großen Waisenmädchen, die die Schwestern versammelt hatten, sahen zu, wie die beiden in die prächtige Kutsche einstiegen, die mit tiefblauem Satin ausgeschlagen war, in der Farbe der Trevisan. Der Kutscher bewegte die Zügel und setzte die Pferde in Marsch. Sie würden die ganze Nacht hindurch fahren. So wäre die Signorina dalla Frascada schon am frühen Morgen in der Lage, zu erfahren, was die Serenissima von ihr wollte.

3

Es war noch dunkel, als der Wagen des Bürgermeisters die Mädchen am Kai von Fusina absetzte. Sie waren auf den gut gepolsterten Bänken in der Kutsche der Trevisan eingeschlafen, trotz der holperigen Strecken und der Aufregung dieser plötzlichen Abreise. Der Kutscher heuerte zwei Gondolieri an, die sie auf ihrem Boot bis zum Canale della Giudecca brachten. Nachdem sie im Schein einer Laterne die Lagune überquert hatten, sah Cornelia zum ersten Mal die Stadt im frühen Morgenlicht. Als die Reisenden die Zollspitze von Dorsoduro beim Gebäude der *Dogana del mar*, dem See-Zollamt, erreichten, wurde es hell. Es sah aus, als werde Venedig bei Sonnenaufgang aus dem Meer geboren. Im ersten Morgenlicht wurde der große rosafarbene Dogenpalast sichtbar, dazu die Säulen von San Giorgio Maggiore, der rote Ziegel der Glockentürme und die ocker- und cremefarbenen oder gelben Fassaden der Palazzi. Die Fortuna-Statue auf der vergoldeten Weltkugel oberhalb des Zollgebäudes leuchtete hell wie ein Stern.

»Du hast mich ins Paradies geführt!«, rief Cornelia begeistert.

»Genau. Solange man der Schlange nicht begegnet, fühlt man sich hier sehr wohl.«

Dann betraten sie die breiten Fliesen der Mole. Die Schülerin aus Vicenza war von allem hell begeistert.

»Und die beiden Säulen mit den Statuen!«

»Hier werden die Mörder hingerichtet«, erklärte Leonora, etwas beunruhigt von der Aussicht, den Venezianern wieder zu begegnen, und ganz besonders ihrer Familie.

»Ich habe noch nie einen so hohen Campanile gesehen«, sagte Cornelia, die, den Kopf in den Nacken gelegt, den Turm hinaufschaute.

»Dort oben werden Verurteilte in einem Käfig aufgehängt, bis sie erfrieren.«

»Du brauchst jetzt bestimmt etwas zu essen. Du siehst so aus, als hättest du in dieser Stadt etwas Wichtiges zu erledigen.«

Beides traf zu. Am Maurenturm schlug es sechs Uhr.

»Noch nie habe ich eine so schöne Uhr gesehen!«

»Das ist normal«, sagte Leonora. »Die Auftraggeber haben, als sie fertig war, den Uhrmachern die Augen ausgestochen, damit sie nicht noch weitere Uhren für andere Leute herstellen konnten.«

Leonoras Hunger wurde größer. Eine ganze Reihe Cafés befanden sich in den Arkaden, manche öffneten bereits. Sie wählten eines mit dem Namensschild *Venezia Trionfante*, aus dem der angenehme Duft von heißer Schokolade drang. Am Ende des Raums saß ein gut angezogener Mann mit sorgfältig gepudertem Haar und ließ seine Feder eilig über ein Blatt Papier gleiten. Hinter ihm war ein Stapel neuer Bücher zwischen verschiedenen leeren Kaffeetassen zu sehen. Leonora bemerkte die Tränensäcke unter seinen Augen und begriff, dass er in dieser Nacht nicht geschlafen hatte. Der Ober, der ihnen das Frühstück brachte, erzählte ihnen, es handele sich bei diesem Mann um Gasparo Gozzi, einen berühmten Schriftsteller, der mehrere Bücher und Theaterstücke geschrieben habe. Cornelia war ganz aufgeregt und konnte den Blick nicht von ihm abwenden. Noch nie hatte sie einen Schriftsteller gesehen.

»Bitte stört den Signor Conte nicht«, mahnte der Ober.

Gasparo Gozzi hatte sich hier niedergelassen, um seine neue Zeitung, den *Osservatore veneto*, auf den Weg zu bringen. Um Personalkosten zu sparen, war er der einzige Redakteur. In den Augen des Volkes war er seit Erscheinen seiner *Geschichte der Literatur Venedigs*, in der er die Sprache der Region pries, ein Heiliger. Seine Bemühungen waren umso lobenswerter, als es gar keine Literatur Venedigs gab. Es gab Malerei, es gab Musik, aber Literatur kaum. Die Phantasie macht glücklicherweise jegliches Wunder möglich. Selbst das, eine Abhandlung über etwas zu schreiben, was es nicht gibt.

Sobald Leonora ihren Kakao ausgetrunken und ihre *gubana* gegessen hatte, ein köstliches Hefegebäck mit in Rum eingelegten Rosinen aus Damaskus, sagte ihr der Ober, dass ein Abgesandter des Palasts vor der Tür warte.

»In einer Stunde vor dem Eingangstor«, rief Leonora Cornelia zu. »Dieser Palast ist kein Ort für junge Mädchen.«

Ihre Freundin fragte sich, was Leonora dann dort zu suchen habe. Sie bestellte noch mehr Kuchen und sah gebannt zu, wie vor ihren Augen Literatur entstand.

Der *fante* in einem Cape und einem schwarzen Hut führte die Frascadina in die zweite Etage des Regierungsgebäudes, wo der Rote Inquisitor auf sie wartete.

»Ich dachte, ich würde meinen Vater hier treffen«, sagte die junge Frau erstaunt.

Der Türhüter antwortete ihr, wichtige Verpflichtungen hinderten den Rat daran, zu so früher Stunde bei ihnen zu sein. Sie hatten ihn schlafen lassen.

Saverio Barbaran allerdings war hellwach, gewaschen und frisch rasiert. Er trug seine scharlachrote Toga, das Gesicht von den grauen Locken seiner Perücke eingerahmt. Während das junge Mädchen sich vor diesem mächtigen Mann der Republik Venedig verbeugte, betrachtete er sie mit gleichgültiger Miene, was ihm angesichts der Ereignisse am passendsten schien.

»Hat es Euch bei den Ursulinen von Vicenza gefallen?«, sagte er zur Begrüßung.

»Na ja«, antwortete Leonora, »wir haben sehr viel gestickt, viel gebetet, ein bisschen Gartenarbeit erledigt. Dann habe ich in der Küche des Bürgermeisters eine Leiche gefunden.«

»Das wird Euch nicht fremd vorgekommen sein«, antwortete der Inquisitor, ohne mit der Wimper zu zucken.

Sie folgte ihm in die kältesten Räume der zum Dogenpalast gehörenden Nebengebäude, in die *pozzi*, das Gefängnis auf der anderen Seite der Seufzerbrücke. Sie erschrak wie ein Tier, als sie die feuchte Luft der Flure durchschritten. An den Geräuschen, dem Schnarchen und den verschiedenen Gerüchen war zu erkennen, dass in den Zellen hier viele Unglückliche schmachteten.

Man hatte die Leiche in einen der düsteren Räume gelegt, und dort brannten drei Kerzen.

»Ich stelle Euch den Patrizier Zan Pelizzioli vor, er ist unser Problem«, erklärte Barbaran.

Der Tote lag auf dem Rücken.

»Dies hier ist seine bessere Seite«, erklärte der Rote Inquisitor und gab dem Gefängniswärter ein Zeichen.

Dieser drehte den leblosen Körper herum. Leonora verstand, was ihr Gastgeber gemeint hatte; ein Messergriff war zwischen den Schulterblättern zu sehen. Aus dem Arztbericht hatte sie nichts Aufschlussreiches erfahren. Und als die junge Frau sich die Kleider und die sichtbaren Teile der Leiche näher ansah, konnte sie ebenso wenig erkennen. Sie bat um Erlaubnis, die Leute zu befragen, die den Toten entdeckt hatten.

Saverio Barbaran stellte befriedigt fest, dass seine Überlegungen bisher einer stringenten Logik entsprachen. Er hatte ihre Wünsche vorausgesehen. Deshalb waren die Zeugen bereits in einen Warteraum des obersten Gerichts gebracht worden, sodass sie den Behörden nichts verbergen konnten. Als sie wieder den zivilisierten Teil des Gebäudes erreicht hatten, wurde Leonora einer kleinen Gruppe Patrizier mit struppigem Haar vorgestellt, die zwei Nächte auf Holzbänken verbracht hatten und erbärmlich aussahen.

Zu ihrem Erstaunen stellte sie fest, dass diese Männer dem Opfer nicht besonders nahestanden. Als Patriziertochter wusste sie, dass die Wahlmänner, die kein offizielles Amt innehatten, sich den Platz im Saal nach Belieben aussuchen konnten. Kleine Gespräche am Rande sorgten dafür, dass die endlos scheinenden Wahlprozeduren etwas kurzweiliger wurden. Zan Pelizzioli hatte sich an diesem Tag offenbar nicht an seinem üblichen Platz aufgehalten.

»Für wen hat er gestimmt?«, fragte sie.

Da die Leute in seiner Umgebung nicht mit ihm befreundet waren, hatten sie sich nicht um sein Verhalten gekümmert. Doch der Mann, der ihm gegenübersaß, meinte, beobachtet zu haben, dass er in einem bestimmten Augenblick dem *ballottino*, der mit seinen Wahlkästen durch die Reihen ging, keine weiße Kugel gegeben hatte. Er hatte deshalb geglaubt, der Kollege sei eingeschlafen. Dann aber war sein Körper zusammengesunken, und sie erschraken.

»Entschuldigung«, sagte ein anderer, »er hat mindestens ein Mal abgestimmt. Ich habe gesehen, wie er seine Kugel in den weißen Kasten tat, als der *capitan da mar* gewählt wurde. Ich fand es merkwürdig, dass er für jemanden stimmte, der vorgeschlagen hatte, die Unterhaltszahlungen an verarmte Adelige zu kürzen.«

Saverio Barbaran schloss daraus, dass Pelizzioli während der Wahl des *capitan* noch am Leben gewesen war.

Leonora bemerkte, dass die Zeugen unschlüssig waren. Manche sahen einen von ihnen peinlich berührt an.

»Euch ist hoffentlich klar, dass dieses Detail Euch alle des Mordes verdächtig macht«, sagte sie gleichgültig.

Der Mann, auf den die Blicke der anderen gerichtet waren, erhielt einen Rippenstoß und rief dann:

»Ja, ich gebe es zu! Besser wegen Betrugs als wegen Mordes verurteilt werden!«

Er hatte neben Pelizzioli gesessen. Weil er dachte, sein Nachbar schliefe, hatte er die Kugel an seiner Stelle in den Kasten geworfen und so bei einer Abstimmungsrunde zwei Stimmen abgeben können. Der Rote Inquisitor warf ihm für den Bruchteil einer Sekunde einen düsteren Blick zu, woraufhin die ganze Gruppe vor Angst zitterte.

»Das ändert alles«, sagte die Frascadina. »Man kann also annehmen, dass Zan Pelizzioli schon von Beginn der Sitzung an nicht mehr lebte. Also fällt der Verdacht auf andere Leute.«

Alle gingen nun zum Eingang des Ratssaals, wo Leonora den Ablauf des Mordes rekonstruierte. Die Wahlmänner drängten sich in der Halle, während sie darauf warteten, dass die Türen geöffnet wurden. In dieser Zeit standen sie dicht beieinander. Jemand konnte Pelizzioli den tödlichen Messerstich versetzt haben, während sie in den Saal gegangen waren. Zwei Mörder konnten ihn rechts und links gestützt und dann auf den nächstbesten freien Platz gesetzt haben.

Die linke Braue des Inquisitors bewegte sich leicht nach oben, ein Zeichen größter Zufriedenheit.

»Ihr habt schon drei kurzsichtige Dummköpfe und einen Betrüger entlarvt. Gut, dass wir Euch aus Vicenza befreit haben. Eine kleine Anstrengung noch, und schon wissen wir den Namen des Schuldigen.«

»Um Eurer Bitte zu entsprechen, müsste ich mich im Palast frei bewegen können, auch in den Privaträumen.«

»Wenn Ihr es tagsüber und mit unserer Erlaubnis tut.«

Er wusste also, dass sie bei ihrem letzten Aufenthalt einmal heimlich bei Nacht den früheren Dogen besucht hatte, um sich bei ihm für ihren Vater einzusetzen. Sie fragte sich, ob es etwas gab, was dieser Mann nicht über sie wusste, und ob er vielleicht über ihr Leben besser im Bilde war als sie selbst.

Sie ließen die Zeugen auf der Etage des Ratssaals zurück und gingen hinauf zur Inquisitionsabteilung. Auf der Marmortreppe wies Saverio Barbaran seinen *fante* an, »das Papier« vorzuzeigen.

Die Spionageabteilung hatte über die *bocca di leone* einen Brief erhalten, in dem von dem Drama die Rede war.

»Das ist nicht überraschend«, sagte Leonora. »Es waren ja über tausend Leute anwesend.«

Dies sagte sie zu früh.

»Dieser Brief wurde am Freitag abgegeben, das heißt, zwei Tage vor dem Ereignis«, erklärte Barbaran.

Die Nachricht kündigte den Mord also an. Es stand darin schwarz auf weiß, dass im Dogenpalast ein Mord verübt werden würde. Die Exzellenzen hatten die Nachricht nicht ernst genommen und beiseitegelegt.

»Ich dachte eigentlich, dass die Verwaltung anonyme Hinweise sofort vernichtet«, sagte die Frascadina erstaunt.

»Dieser Brief ist nicht anonym. Seht genau hin. Ich nehme an, Ihr kommt zu demselben Schluss wie wir.«

In einer Ecke des Briefes war ein Siegel zu sehen, das eine Chimäre darstellte, eine Art Tiger mit Adlerhaupt. Die Beamten hatten daraus geschlossen, dass die Nachricht von einer der Wahrsagerinnen stammte, die die Zukunft voraussagten, mit Mitteln, die die Kirche, der gesunde Menschenverstand und die guten Sitten wenig zu schätzen wussten.

Saverio Barbaran blieb auf dem Treppenabsatz stehen. Das Gebäude war um diese frühe Morgenstunde noch fast leer. Sie waren allein, abgesehen von dem Spitzel, der ein paar Schritte entfernt wartete.

»Versteht Ihr, dass ich diese Ermittlungen nicht von einem meiner Agenten führen lassen will? Eine Wahrsagerin warnt die Inquisitoren vor einem Mord, der fast vor ihren Augen begangen werden soll! Natürlich hat es dieses Ereignis nie gegeben, aber ich will trotzdem den Mörder finden. Könnt Ihr es schaffen, ihn dingfest zu machen?«

Sie merkte, dass er sie gar nicht fragte, ob sie bereit sei, diese Aufgabe anzunehmen.

»Euer Vater hat Euren klaren Verstand sehr gelobt.«

Sie vermutete, dass ihr Vater daraus Nutzen für seine Karriere gezogen hatte, die ihn wesentlich mehr interessierte als der Verstand seiner Tochter. Sie versprach, ihr Bestes zu geben.

»Ihr müsst noch mehr tun«, empfahl Barbaran ihr.

Im Vorzimmer des Heiligtums hatten die *fanti* auf einem Tisch alle Dinge hingelegt, die man bei dem Toten gefunden hatte. Dort lagen zwei riesige Schlüssel, ein Elfenbeinkamm, ein kleiner Fächer aus bedrucktem Papier, ein Fläschchen mit Alkohol für die lange Sitzung und ein aus einem Heft gerissenes Blatt mit einem Gedicht von mittlerer Qualität, wie das junge Mädchen befand.

»Interessierte sich der ehrenwerte Zan Pelizzioli für moderne Lyrik?«

Barbaran wusste es nicht, und es war ihm auch gleichgültig. Leonora bat um Erlaubnis, das Blatt zu behalten, und teilte Barbaran ihre Absicht mit, die Verwandten des Opfers zu befragen.

»Ich muss auch herausfinden, wer den Boten vergiftet hat, den Ihr mir nach Vicenza geschickt habt.«

»Ach je«, sagte der Rote Inquisitor gelangweilt, »noch ein zweitrangiger Untergebener.«

»Eure Untergebenen fallen wie die Fliegen scharenweise auf das Pflaster Eurer edlen Institutionen, also muss man herausfinden, warum, oder etwa nicht?«

Der Inquisitor interessierte sich nicht für Kleinigkeiten der Verwaltung. Er ließ ihr die wirksamste Waffe aushändigen, die es in Venedig gab, die einzige, deren Verwendung weder verboten noch eingeschränkt war: eine dicke Börse mit Goldzechinen, die das Konterfei von Marco Foscarini trugen, dem Dogen, und die er in der Zecca, der Münzprägeanstalt, hatte holen lassen.

Im Flur waren Schritte zu hören. Cesare dalla Frascada erschien, außer Atem, weil er die Treppe hinaufgeeilt war, und beschämt, erst so spät zur Stelle zu sein.

»Ich gebe Euch Eurem Vater, dem Rat, zurück«, sagte Saverio Barbaran.

Ser Cesare verbeugte sich widerwillig vor dem Inquisitor. Er war vor allem deshalb so bestrebt, in der Hierarchie aufzusteigen, weil er sich nicht mehr vor andern verbeugen wollte. Doch leider begegnete er, je höher er kam, immer mehr hochgestellten Persönlichkeiten, und es sah aus, als würde es mit dem Verbeugen kein Ende nehmen. Ein bestimmter Posten genügte, um sich nicht mehr vor jedermann verneigen zu müssen, aber je näher er ihm kam, desto weiter schien der *corno ducale*, die Dogenkrone, vor ihm zu fliehen.

Leonora galt immer noch als »die Tochter des Rats«, doch Ser Cesare selbst spürte, dass er bald kaum noch etwas anderes sein würde als »der Vater der Frascadina«. Er gab sich warmherziger als notwendig.

»Meine liebe Tochter!«, rief er und umarmte sie vor den Augen des furchterregenden Barbaran, als habe er sie auf dem Sklavenmarkt von Tunis freigekauft. »Eines verdanke ich diesen schrecklichen Ereignissen: Ich kann dich wieder in die Arme schließen!«

»Ich verspreche dir, dass ich jedes Mal, wenn sich etwas Schreckliches ereignet, wiederkomme.«

»Dann werden wir uns ziemlich oft sehen«, flüsterte er.

Sobald die dicke rote Spinne wieder in ihrer Höhle verschwunden war, ermahnte er seine Tochter lebhaft, die Wünsche des obersten Polizisten des Staates zu erfüllen.

»Und wenn ich es nicht schaffe, Vater?«

»Oh, da mache ich mir keine Sorgen. Vor zwei Monaten hat man mir die schlimmsten Betrügereien vorgeworfen, und du hast sie dazu gebracht, meine Unschuld anzuerkennen. Deshalb haben sie eine so gute Meinung von dir.«

Cornelia stand an der Treppe und bewunderte die Steinriesen. Der Rat führte sie zu seiner Gondel, in der sie den Canal Grande hinauffuhren bis zur *volta*, wo die weiße

Fassade der dreißig Jahre zuvor erbauten Ca' Civran zu sehen war. Die Barke brachte sie bis zu dem Marmorpodest, dann wurde sie an einem Poller festgemacht, der blau-weiß, in den Farben der Familie, gestrichen war.

»Unsere kleine Taube ist wieder da!«, rief Ser Cesare, sobald sie den Fuß auf den *portego* gesetzt hatten und an Land gingen.

Es war, als hätte er in einem brennenden Dorf die Sturmglocke geläutet. Von allen Seiten eilten die Diener herbei, um zu sehen, woher die Rufe kamen.

»Und seht, sie hat Verstärkung mitgebracht«, fügte der Hausherr hinzu und schob die zweite Schülerin aus Vicenza vor sich her.

Das Mädchen war erschrocken von so vielen Unbekannten, die plötzlich um sie herumstanden, und drückte ihr Bündel an sich. Donna Soranza bahnte sich einen Weg durch die Dienerschar, hinter ihr ein eleganter gepuderter Galan, der ihr folgte wie ein Schatten.

»Das ist zu viel, das war nun wirklich nicht nötig«, erklärte sie und sah das junge Mädchen an wie ein unerwartetes Geschenk.

Sie beschloss, ihr auf der Stelle beizubringen, wie man ein Haus führt, damit sie ihr diese Arbeit abnahm.

»Was hast du im Kloster gelernt, mein Kind?«, fragte sie.

»Ich kann Kleider nähen, Spitzen stärken und bügeln, Wäsche flicken, Saucen kochen …«

Leonora erschrak bei dieser Antwort. Sie hatte versäumt, ihrer Freundin zu erzählen, was ihr in der Ca' Civran alles passieren konnte.

»Der Himmel hat dich geschickt!«, rief Donna Soranza, und das Mädchen fragte sich, ob sie es ihrem Schutzengel verdankte, in dieses Haus gekommen zu sein. Die Familie freute sich. Leonora war überrascht, dass ihre Ankunft solche Begeisterung auslöste. Doch dann verrieten ihr die dalla Frascada den wahren Grund ihrer Zufriedenheit. Sie hatten gerade erfahren, dass der neue Doge immer noch krank war. Sie grinsten, rieben sich die Hände und sahen sich freudestrahlend an.

»Du hast mich zu den Borgia gebracht«, murmelte Cornelia.

»Warum willst du unbedingt Doge werden, Vater?«, fragte Leonora.

»In Venedig werden Posten auf ein Jahr verliehen. Außer dem Kanzler und den Verwaltern von San Marco wird nur der Doge auf Lebenszeit gewählt. Ich möchte einen sicheren Posten.«

Donna Soranza hatte erfahren, dass ihre liebe Stieftochter auf Wunsch des obersten Gerichts in Venedig zu tun hatte. Da eine adelige Dame sich nicht allein in der Stadt bewegen durfte, empfahl sie ihr, sich von einem Galan begleiten zu lassen.

»Du musst dich an unsere Sitten halten, verstehst du«, sagte sie und wies auf den fein angezogenen Mann hinter ihr.

Ihr Ehemann nickte zustimmend. Diese Beteuerung der beiden hatte einen falschen Beigeschmack.

»Ich habe schon dafür gesorgt«, antwortete Leonora. »Es gibt ja bald Mittagessen, und er wird rechtzeitig da sein.«

Flaminio dell'Oio kam, noch bevor sie angefangen hatten zu essen, als die Mädchen gerade mit dem Dienstmädchen Loreta, das ihnen helfen sollte, Platz zu nehmen, im Speisezimmer erschienen. Er hatte eine schlanke Taille, braune Locken und blaue Augen und war einer der schönsten jungen Männer, die Cornelia je gesehen hatte, allerdings waren es nicht gerade viele gewesen. Leonora stellte ihn ihr vor: »Mach dir keine Sorgen, meine Liebe. Sior Flaminio interessiert sich nicht für die Ehe mit irgendeinem der charmanten Mädchen, denen er häufig begegnet. Gegen Geld tut er alles für dich, was er kann, und hat vor dir ebenso viel Respekt wie vor Carrara-Marmor.«

Diese harten Worte schienen dem venezianischen Höfling zu missfallen.

»Ihr habt Euch nicht von mir verabschiedet, als Ihr Venedig verließt«, sagte er. »Ich dachte, ich würde Euch nie wiedersehen.«

»Da ich kein Geld mehr hatte, um Euch zu bezahen, habe ich dasselbe gedacht.«

»Guten Tag zu sagen fällt Euch leichter, als Euch zu verabschieden.«

»Und für Euch ist Nehmen seliger als Geben.«

»Wenn Eure religiöse Berufung an Kraft verliert, erinnert Ihr Euch an mich.«

»Und wenn Ihr die Zechinen klingelt hört, seid Ihr gleich zur Stelle.«

Loreta näherte sich Cornelia.

»Sie sind froh, dass sie sich wiedersehen«, flüsterte sie.

»Einen Dukaten pro Tag und die Benutzung unserer Gondeln«, erklärte die Frascadina kalt.

»Aber in diesem Haus gilt: ein Essen pro Tag und der Wochenlohn im Voraus«, hielt dell'Oio ihr entgegen.

»Sie verstehen sich wirklich bestens«, sagte die Dienerin.

Einen Moment herrschte Schweigen.

»Willst du denn nicht über deinen Auftrag sprechen?«, fragte Cornelia erstaunt.

»Das ist nicht nötig«, erklärte die Freundin ihr. »Ich muss Sior Flaminio nur fragen, ob er weiß, warum ich ihn brauche.«

Der venezianische Höfling zeigte ein kleines, zufriedenes Lächeln.

»Ich nehme an, es ist wegen der Riesenaffäre, von der keiner etwas wissen darf und über die alle reden. Ich werde die werte Signorina nach den Details fragen.«

»Ich würde antworten, wenn ich mehr wüsste als er, brauchte ich seine Dienste gar nicht. Gehen wir los und befragen wir die Witwe von Pelizzioli, deren Adresse er gewiss kennt. Du siehst, Cornelia, wir gewinnen Zeit, indem wir uns nichts sagen.«

Sie wollte gleich losgehen, obwohl Essenszeit war.

»Seht Ihr«, sagte dell'Oio zu Cornelia, bevor er seiner Auftraggeberin mit Bedauern zur Treppe folgte, »da fängt der Ärger schon an!«

»Sie mögen sich sehr«, schloss Loreta, bevor sie das Mädchen ins Speisezimmer führte.

4

Flaminio dell'Oio begleitete seine Herrin in den Teil von Dorsoduro, in dem die Republik auf ihre Kosten die verarmten Adeligen unterbrachte. Die Gondel setzte sie am kleinen Campo San Barnaba ab, vor der schönen Kirche mit der weißen Fassade, nach der das Viertel benannt war und auch seine Bewohner, die *Barnabotti*.

Hier gab es eine seltsame Mischung billiger Kantinen, *furatole*, in denen man Suppe zwischen rauchigen Öllampen aß, *fritolini*, in denen Polenta auf einem dicken Stück Pappe serviert wurde. Sie alle lagen in der Nähe des *Casino dei Nobili*, in dem sich die verarmten Adeligen trafen und das bisschen Geld verspielten, das sie zusammengekratzt hatten. Damen, arm, aber würdevoll, verbargen ihr Elend unter weiten Tüchern. Junge Mädchen standen am Fenster und betrachteten durch die Jalousien die Passanten. Sie warteten auf einen Prätendenten, der wohl niemals kommen würde, da sie keine Mitgift hatten. Ganz in der Nähe war eine Straße, in der sich muslimische Frauen prostituierten.

Keine der sozialen Gruppen Venedigs genoss so geringes Ansehen wie die *barnabotti*, diese Unglücklichen, die gern Rang und Namen gehabt hätten, doch sie galten nichts. Dell'Oio, der bürgerlicher Herkunft war und nie Zugang zum Adel haben würde, sah sich das traurige Spektakel lachend an:

»Ich komme gern hierher. Es erinnert mich daran, dass Ruhm vergänglich ist.«

Für ihn bedeutete es auch, dass die Macht des Adels nicht von ewiger Dauer sein würde. Dieser Gedanke gefiel den *cittadini originari*, den Angehörigen des erblichen Bürgertums.

Die Wohnung, die sie suchten, fanden sie auf Anhieb. Der Toreingang war mit einem Baldachin aus schwerem schwarzem Taft versehen, geschmückt mit den Wappen der Serenissima. Am Ende einer schmalen Treppe bewohnten die Pelizzioli zwei Zimmer. Sie führten auf einen düsteren Kanal hinaus, in dem es nach Essen roch. In Erwartung einiger Besucher war die Wohnung eigens hergerichtet worden.

Während sie warteten, bis sie an der Reihe waren, erlebten Leonora und ihr Höfling ein Defilee illustrer Namen, deren Träger allesamt verarmt waren. Es war wie ein Treffen von Gespenstern. Ein Mädchen aus dem Viertel spielte die Rolle der Kammerfrau, nannte die Namen der Besucher und platzierte sie. Es war nicht zu übersehen, dass sie eine einfache Serviererin aus einer Eckkneipe war. Während Flaminio den einfachen *vineto piccolo* betrachtete, der den Besuchern angeboten wurde, fiel Leonora auf, dass die Hausherrin kürzlich zu etwas Geld gekommen sein musste. Es wurde ein Tablett mit Schokolade herumgereicht, wie es sie in den Kneipen ganz sicher nicht gab. Donna Pelizzioli schickte nach *cichetti*,

Hors-d'œuvres und *Amuse-gueules* zum Knabbern. Alle Leute saßen auf kleinen vergoldeten Holzstühlen, die kaum zum übrigen Mobiliar passten. Hinter der Witwe stand ein Diener in Livree. Ihn hatte sicher die Signoria ausgeliehen, zusammen mit dem Taft für die Dekoration. Die Verwaltung hatte etwas zu den Trauerfeierlichkeiten beigesteuert. Donna Pelizzioli war eine typische *Barnabotta*. Das Paar hatte keine Kinder, sonst hätten sie die bescheidene Pension nicht bekommen, die die Republik an ihre Schützlinge nur dann zahlte, wenn sie sich verpflichteten, keinen Nachwuchs zu zeugen. Es lag in ihrem Interesse, verarmte Familien, die zu nichts nütze waren, auszulöschen. Die Kammerfrau und der Diener redeten Donna Pelizzioli unentwegt mit »Illustrissima« an, was in diesen engen Räumlichkeiten sehr komisch klang.

»Die *illustrissima nobildonna* Livia Querini!«

Leonora trat dicht zu Flaminio.

»Die Querini Stampalia?«

»Nein, die aus San Geremia. Es gibt etwa zehn Zweige, und dies ist der bescheidenste.«

Als sie an der Reihe waren, sprach Leonora der Witwe in angemessenem Ton das Beileid des Hauses dalla Frascada aus. Diese schien kaum überrascht, dass sich ein Mitglied des Rats der Zehn um ihr Schicksal sorgte. Seit ihr Mann nicht mehr auf der Welt war, interessierte sich die Regierung geradezu leidenschaftlich für ihn. Sein Tod hatte ihm offenbar Eigenschaften verliehen, die er zu seinen Lebzeiten nicht besessen hatte. Sie bat ihre Besucher, sich zu setzen, und sagte leise zu Leonora:

»Sagt dem Rat, dass das Geld der Serenissima passend verwendet wurde.«

Dieser Satz war eindeutig. Ser Pelizzioli pflegte seine Stimme zu verkaufen, und Madame hatte ihren Ehemann verkauft.

»Meine Eltern nehmen tiefe Anteilnahme an Eurem Unglück«, sagte die Frascadina.

»Ach!«, erwiderte die Witwe seufzend, »so etwas geschieht, wenn man schlechte Schuhe trägt.«

Offiziell hieß es, Ser Pelizzioli sei beim Verlassen des Großen Rats auf der Treppe gestürzt. Alle waren aufgefordert worden, sich an diese Version zu halten. Der Palast hatte die sterblichen Überreste behalten, damit es beim Herrichten der Leiche keine Überraschungen gab. Die Hierarchen hatten die Güte besessen, ihn bis zur Beerdigung aufzubewahren.

»Hier ist es zu eng«, erklärte die Witwe.

Die anderen Damen, die in der Nähe saßen, ergötzten sich daran, die bedauerlichen Geschehnisse zu beklagen.

»Diese Treppenstufen sind aber auch wirklich gefährlich, besonders wenn es geregnet hat!«

Manche von ihnen streckten die Hände gen Himmel und drückten damit ihren Schrecken vor der Grausamkeit des Schicksals und der Tücke jahrhundertelang abgetretener Stufen aus.

»Euer Mann wurde letztlich ein Opfer seiner Pflicht«, sagte Leonora. »Ich hoffe, die Signoria wird seine Verdienste angemessen würdigen.«

Die Witwe gab zu, dass man beim Gedenken an den Märtyrer des Treppenhauses nicht knauserig gewesen war. Sein »Ausrutschen« war in Goldwährung wettgemacht worden. Der Arme hatte mit seinem Tod mehr verdient als mit allem, was er in seinem traurigen Leben geleistet hatte, und das war nicht viel gewesen.

»Der Staat kümmert sich um alles. Ihre Exzellenzen haben sich vorbildlich verhalten. Ich kann mich nicht beklagen.«

Genau deshalb hatte man himmlisches Manna auf ihr bescheidenes Haus regnen lassen. Ähnlich wie beim Begräbnis eines Dogen würde ihr Mann auf Kosten der Republik direkt vom Palast zu seiner einfachen, aber würdigen Bestattung gebracht werden.

Leonora verstand nicht, aus welchem Grund man Zan Pelizzioli ermordet hatte, einen Adeligen ohne Vermögen und Posten. Einen Mann ohne Bedeutung. Und warum war das Verbrechen mitten in einer Versammlung verübt worden und nicht in einer düsteren Gasse, wie es üblich war? Sie nutzte einen ruhigen Moment während des Gejammers der Besucherinnen.

»Ich glaube, Euer Mann war rechtschaffen, untadelig und hat sich seines Ranges würdig erwiesen.«

»Ja«, sagte die Witwe und schnäuzte sich heftig ins Taschentuch. »Er war auch ein begeisterter Spieler, er trank viel und besuchte fremde Frauen in der Straße nebenan. Er war ein Mann, der zu leben verstand, das kann Euch jeder bestätigen.«

Dieser gute Christenmensch hatte nicht viel dafür getan, dass seine Hinterbliebenen ihm nachtrauerten. Leonora ahnte, dass die Witwe Pelizzioli ihre Trauer nur spielte, um die Großzügigkeit der Serenissima zu rechtfertigen. Eine schöne Feier, eine Witwe in Tränen, so war die Abmachung. Leonora fragte sie, ob sie wisse, in welche Affäre Pelizzioli verwickelt gewesen sei, durch die er auf so aufsehenerregende Weise sein Leben verloren habe.

»Meint Ihr auf den Treppen des Palastes?«

»Ja, könnt Ihr Euch vorstellen, was seinen Fehltritt hervorgerufen hat?«

»Mein Mann war an solche unangenehmen Zufälle gewöhnt. Das heißt, er kam oft vom Weg ab.«

Die Frascadina schloss daraus, dass er zu jeder Gaunerei bereit gewesen war.

»Aber gerade dieser Ausrutscher … könnt Ihr Euch vorstellen, was ihn verursacht hat?«

»Ich möchte nicht auch noch ausrutschen«, sagte die Witwe und blickte sie über ihr Taschentuch hinweg an.

Jetzt war es Zeit, zur Sache zu kommen. Leonora zeigte ihr das schimmernde Gold aus der Börse der Zecca.

»Edle *nobildonna*, mein tiefes Beileid für Euren großen Verlust. Die Tage in Venedig werden heiß. Was haltet Ihr von einem Aufenthalt in einer Sommerfrische?«

»Gewiss, im Friaul rutscht man nicht so leicht auf den Stufen aus«, sagte die Witwe und nahm vier Goldstücke entgegen.

Sie erklärte, ihr seliger Zan habe seit Kurzem eine Beschäftigung bei der *dogana del mar* innegehabt. Einer der großen Herren, der glücklicher gewesen sei als er, habe sie ihm verschafft.

Leonora hörte ihr zerstreut zu. Sie hatte gerade zwei Degen an der Wand entdeckt, nahe bei der Tür. Es war normal, dass Zan Pelizzioli einen besessen hatte. Wem aber gehörte der zweite?

»Ich habe gehört, dass Euer lieber Verstorbener auch ein begabter Schreiber war.«

»O ja«, sagte die Witwe und begann wieder zu schniefen.

Leonora hielt ihr den Zettel hin, den sie bei der Leiche gefunden hatte.

»Dieses Gedicht stammt von ihm.«

»Von ihm? Nein, auf keinen Fall. Das ist nicht seine Handschrift, außerdem schrieb er nichts anderes als Sauflieder.«

Die Heiterkeit der kleinen Unterredung wurde gestört. Eine große, schwarze, schlanke Frau mit einem grellroten Schal rauschte herein. Wegen ihres krausen Haarknotens überragte sie die anderen um Haupteslänge. Sie durchschritt das Zimmer und bewegte beim Reden seltsam die Hände, als richte sie sich eher an die Möbel als an die Anwesenden. Sie begrüßte die Versammlung in einer Mischung aus schlechtem Latein und einer unbekannten Sprache und lief dann hinaus, um die bösen Geister im Flur zu vertreiben. Wenig später traf der Priester von San Barnaba ein. Er war wenig erfreut, weil eine rasende, unhöfliche Frau sich auf dem Treppenabsatz satanischen Scheußlichkeiten hingab.

»Macht Euch keine Sorgen«, sagte die Witwe, »das ist eine Freundin.«

Dieser Hinweis beschwichtigte den Priester nicht im Geringsten. Für ihn war es, als hätte sie den Teufel zur Totenwache eingeladen.

»Padre«, sagte Donna Pelizzioli, »bei allem Respekt, den ich seiner Erinnerung schulde, muss ich doch zugeben, dass mein Mann kein guter Christ war. Wenn wir jemanden bitten wollen, sein Los zu erleichtern, dann kann es, wie ich fürchte, nicht der liebe Gott sein. Sie verstehen schon, was ich meine.«

Leonora und Flaminio sahen zu, wie kirchliche Blitze auf die gleichgültig dasitzende Witwe herniedergingen. Dann verließen sie das Haus, und Leonora sagte Flaminio, sie habe gesehen, dass er sich eine Zechine genommen habe.

»Ich kann auch leicht ausrutschen, wenn ich zu armen Leuten gehe, die keinen sicheren Schritt haben«, erklärte er.

Sie fragte ihn, wie man in Venedig mit jungen Patriziern ohne Vermögen umginge. Er antwortete, sie würden auf der Giudecca in der Accademia dei Nobili erzogen.

»Dann ist er auf der Giudecca!«, rief die junge Frau.

»Wer ist auf der Giudecca?«

»Habt Ihr nicht verstanden? Die Pelizzioli besitzen zwei Degen. Das ist einer zu viel. Ich bin sicher, dass sie einen Sohn haben, und wenn er nicht hier ist, muss er dort sein.«

5

Leonora und Flaminio gingen zu Fuß durch das *sestiere* Dorsoduro und gelangten zum Kai der Zattere, der in der Sonne lag. Diverse Gondeln standen zur Überfahrt zu der lang gestreckten Insel bereit, deren Ufer gegenüberlag.

Eine Viertelstunde später betraten sie den Kai der Giudecca. Hier machte Flaminio seine Auftraggeberin auf einen lästigen, kleinen, dicken Mann aufmerksam, der ihnen seit der Gemeinde San Barnaba unablässig folgte. Seine Art erinnerte die junge Frau an etwas.

Anstatt gleich zur Accademia dei Nobili zu gehen, nahmen sie eine der geraden Straßen, die ins Herz der Insel führen. Dell'Oio klopfte an die Tür eines der niedrigen rot verputzten Häuser. Hier wohnte eine Näherin, die ab und zu für seine Mutter arbeitete. Nachdem sie eingetreten waren, konnten sie durch die Vorhänge sehen, dass ihre »Klette«, an die gegenüberliegende Hauswand gelehnt, wartete.

Sie ließen ihn warten. Die Näherin hatte vollstes Verständnis für sie – es musste sich in ihren Augen um einen aufdringlichen Gläubiger handeln – und ließ sie durch die Gartentür hinaus, die auf die angrenzende Straße führte.

»Ich frage mich, welche Verbrecherbande uns verfolgen lässt«, sagte der venezianische Höfling. »Es kann ebenso gut Messer Grande sein wie irgendwelche Diebe.«

Leonora hatte eine ziemlich genaue Vorstellung, was für Verbrecher hier am Werk waren, aber sie verschob dies auf später, um mit deren Chef bei ihrer Heimkehr in die Ca' Civran zu sprechen.

Die Accademia dei Nobili war in einem großen Gebäude in der Mitte der *fondamenta* untergebracht, die von einem Ende der Insel zum andern reichte. Sie gingen zum Pförtner und verlangten, »den jungen Pelizzioli« zu sehen.

»Ach, der Ausgerutschte!«, sagte der Mann mit einem mitleidslosen Grinsen. Das familiäre Unglück des Schülers war ihm gleichgültig.

Er hatte ihn auf der Straße mit ein paar Freunden gesehen. Sie würden sie sicher schnell einholen. Offensichtlich hätten die Jungen nach einem ruhigen Ort gesucht, um eine Meinungsverschiedenheit auszutragen.

Leonora und Flaminio sahen etwas weiter entfernt in einer Nische an der Straße eine Gruppe etwa fünfzehnjähriger Jungen, die sich über einen von ihnen gnadenlos lustig machten. Sie schlossen daraus, dass der Halbwaise wegen der Geschichte auf der Treppe nicht gerade die Sympathie seiner Freunde auf sich zog. Der Höfling stellte sich vor ihnen auf, die Hände in die Hüften gestützt.

»Habt ihr die Geschichte mit dem Unfall geglaubt? Ihr seid vielleicht naiv! Die Geschichte hat die Signoria erfunden, um den Skandal zu vertuschen! Die Wahrheit sieht anders aus.«

Leonora wusste plötzlich nicht mehr, ob sie ihren Begleiter gewarnt und ihm gesagt hatte, dass es verboten war, den Mord zu erwähnen. Flaminio bat die Jungen, näher zu kommen. Er vergewisserte sich, dass sie nicht von indiskreten Ohren ausspioniert wurden, und ließ sie schwören, dass sie nichts von dem, was er ihnen verraten würde, weitersagten. Dann erzählte er ein ganzes Heldenepos. Zan Pelizzioli, wichtigster Agent der Serenissima, sei bei einer Aktion ums Leben gekommen, die für die Belange der Republik von größter Wichtigkeit sei. Er sei tatsächlich ausgerutscht, aber auf dem Dach des Dogenpalastes, bei der Verfolgung eines Spions des Sultans Mustaf, der mit wichtigen Dokumenten auf der Flucht war: den Verteidigungsplänen der letzten Befestigungsanlagen der venezianischen Flotte im Mittelmeer.

Die Nobili der Accademia rissen Mund und Augen auf. Leonora und Flaminio nutzten den Augenblick, um ihren Schützling mitzunehmen. Das erwähnte Abenteuer würde seine Position stärken, und er würde ihnen bis ans Ende seiner Tage dankbar sein.

»Ich freue mich, dass unsere Festungsanlagen im Mittelmeer immer noch geschützt sind«, sagte Leonora amüsiert, während sie weggingen. »Und auch, dass wir einen so exzellenten Verteidigungsplan haben, dass das Osmanische Reich uns darum beneidet.«

Sie nahmen den Jungen mit in eine *furatola* am Kai, in der es stark nach Frittieröl roch und wo sie Tintenfische mit Knoblauch und marinierte Sardinen aßen. Nilo Pelizzioli interessierte sich vor allem für das Dekolleté seiner guten Fee. Flaminio packte ihn am Kinn und drehte seinen Kopf zu sich. Dann sagte er ihm, warum sie gekommen waren. Sie wüssten gern mehr über die wahren Aktivitäten seines Vaters.

»Er war ein Held«, antwortete der Junge. »Er starb, als er die Republik retten wollte.«

Der Höfling spürte ein Prickeln in der Nase.

»Du sollst nicht das Märchen wiederholen, das ich gerade erfunden habe. Wir wissen hier alle, dass Ser Zan ein Tunichtgut war und in Angelegenheiten hineingezogen wurde, für die er nicht genügend Format hatte.«

Ihr Zeuge war störrisch wie ein Fünfzehnjähriger.

»Alles, was ich weiß, ist, dass mein Vater im Großen Rat seine Stimme verkaufte. Es fällt mir schwer, es zu sagen, aber so war es, das muss man schon zugeben.«

Flaminio musste sich bemühen, um ihn nicht mit seinen *cichetti* zu ersticken.

»Deshalb ist er bestimmt nicht auf der Treppe ›ausgerutscht‹! Er hatte noch andere Einkünfte, um seinen Sprössling hier in der Eliteschule unterzubringen!«

Er rieb den Stoff der schönen Jacke aus Padua-Seide zwischen zwei Fingern, die dieser Schüler einer karitativen Einrichtung trug. Sein Filzhut war elegant und in bestem Zustand, seine Manschetten hatten die richtige Länge, seine Hose war weit geschnitten, und alles war mit roten Borten verziert, die es nur bei den besten Herstellern gab.

»Dieser Stoff ist so viel wert wie sechs Monate in deinem Internat. Dein Vater muss Einkünfte gehabt haben. Woher kamen sie?«

Nilo Pelizzioli verzog sein Gesicht, und Leonora begriff, dass es zu nichts führen würde, ihn unter Druck zu setzen. Sie zupfte an ihrem Kleid, um ihren Ausschnitt größer wirken zu lassen.

»Lieber Nilo… Ein adeliger Junge wie du wird doch eine schwache Signorina wie mich nicht im Stich lassen.«

»Ja, Madama.«

Flaminio dell'Oio sah mit Schrecken, wie sich die reine und keusche Klosterschülerin in eine gefährliche Spinne verwandelte. Der Accademia-Schüler beantwortete jetzt alle Fragen wie ein Automat.

»Ich soll doch keinen Kummer haben, nicht wahr, *carino?*«, fragte sie und bewegte ihre nackten Schultern, als kitzele sie etwas im Rücken.

»Nein, Madama«, sagte die arme Fliege im Spinnennetz.

Was er wusste, war, dass sein Vater kürzlich mit Hilfe einer Geldsumme, die er angeblich im Spiel gewonnen hatte, für seinen Unterhalt gezahlt hatte. Wenn dies zutraf, musste man noch herausfinden, woher sein Einsatz gekommen war.

Leonora rückte ihr Dekolleté zurecht. Mehr war von dem Jungen nicht zu erfahren. Er äußerte nun eine letzte Bitte.

Sie begleiteten ihn zur Accademia dei Nobili, vor der sich seine üblen Kameraden aufhielten. Bevor sie ging, streichelte und küsste Leonora ihn, als sei er ihr Patensohn und sogar noch mehr. Durch diese Darstellung sicherte sie ihrem Schützling einen exzellenten Ruf als großer Verführer. Er ging so stolz an seinen Kameraden vorbei, als habe er bei Lepanto die türkische Flotte besiegt.

»Wetten, dass sie jetzt kaum noch von dem Missgeschick seines Vaters reden werden?«, sagte Leonora, bevor sie mit der Gondel übersetzten.

»Ich wusste nicht, dass man im Kloster lernt, Jünglinge zu verführen«, stellte Flaminio verärgert fest.

»Im Kloster wird man auf alles vorbereitet, mein Lieber«, sagte die Frascadina freundlich. »Nonnen sind auch nicht dümmer als andere Leute.«

Als Nächstes gingen sie zum *casino dei nobili* in San Barnaba, wo Pelizzioli auf wundersame Weise vom Schicksal beschenkt worden war. Sie gingen in einen düsteren *sottoportego*, eine jener überdeckten Passagen, in denen man leicht von einem Vagabunden überfallen werden konnte.

»Jetzt müssen wir spielen«, warnte der Höfling sie.

Er nahm diese Mühe nur zu gern auf sich, vorausgesetzt, Leonora versorgte ihn mit dem nötigen Kleingeld. Sie war erstaunt, dass man sich hier amüsieren konnte, auch ohne adelig zu sein.

»Macht Ihr Scherze? Seit wann weigern sich ausgehungerte Füchse, fette Hühner in ihr Revier zu lassen?«

Als sie an der Eingangstür des Spielkasinos erschienen, wurden sie kurz gemustert und dann hineingelassen. Sie betraten ein Vestibül, dessen Teppiche ebenso abgenutzt waren wie die Hosenböden der Gespenster, die sich dort herumtrieben.

»Jetzt müsst Ihr die strenge Würde einer Frau ohne Geld ausstrahlen, so können wir uns leichter unter die Gäste mischen«, empfahl Flaminio.

Leonora glaubte, sie brauche sich nicht besonders anzustrengen, da sie über natürliche Würde verfügte und tatsächlich kein Geld besaß.

Das Casino bestand aus zwei großen, mit rotem Stoff ausgeschlagenen Sälen, die Spieler standen um große rechteckige Tische herum. In einem kleineren Raum saßen Leute, weinten vor Enttäuschung und Ärger und betäubten sich mit billigem Wein. In einem anderen servierten Diener in Livree kleine Zwischenmahlzeiten mit Brot und Würstchen.

An diesem Ort vergaßen die *Barnabotti* bei ihren Kartenspielen die Härte ihres ausweglosen Schicksals. Leonora und Flaminio waren in eine Schar nutzloser Individuen geraten, die zur Mittelmäßigkeit verurteilt waren, weil sie zur obersten Schicht gehörten. Ihr Status verbot es ihnen, gegen Gesetze zu verstoßen, aber zugleich durften sie ihren Unterhalt nicht selbst verdienen. Sie waren der Abschaum des Adelssystems, die Schatten der Republik. Im Gegensatz zu ihrem Höfling hatte Leonora Mitleid mit ihnen. Im Grunde hatte sie Glück, dass sie ein Bastard war, der zwei Welten angehörte. Es war einfacher, sein Leben zu gestalten, wenn es nicht vorher festgelegt war, seit unendlichen Zeiten und nach Prinzipien, die denen, auf die sie angewendet wurden, fremd waren.

Zum Glück für die Zeugen der Not des verarmten Adels waren die Einsätze lächerlich gering, und so würde das Budget des höchsten Gerichts nicht allzu großen Schaden erleiden.

»Was ich gewinne, gehört mir, was Ihr verliert, Euch«, sagte Flaminio bestimmt.

Sie warnte ihn, wenn er mehr als dreißig Dukaten verlöre, würde er mit einer Schale Suppe in der Ca' Civran entlohnt.

»Möchte der Besucher vielleicht gegen ein paar Leute Pamphile spielen?«, fragte hinterlistig ein Angestellter, der Spieler im Namen Satans rekrutierte.

»Gute Idee, das ist mein Spiel!«

Zu seiner Herrin sagte dell'Oio leise: »Ich spiele nur zu gern gegen sie. Sie sind vom Pech verfolgt, das sieht man doch!«

Sie beglückwünschte sich dazu, vorsichtig zu sein, als sie die *Barnabotti* sah, die zehn Stunden am Tag Karten spielten. Bei jeder Runde landeten im Korb alle möglichen Gegenstände anstelle von Zechinen, Dublonen und Philippen, die dort hineinregnen müssten. Weil man kein Geld hatte, setzte man Ringe, Kästchen, Uhren, Ohrringe und alles, was man am Körper trug.

Offenbar war im Zeitalter der Aufklärung das Glück tatsächlich auf seiten der Bürger.

»Ihre Täuschung ist perfekt, Signor«, sagte einer der Adeligen, der neben ihm saß.

»Ich habe keinerlei Verdienst, werter Herr, Ich bin der Einzige hier, von dem niemand so richtig weiß, woher er kommt und wohin er geht«, antwortete dell'Oio mit leicht grausamer Impertinenz.

Nach einer Stunde hatte er alle Runden gewonnen und besaß so viel Plunder, dass er einen Laden hätte eröffnen können. Da seine Gegner ruiniert waren, war der Augenblick für Verhandlungen gekommen. Leonora wies ihn an, das Spiel fortzusetzen, um an mehr Informationen zu gelangen, was er unter Seufzen tat.

Die anderen Spieler stritten sich um der Form willen einen Moment, bevor sie bereit waren, die Geheimnisse eines Toten für die Chance neuer Spiele preiszugeben. Im Gegenzug des ersten Spiels erfuhren sie, dass Zan Pelizzioli mit dem Verkauf von geheimen Nachrichten unbekannter Herkunft Geld verdient hatte. Beim zweiten Spiel kam heraus, dass er darum mit der Regierung im Dogenpalast verhandelt hatte, beim dritten, dass er beim Salzschmuggel mitmischte. Noch ein paar Spiele, und sie hätten erfahren, wie sein Friseur hieß und wie alt seine Amme war.

Flaminio hatte den Schaden begrenzen können. Das Ganze hatte sie nicht mehr gekostet als drei Tabakdosen aus Emaille, innen mit obszönen Bildern verziert, zwei mit Halbedelsteinen verzierte Silberuhren und eine hübsche Schachtel, die, wenn man sie öffnete, das Lied »Die kleine Blonde auf der Gondel« spielte, eine Meerschaumpfeife aus Holland und ein Siegel der *Procuratie*, der Abteilung für kommunale Güter, von dem keiner wusste, wie es hierhergekommen war.

Mit ihren neuen Erkenntnissen und genug Krempel, um den Antiquaren der Sensa Konkurrenz zu machen, gingen sie wieder am Haus der Pelizzioli vorbei, überzeugt, dass die Witwe ihnen gern erzählen würde, welche geheimnisvollen Nachrichten ihr geliebter Gemahl den Haien an der Spitze des Staates zu verkaufen pflegte.

Auf der Treppe warteten keine Besucher mehr und auch vor der Wohnung nicht. Sie war vielmehr verschlossen, und als Leonora klopfte, antwortete niemand. Schließlich steckte eine neugierige Nachbarin den Kopf durch ihre Tür und verriet ihnen, dass »die tapfere Leidtragende« weggefahren sei, um ihren Kummer auf dem Festland zu vergessen.

Jetzt, wo ihr Geldbeutel voll war, hatte Donna Pelizzioli es für unklug gehalten, bis zur Beerdigung zu warten. Man würde sie erst wiedersehen, wenn die Stufen zum Palast nicht mehr so rutschig waren. Nach dem, was die Nachbarin sagte, hatte sie sich besonders beeilt, weil eine Seherin ihr vorausgesagt hatte, ihr stehe großes Unglück bevor, wenn sie den Sommer in Venedig verbringe.

»Ein größeres Unglück als das, seinen Mann zu verlieren?«, fragte Leonora erstaunt.

Ganz sicher konnte sich die Witwe schlimmere Ereignisse vorstellen als ihr Witwentum.

»Das war sicher die Hexe, die wir hier gesehen haben«, mutmaßte Flaminio. »Sie machte den Eindruck, als könne sie den dekadenten Römern das Ende ihrer Orgien voraussagen.«

Sie gingen bis zur *dogana da mar* an der Spitze von Dorsoduro. Hier war Zan Pelizzioli, wie sein Sohn gesagt hatte, einer ehrlichen Beschäftigung nachgegangen, und hier hatte er auch, wie seine Standesgenossen erzählt hatten, mehr als tadelnswerten Handel getrieben.

An dem flachen weißen Marmorgebäude mit den Säulen, das von überall zu sehen war, konnte man erkennen, woher der Reichtum der Venezianer kam. Die Fortuna-Statue, die sich im Wind drehte, brachte deutlich zum Ausdruck, welche Scherereien der Handel gerade jetzt mit sich brachte. Seit geraumer Zeit zeigte die Wetterfahne nichts als Windböen, Unwetter und Gewitter an.

Eine Weile irrten sie um die Lagerhallen herum, bis sie das für den Salzhandel zuständige Büro fanden. Nachdem sich Leonora den beiden Angestellten als Signorina dalla Frascada vorgestellt hatte, prüfte einer, ob die Tür auch richtig geschlossen war. Der andere legte eine Geldbörse auf seinen Schalter.

»Hier ist die Prämie. Die Illustrissima Signoria kann der *frasca* sagen, dass alles nach ihren Wünschen verlaufen ist.«

Flaminio reagierte als Erster. Während seine Herrin noch erstaunt auf die Geldbörse blickte, sagte er ihr ins Ohr.

»Frasca, das ist der Deckname Eurer …«

»Ich verstehe«, antwortete sie mit vor Scham erstarrtem Gesicht.

Die beiden korrupten Angestellten erklärten mit erstaunlicher Offenheit, was sich an diesem Ort abspielte. Zan Pelizziolis Aufgabe hatte darin bestanden, Frachtpapiere für die Besteuerung von Salz, das vom Zoll kontrolliert wurde, mit Stempeln zu versehen. Es dauerte nicht lange, bis die beiden begriffen hatten, dass man ihn dorthin gesetzt hatte, damit er einen Teil der Säcke vergaß. Da ihnen ein Verbündeter fehlte, erklärte sich der venezianische Höfling bereit, ihnen einen Moment zu helfen. Eine halbe Stunde wirkte er am Schmuggel mit und stempelte Papiere. Er strahlte.

»Ein Sack Salz für den Dogen, ein Sack für Flaminio … Das ist eine einfache und lukrative Beschäftigung, wie ich sie mag!«

Schnell war sein Arbeitstag vorbei. Er nahm den für die *frasca* bestimmten Geldbeutel und folgte seiner Chefin, die bereits am Kai unter Möwen und ehrlichen Leuten frische Luft schöpfte.

»Das ist ein phantastisches System«, sagte er amüsiert.

Wenn es dem Staat schlecht ging, musste jeder sehen, wie er seine Schäfchen ins Trockene brachte. Venedig war eine Republik von Schmugglern, die Serenissima der Vetternwirtschaft, ein Heiligtum von Gaunern geworden, ein Paradies, regiert von einer kleinen Zahl Tugendbolde, die von vornherein keine Chance hatten. Das Gericht der Inquisitoren war eine Begleiterscheinung des Niedergangs der Stadt und sollte die Wirklichkeit mit dem aus der Mode gekommenen Anstand verschleiern. Seine einzige Aufgabe war, so gut wie möglich und um den Preis einer zwanghaften, ungerechten und wenig genauen Überwachung den Schein zu wahren.

In der Ca' Civran begab sich die Frascadina sogleich ins Kabinett ihres Vaters in der ersten Etage neben den Wintergemächern. Die Tür des angrenzenden Raums stand offen. Und was sie dort sah, bestärkte sie in ihrem Entschluss.

Ser Cesare schien höchst beglückt, sie zu sehen.

»Ah, du bist gekommen, um mir zu berichten. Sehr gut!«

Leonora wusste nichts davon, dass man ihren Vater beauftragt hatte, sich von ihr Bericht erstatten zu lassen, aber das spielte keine Rolle. Sie erklärte ihm, ihre Untersuchungen seien weit fortgeschritten. Sie stehe kurz davor, einen Gauner zu entlarven, der mit dem Mord zu tun habe. Es sei ihnen außerdem gelungen, eine zwielichtige Figur abzuschütteln, die ihnen gefolgt sei.

»Eine zwielichtige Figur?«, fragte Ser Cesare.

»Ja, der, der im Zimmer nebenan deine Bücher führt«, erklärte sie.

Sie hatte Bartolo Bon erkannt, einen Vertrauten ihres Vaters, der ihm als Buchhalter diente und offenbar auch zu anderen Dingen zu gebrauchen war.

»Ich habe Angst um deine Sicherheit«, sagte der Berater des Dogen und machte sehr gut das Gesicht eines besorgten Vaters nach. »Bon ist dir gefolgt, um dich zu schützen.«

Wenn dieser Bon beim Kämpfen ebenso glänzte wie beim Bespitzeln, fragte sich Leonora, inwiefern er ihr nützlich sein konnte. Dass er gern herumspionierte, war nicht zu übersehen.

»Entschuldige, aber es gefällt mir nicht, dass mich dieser Bon verfolgt.«

»Wenn Bon nicht geeignet ist, dann kann ich dir einen Besseren geben«, antwortete ihr Vater.

Sie schwor sich, Bon bei ihrem nächsten Ausgang abzuschütteln. Der zufriedene Gesichtsausdruck ihres Vaters verschwand, als sie ihm erzählte, Zan Pelizzioli sei in den Salzschmuggel verwickelt gewesen.

»Genau das hatte ich befürchtet«, sagte er mit sorgenvollem Gesicht. »Und eben darum habe ich dich schützen wollen, mein Kind. Du steckst deine Nase in Angelegenheiten, die zu groß für dich sind. Dabei störst du Leute aus höchsten Kreisen, die nicht viel davon halten, wenn man Geheimnisse ausplaudert.«

Leonora gewöhnte sich allmählich daran, immer neue Facetten an dem Mann zu entdecken, der ihr Vater war. Sie beschrieb ihm, wie die Angestellten im Salzhandel reagiert hatten, als sie ihren Namen genannt hatte. *Frasca*, so nenne sich eine Gruppe. Das klinge nach dalla Frascada. Wer also habe sich wohl dieses Pseudonym zugelegt?

Da er weiterhin so tun wollte, als sei er in seiner Ehre verletzt, ließ sie ihn wissen, dass ihr venezianischer Höfling die Situation genutzt und diesmal die Prämie eingesteckt habe.

»Diese Viper!«, rief der ehrsame Patrizier. »Bon!«

Leonora war nicht überrascht, dass der Buchhalter plötzlich im Zimmer stand, bewaffnet mit einem Messer, das viel zu groß war, um Briefe zu öffnen. Einen Augenblick später lief Bartolo Bon die Treppe hinunter, entschlossen, einem Subjekt, das noch verkommener war als er, den Garaus zu machen. Ser Cesare, verärgert über die Entlarvung seiner kleinen Lügen und den Verlust seiner Wocheneinkünfte, schwor, dass diese »harmlosen Schiebereien« nichts mit dem Tod von Zan Pelizzioli zu tun hätten. Er sei kein Mörder und habe keine Feinde in der Stadt.

Leonora betrachtete die prächtige Landschaft, die man von ihren Fenstern aus sah.

»Hast du gesehen, Vater? Der Canal Grande ist gepflastert worden. Die Karossen fahren jetzt dort wie auf allen Avenuen der Welt.«

6

Als sie das Kabinett ihres Vaters verließ, setzte sich Leonora in die Galerie auf der ersten Etage, um nachzudenken.

Der lang gestreckte Raum diente als Sommerwohnzimmer, wenn es sehr heiß war; an den Tagen, an denen Ser Cesare Besucher empfing, diente die Galerie als Wartezimmer. Dort stand eine Reihe Renaissance-Truhen aus dunklem verziertem Holz, auf denen weiche Kissen lagen. Die Wände waren mit Stuckmarmor bedeckt. Das Deckengemälde zeigte einen Himmelswagen, umgeben von geflügelten Göttern, der auf die Besucher zuzustürzen schien. Beide Enden dieses Raums waren mit hohen Fenstern versehen, deren kleine Scheiben sechseckig waren. Bartolo Bon lief hier herum, mit wachsamem Blick, einen Stock in der Hand und ebenso grotesk wie Pulcinella in der Commedia dell'arte.

Kurz nachdem er verschwunden war, hob sich der Deckel einer der Truhen leicht an.

»Ist er weg?«, fragte Flaminio.

Der Höfling verließ sein Versteck, strich sich die Kleider glatt und entfernte die Spinnweben, die sich überall festgesetzt hatten.

»Eure Gier wird Euch noch ins Verderben führen«, prophezeite Leonora.

»Dann werde ich wenigstens als reicher Mann sterben.«

Im Moment hatte sie andere Sorgen als die schlechten Gewohnheiten ihres Begleiters.

»Wenn Zan Pelizzioli sich nicht für Gedichte interessierte, dann muss es ihm um den Dichter gegangen sein.«

Sie brauchten einen Spezialisten. An dem Punkt war Flaminio sehr nüchtern. Er kenne einen *lustrafero*, einen *nónzolo*, einen *orefice* und sogar einen *taglia calze*, einen Eisenpolierer, einen Kirchendiener, einen Goldschmied und einen Steinmetz, aber keinen Dichter.

Leonora erinnerte sich an den Mann, der im Café Florian gesessen und geschrieben hatte und den die Bediensteten bevorzugt behandelten, weil er ein Gedicht auf die ruhmreiche Sprache Venedigs verfasst hatte.

So kehrten sie in die *bottega del caffè* mit dem Namen *Venezia trionfante* zurück. Da Venedig seit Langem keine Triumphe mehr gefeiert hatte, fragte Leonora Flaminio, ob es sich um einen frommen Wunsch handele.

»So heißt zwar das Lokal, aber alle nennen es *Bei Florian*, nach dem Namen des Eigentümers.«

Der etwa fünfzigjährige Mann, den sie dort schon beim letzten Mal gesehen hatte, war wieder dabei, Artikel für den *Osservatore veneto* zu schreiben. Er trug eine elegante gepuderte Kurzperücke. Im Unterschied zu den anderen Patriziern von Venedig, die keine Titel trugen und eher faulenzten, war der Graf ein Mann von großem Fleiß und widmete sich dem kürzlich in Mode gekommenen Beruf des Journalisten. Er saß hinter seinem großen Bücherstapel und schrieb Zusammenfassungen und Kritiken aller Stücke, die auf dem Festland gespielt wurden, weil die Theater in Venedig erst in der Karnevalssaison öffneten. Da er eine selbst entwickelte Methode anwandte, mit der man schnell lesen konnte, schrieb er auch über alle Neuerscheinungen, die er sich bei den Verlegern der Dominante auslieh.

Gasparo Gozzi war gern bereit, gegen Geld etwas über das Gedicht zu sagen. Leonora wollte ihm gerade einen Dukaten geben, aber er schnalzte mit der Zunge.

»Aber nein, ich bitte Euch, ich bin doch kein Händler. Ihr Vater gehört zum Rat der Zehn, nicht wahr?«

Er wollte kein Geld, sondern einen kleinen Hinweis, einen Rat, ein Gerücht oder eine kleine Geschichte. Sie schlug vor, ihm etwas über den »Unfall« im Dogenpalast zu verraten. Er lehnte ab und sagte, das könne man nicht veröffentlichen. Er brauche etwas Pikantes, aber keinen Skandal. Die Venezianer wüssten Skandale nicht zu schätzen, und er wolle auch nichts, was die Autorität der Signoria infrage stelle. Sonst müsse er seinen Laden dichtmachen. So war es ihm bei seiner letzten Zeitung passiert, der *Gazetta veneta*, die nach einem ärgerlichen, nicht wiedergutzumachenden Fehler verboten worden war. Die letzte Ausgabe war in einem schlammigen Kanal verschwunden, bevor sie in die Hände der Leser geriet.

»Wir genießen hier in Venedig völlige Freiheit, vorausgesetzt, wir schießen nicht übers Ziel hinaus«, erklärte er.

Wenn man die Dinge so sah, waren auch Kühe im Gehege in Freiheit.

»Würde Euch eine Hexengeschichte gefallen?«

Sie erzählte ihm die Geschichte von dem angekündigten Mord, von dem in einem mit kabbalistischen Zeichen versehenen Brief die Rede gewesen sei. Vielleicht würden ihre Ermittlungen durch die Verbreitung dieses Details vorankommen. Während Gasparo Gozzi fieberhaft mitschrieb, fragte sie sich, wie wohl die Magistraten reagieren würden. Nachdem er eine Rohfassung seines Artikels fertiggestellt hatte, fragte sie Graf Gozzi nach dem Gedicht.

Die Verse waren ganz im Stil des verstorbenen Dogen Grimani verfasst. Gozzi kannte ihn deshalb so gut, weil Grimani in der Zeit, in der er seine Anthologie schrieb, auf dem Herrscherthron gesessen hatte. Damals hatte er schmeichelhafte Dinge über den Dogen mit den literarischen Ambitionen veröffentlichen müssen, damit seine eigene Publikation finanziert wurde.

»Ich musste unglaubliche Elogen auf sein Werk über Meerestiere verfassen! Grimani bildete sich ein, dass die Poesie Venedigs automatisch Phantasterei über Wassertiere bedeute. Sein Gereime erinnerte an Algen, Schlamm und alles, was man bei Ebbe findet.«

Er las den Text erneut.

»Das alles ist zwar nicht vom Feinsten, da wir Venezianer aber lange Zeit kein Interesse an der Dichtkunst hatten, muss man nachsichtig sein.«

Leonora hätte gern gewusst, warum ausgerechnet Zan Pelizzioli, ein Mann von geringer Kultur und ohne

Sinn für Literatur, am Tag seines Todes den Text eines vor zehn Jahren verstorbenen Dogen bei sich trug. War darin eine geheime Botschaft verborgen? Stellten die Sirenen den Rat der Zehn dar und die Haie die Türken? Welche Familie in Venedig hatte eine Sirene im Wappen? Bestimmt ein Dutzend! Seezungen und andere Fischarten!

»Oh, das ist ja ein Autograph«, sagte Graf Gozzi, der sich das Blatt genauer ansah.

Das letzte Wort war am Ende mit einem kleinen Fisch versehen, das war eine Eigenart des früheren Dogen gewesen.

»Ist dieses Papier Geld wert?«, fragte Flaminio.

»Weniger als das Gemüse, das man damit einpacken kann«, antwortete Gasparo Gozzi und ließ das Blatt verächtlich auf den polierten Tisch fallen.

Unter den Arcaden des Liston auf der anderen Seite der Piazza führte Cesare dalla Frascada gerade ein Gespräch mit seinen Kollegen, auf das er gern verzichtet hätte. Die einen lachten ihn aus, weil die Inquisitoren ihm seine Tochter vorgezogen hatten. Die anderen warfen ihm vor, dass sich die junge Signorina in ganz Venedig herumtreibe.

»Offenbar kämpft Euer liebes Kind darum, zur Dogin gewählt zu werden.«

»Sie soll vorhin bei der Accademia dei Nobili gewesen sein, dann im Casino von San Barnaba, bei einer Witwe in Dorsoduro, und ich weiß nicht, wo noch. Sagt mal, Ser Cesare, wie viele Töchter habt Ihr?«

Dalla Frascada war ebenso eifersüchtig wie erschrocken. Das musste sofort aufhören, und bald war seine Entscheidung gefällt.

Flaminio forderte die ihm vertraglich zustehende Verpflegung in der Ca' Civran. Es war Zeit fürs Abendessen.

Alle Hausbewohner saßen bereits an dem großen Esszimmertisch. Gerade war die Suppe serviert worden.

»Während du spazieren warst, sind wir nicht untätig geblieben«, erklärte Donna Soranza.

»Während ich versucht habe, die Affäre im Dogenpalast aufzuklären«, verbesserte Leonora sie.

»Wir sind gut vorwärtsgekommen, während du weg warst«, sagte ihr Vater nachdrücklich.

»Habt ihr das Rätsel gelöst?«, fragte sie, während ihr Teller mit einer fetten Markknochensuppe mit Reis gefüllt wurde.

»Große Neuigkeiten!«, erklärte Donna Soranza. »Wir haben einen Mann für dich gefunden.«

Das junge Mädchen hatte gar nicht gewusst, dass sie einen suchten.

Sie hatten nicht sehr weit gehen müssen, um fündig zu werden. Der Besitzer des Nachbarpalazzo war ein alter Adeliger, der keine Frau mehr hatte und dessen Kinder alle gestorben waren. Das war für ein Mädchen wie sie eine unverhofft gute Partie. Donna Soranza war begeistert:

»Das ist eine Heirat, die uns nichts als Vorteile bringt. Wir können in der Galerie die Wand durchbrechen. Ich habe schon einen Kostenvoranschlag bestellt. So kann man beide Häuser miteinander verbinden, was für alle von Nutzen ist.«

Leonora wollte keinen Türrahmen als Hochzeitsgeschenk.

»Ich heirate doch keine Tür!«, sagte sie.

»Nicht nur eine Tür, meine Liebe, die ganze Etage dahinter ebenfalls!«

Es war klar, dass sie nicht mehr so weitermachen konnte wie bisher, ohne zum öffentlichen Ärgernis zu werden. Ohne Ehe keine Rettung. Sie spürte, dass sie ihr wohl nicht erspart werden würde. Eine verheiratete Frau konnte überall hingehen, mit einem Begleiter oder einer Dienerin. Eine Signorina durfte nirgendwohin. Außerdem besaß der ehrwürdige Dario Dandolo ein wenig Einfluss im Dogenpalast. Für den Rat konnte er nützlich sein, trotz der Tür.

Während sie nach dem Abendessen durch die Galerie ging, sah Leonora, wie zwei Schreiner zwischen den Truhen eine rechteckige Fläche vermaßen.

»Jetzt bin ich so gut wie verlobt«, sagte sie.

7

Die Abenddämmerung zog herauf, und Leonora verspürte Lust, frische Luft zu schöpfen. Sie bat Loreta, ihr ein Spitzenhäubchen und einen Hut zu leihen.

»Eine Signorina soll nachts nicht in Venedig herumlaufen«, sagte die Dienerin. »Euren Eltern wird das nicht gefallen.«

»Deshalb fragen wir sie auch nicht. Loreta, das Gartentor quietscht. Du musst die Türangeln ölen. Und sag Sior dell'Oio, er soll unten auf mich warten.«

Jetzt hatte sie Gelegenheit, die schwere Bürde der Frascadina abzulegen. Einen Augenblick später schlüpfte sie, verkleidet als einfaches Mädchen aus dem Volk, mit ihrem venezianischen Höfling auf die Straße. Er war zufrieden und satt.

»Ist Euch klar, dass jetzt der Nachttarif gilt, werte Herrin?«

Nach allem, was er im Casino dei Nobili verdient hatte, fand sie, er könne ihr diesen Spaziergang ruhig schenken.

Sie erreichten den Campo San Polo, als Schreie aus dem Fenster eines Patrizierhauses ihre Aufmerksamkeit erregten.

»Hilfe! Haltet den Dieb. San Todoro und Pantaleon! Schnappt den Galgenvogel!«

»Träume ich?«, fragte Leonora. »Ich glaube bald noch, ich bin verflucht!«

Flaminio sah sich um.

»Wo ist unser Dieb? Da ist doch niemand auf dem Campo.« Außer uns, dachte er.

»Er ist dort entlanggelaufen!«, antwortete der Diener am Fenster.

Sie hoben den Kopf und sahen einen Schatten vorsichtig über die schrägen Dachziegel gehen.

»Habt Ihr nicht genug davon, Euch nur am Boden zu bewegen?«, fragte dell'Oio.

Da ein livrierter Diener das Haus verließ, um sich draußen umzusehen, zog der Höfling seine Auftraggeberin ins Hausinnere. Sie rannten eilig die Treppe hinauf bis zum obersten Absatz. Unter einer offenen Klappe stand, gegen eine Trennwand gelehnt, eine Leiter. Flaminio kletterte eilig aufs Dach, behände wie ein Schornsteinfeger, der dies schon hundert Mal gemacht hat. Leonora beglückwünschte sich, dass sie sich verkleidet hatte.

Im Licht des Mondes konnte man nicht viel mehr sehen als die Dächer. Der Dieb befand sich auf dem Dachfirst des Nachbarhauses. Der venezianische Höfling hielt einen Moment inne, um sich die Schuhe auszuziehen, und empfahl der jungen Frau, dasselbe zu tun, wenn sie nicht abrutschen wollte.

»Wieso kennt Ihr Euch damit aus?«, fragte sie und hielt sich mit einer Hand an einem trichterförmigen Kaminrohr fest, um sich ihrer Schuhe zu entledigen.

»Da kann man sehen, dass Ihr noch nie von den hiesigen Gläubigern verfolgt worden seid!«

Er steckte seine Schuhe unter seinen Gürtel und lief dem Flüchtenden hinterher. Sie folgte ihm und schimpfte, dass er sie zu unsinnigen Taten verleite.

»Auch nicht verrückter als das, was Ihr normalerweise tut!«, antwortete er und zog sich auf das nächste Dach hinauf.

Sie kamen nah genug an den Flüchtenden heran, um feststellen zu können, dass es ein ziemlich großer, schlanker und agiler Mann war. Bald würden sie ihn schnappen und durchsuchen, denn zu zweit kamen sie schneller vorwärts, weil er niemanden hatte, der ihm von einem Dach auf das nächste half. Doch der Gauner hatte einige Hilfsmittel bei sich. Er wühlte in seiner Tasche, zog eine Kette heraus und warf sie auf die Dachziegel, fast vor ihre Füße. Flaminio konnte dem Reiz des Schmuckstücks nicht widerstehen. Leonora sah, dass er darum herumkreiste wie ein Esel, der eine Möhre schnappen will. Während er nach der Kette griff, die auf den Campo zu rutschen drohte, war der Ausreißer verschwunden.

Dell'Oio schien sogar dessen Existenz vergessen zu haben.

Lange betrachtete er die im Mondschein leuchtenden drei Perlenschnüre und stopfte sie in seine Jackentasche.

Leonora verstand nun besser, warum er unbedingt Justizbeamter werden wollte. Sie schwor sich, ihre Schmuckanhänger zu zählen, wenn er Gelegenheit gehabt hatte, nahe an sie heranzukommen.

Ihr Begleiter war voll des Bedauerns darüber, dass sie nicht den Rest des Schmucks in Händen hatten, der angesichts dieser prächtigen Kette ganz großartig sein müsse.

Jetzt konnte Leonora endlich die Landschaft bewundern, die man aus dieser Höhe zu sehen bekam.

»Auf dem Wasser oder auf Dächern in Venedig bewegt man sich anders vorwärts als überall sonst auf der Welt!«

Um sie herum waren die Silhouetten der Kuppeln zu sehen, die Glockentürme stachen hervor wie Äste ohne Blätter. Der Mond spiegelte sich im Wasser der Lagune, darin lagen mit Zypressen bewachsene, kleine gespenstische Inseln. Venedig sah aus wie ein schwarzer Diamant auf einem mit Silberfäden bestickten Brokat.

Als sie durch ein offenstehendes Dachfenster wieder zurück auf die Straße gelangt waren, forderte Leonora Flaminio auf, zum Campo San Polo zu gehen und die Perlenkette zurückzugeben.

»Nennt mir einen einzigen guten Grund dafür«, sagte dell'Oio empört, der es selten erlebt hatte, mit so wenig Mühe so viel zu erreichen.

Ihre Antwort lautete, dass ein kurzer Augenblick der Ehrlichkeit mehr wert sei als ein langer Aufenthalt im feuchten Gefängnis der *pozzi*. Die Angst vor dem Stock war so groß, dass sich die Waage zu Gunsten der Ehrlichkeit neigte.

Ein Wächter der Serenissima versperrte den Eingang des Hauses, in dem die Tat begangen worden war.

»Hier darf man nicht hinein. Es gab einen Diebstahl!«

»Das wissen wir«, antwortete die Frascadina. »Hier ist der gestohlene Gegenstand.«

Sie forderte Flaminio auf, die Perlen vorzuzeigen.

Sie gehörten den Renier de San Polo, einer großen reichen Familie. Diese war eilig von einem Abendessen aus der Stadt zurückgekehrt und beschimpfte ihre Dienerschaft. Die Diener versuchten, so gut sie konnten, dem Vertreter des Bezirksgerichts, das für kleinere Vergehen zuständig war, zu erklären, was geschehen war. Der Kasten mit dem Hochzeitsschmuck, den man sich in begüterten Familien bei Eheschließungen zu schenken pflegte, war geleert worden. Der Magistrat war besonders verärgert, da diese Art Diebstahl im vergangenen Monat schon drei Mal vorgekommen war. Die Rückgabe der Perlen war nur ein kleiner Trost, da die restlichen Juwelen verschwunden blieben. Donna Renier war sehr bestürzt.

»Mein Freund, vergesst nicht, diese hilfreichen Leute zu belohnen«, sagte sie zu ihrem Mann, bevor sie sich zurückzog.

Der edle Ser Renier warf einen kurzen Blick auf ihre einfachen zerknitterten Kleider.

»Gewiss.«

Er befahl seinem Diener, ihnen etwas Kleingeld zu geben, und verließ sie ohne ein weiteres Wort.

Als sie draußen waren, sah Leonora empört auf die fünf lächerlichen Dukaten, die ihr der Diener in die Hand gedrückt hatte. Diese Belohnung war die reinste Beleidigung.

»Ich habe sie nicht darum gebeten! Wenn ich bedenke, dass ich mein Leben oben auf dem Dach riskiert habe! Ein einfaches Dankeschön hätte genügt.«

»Willkommen beim niederen Volk!«, sagte Flaminio und steckte die Silbermünzen ein.

Als sie sich der Ca' Civran näherten, hörten sie hinter sich eilige Schritte. Ein Junge rannte an ihnen vorbei, verfolgt von einer Schar Soldaten aus Dalmatien, die nachts die Stadt bewachten.

»Heute amüsieren wir uns wirklich überall!«, stellte Leonora fest, die immer noch wütend war.

Dell'Oio fand eine Zeitung am Boden. Es war die neueste Ausgabe des *Osservatore veneto*. Der Ausrufer ließ auf seiner Flucht ein Exemplar nach dem anderen fallen. Sie stellten sich unter eine Straßenlaterne, um herauszufinden, was den Zorn der Regierung hervorrief. Die Zeitung machte mit den üblichen Kommentaren zu neuen literarischen Werken auf.

Mit kritischen Äußerungen zu dem Buch *Christliches Denken für junge Mädchen* hat das Ganze bestimmt nichts zu tun, vermutete Flaminio. »Wenn die Moralapostel alle verhaften, die sich über sie lustig machen, dann würde es in den Bleikammern verdammt eng werden!«

Er blätterte um und las:

Eine neue Einkommensquelle für Venedig

Hier gibt es die bedeutendsten Wahrsagerinnen der Welt. Unsere Regierung kann sich glücklich schätzen. Unser ehrbares oberstes Gericht kann jetzt auf die Magie zählen, um Verbrechen zu bekämpfen. Man findet heute in der bocca di leone *Hinweise auf noch nicht geschehene Ereignisse. So erfahren wir aus sicherer Quelle, dass der tragische Fehltritt des Patriziers Zan Pelizzioli im Dogenpalast den Inquisitoren zwei Tage zuvor angekündigt wurde, und zwar von einer der bedeutendsten Pythien, die in unserer Lagune tätig sind. Es ist bedauerlich, dass keine Maßnahmen getroffen wurden, um zu verhindern, dass die Böden, über die unser werter Adel an jedem Abstimmungssonntag schreitet, allzu glatt sind. Wenn ein solcher fataler Ausrutscher wieder passieren sollte, dann würde unser Palast wegen unglücklicher Todesfälle berühmter als durch die Gemälde alter Meister. Wetten wir, dass die Serenissima Signoria künftig lieber die Sterne befragt, als die Treppen zu wachsen.*

»Das ist eine Kriegserklärung!«, bemerkte dell'Oio.

Er fragte, wie dieser unvorsichtige Mensch auf die Idee gekommen war, die Inquisitoren in seinem Artikel so hart anzugreifen. Leonora dachte bei sich, nur weil Leute etwas riskierten, stünde Lesenswertes in der Zeitung.

Flaminio warf die Zeitung in den erstbesten Kanal. Er wollte nicht in der Herberge der Republik übernachten und für die Tollkühnheit eines anderen bezahlen.

»Wenn die Hellseherinnen die Zukunft auch nur ein bisschen vorhersehen, dann packen sie heute Nacht noch ihre Sachen«, sagte er und sah den Papierseiten nach, die im trüben Wasser davonschwammen.

8

Es war schon seit zwei Stunden hell, als Loreta, die es nicht mehr aushielt, in Leonoras Zimmer eilte. Das junge Mädchen schlief noch. In Venedig war von nichts anderem die Rede als von dem unglaublichen Diebstahl am Abend zuvor.

»Der Dieb ist über die Dächer geflohen!«, berichtete die Dienerin, die sich ans Fußende des Bettes gesetzt hatte.

Sie sah das Kleid voller Rußflecken, das auf einem Stuhl lag.

»Man hat gesehen, wie er über die Dächer gelaufen ist!«

Sie sah die zerkratzten Schuhe am Boden liegen.

»Es ist in San Polo passiert … Ungefähr zu der Zeit, als Ihr spazieren wart …«

Auf der Kommode lag ein Paar weißer Strümpfe voller Flecken. Sie unterbrach ihren Bericht, der zu nichts führte, weil ihre Herrin gar nicht zuhörte.

»Nur ein Paar goldene Ringe, und ich bin ruhig!«, erklärte sie unumwunden.

Leonora riet ihr, sich keine Illusionen zu machen: Sie habe sich an der Verfolgung des Diebes beteiligt, nicht an der Teilung der Beute. Loreta war tief enttäuscht.

»Es wäre zu schön gewesen. Endlich hätte ich eine anständige Bezahlung fordern können!«

Die Frascadina setzte sich an ihren Frisiertisch und bürstete ihr langes dunkles Haar. Sie fragte Loreta, was denn über die Ereignisse in der Zeitung stand.

»Heute Morgen gab es keine Zeitungen. Auf dem Gemüsemarkt habe ich gehört, dass die Drucker keine Tinte mehr haben.«

Und wenn sie etwas gegen die Inquisitoren schreiben, dann haben sie bald kein Papier, keine Druckmaschinen, keine Mitarbeiter mehr und bald gibt es auch keine Drucker mehr, dachte Leonora.

Die Venezianer hatten glücklicherweise andere Möglichkeiten, Neuigkeiten von einem Viertel ins nächste zu tragen. Das Interesse an der Geschichte war deshalb so groß, weil die reichen Familien Vermögen in Schmuckstücke anlegten, mit denen die Mitgift junger Paare bezahlt wurde. Es war eine Art Rücklage, die niemals angegriffen wurde. Wenn diese schädigende Einbruchsserie anhielt, gerieten die künftigen Hochzeiten des Adels in Gefahr. Dies konnte schnell zur Staatsaffäre werden.

Leonora fand Flaminio dell'Oio in der Küche, wo er die Reste des Frühstücks verzehrte.

»Nehmt Ihr gerade Eure vertraglich vereinbarte Mahlzeit ein?«

»Ein kleiner morgendlicher Imbiss ist kein richtiges Essen«, entgegnete er, den Mund voll mit *bouzzolai.*

Leonora war mit den Gedanken woanders. Ihr Blick blieb auf dem Salzstreuer haften, mit dem der Höfling gerade seine Schale Reis bestreute. Zan Pelizzioli hatte Salzschmuggel betrieben, aber es war schwer vorstellbar, dass gerade diese Gaunerei zu seinem traurigen Ende geführt hatte. Wenn er in einer dunklen Gasse erwürgt oder in einem Kanal ertränkt worden wäre, dann vielleicht, aber mitten im Großen Rat erdolcht ... Warum nur dieser Aufwand?

Sie aß schnell ein paar trockene Kekse und schleppte dann ihren Höfling zu den Pelizziolis, in der Hoffnung, unter den Sachen des Toten ein paar Hinweise zu finden, die ihre Ermittlungen voranbrachten. Die Witwe hatte mit Sicherheit ihren Schlüssel bei einer Nachbarin hinterlegt, die ihnen für eine Zechine öffnen würde. Als sie durch eine Geschäftsstraße in Dorsoduro gingen, begegneten sie einer fülligen Dame, die ihre Röcke raffte und wegrannte, als sei in der Stadt ein Feuer ausgebrochen. Zwei Dalmaten in Uniform, deren Lederstiefel hart auf dem Pflaster aufschlugen, verfolgten sie. Flaminio befragte eine Ölverkäuferin, die die Szene angewidert betrachtete.

»Was ist hier los?«

»Sie verhaften die Wahrsagerinnen, guter Mann! Jetzt hat die Republik ihre Feinde gefunden!«

Die Inquisitoren machten Razzia auf die Wahrsagerinnen, von denen es offenbar in den armen Vierteln nur so wimmelte. Sie sahen zwei Frauen vorbeigehen, deren Hände auf dem Rücken gefesselt waren, geführt von bewaffneten, aufmerksamen Wächtern. Die einfachen Leute riefen ihnen scherzhaft zu:

»He. Passt auf, dass ihr nicht ausrutscht!«

»Vor wem habt ihr mehr Angst, vor denen oder den Inquisitoren?«

Die Polizei hätte sich die Mühe sparen können, alle Wahrsagerinnen zu verhaften, die an diesem Morgen zu Hause waren: Ihr zweites Gesicht war oft durch Kurzsichtigkeit getrübt.

In San Barnaba war niemand im Besitz des Schlüssels von Donna Pelizzioli.

»So sparen wir eine Zechine«, sagte Flaminio.

Gut ausgestattet, wie er war, zog er einen Draht aus seiner Tasche. Leonora entfernte sich ein paar Schritte, um Wache zu halten und um deutlich zu machen, dass sie mit solchen Methoden nichts zu tun haben wollte. Als sie wiederkam, war der Riegel durch die Bemühungen des Schlossergehilfen zurückgesprungen.

Im Eingang herrschte ein seltsamer Geruch. Es war Weihrauch, aber nicht der, den man in der Messe verwendete. Als sie in den Salon eintraten, richtete sich eine schwarze Gestalt vor ihnen auf, das Gesicht unter einem Schleier verborgen. Sie glaubten schon, die Witwe sei zurückgekehrt, und entschuldigten sich für ihr Eindringen. Da hob die Frau den Schleier hoch. Zwei leuchtende hervorquellende Augen sahen sie aus einem dunklen Gesicht an.

Es war die Frau, die während der Trauerbesuche Beschwörungsformeln gemurmelt hatte. Nachdem sie Donna Pelizzioli versichert hatte, sie müsse abreisen oder, besser gesagt, schleunigst fliehen, hatte sie sich den Schlüssel geben lassen, und so hatte sie ein recht angenehmes Versteck in diesen für alle Hexen schweren Zeiten.

Sie nannte sich »die Mohrin«. Es war schwierig, ihr Alter zu schätzen. Sie hatte keine Falten, und eine weiße Strähne in ihrem krausen Haarknoten gab ihr ein merkwürdiges Aussehen. Ihre dunkle Haut ließ sie vermutlich Jahre jünger aussehen, als sie war, außer sie hatte die Frische ihrer Zauberkunst oder einem exotischen Balsam zu verdanken, mit dem sie entweder viel Geld bei Apothekern verdienen oder auf dem Scheiterhaufen hätte landen können. Leonora hätte gern gewusst, aus welchem entfernten Land sie kam.

»Euer schönes Land muss Euch fehlen«, sagte sie.

»Murano ist doch nur ein paar Schwimmzüge entfernt«, antwortete die Wahrsagerin.

»Ich dachte an jenes fremde Land, in dem Menschen wie Ihr wohnen, Afrika«, entgegnete Leonora.

Die Maura runzelte die Stirn.

»Ich bin in San Donato getauft worden, meine Vorfahren leben länger in der Lagune als Eure, meine Kleine.«

Sie stammten von Mauren ab, die seit Generationen im Dienst der Republik standen. Sie nannte sich eine gute Christin und behauptete, die Magie sei für sie nichts als ein Lebensunterhalt. Sie wisse auch nicht, warum, aber die Frauen Venedigs behaupteten immer, sie habe das zweite Gesicht – und jetzt habe es sich wieder bewahrheitet. Leider greife auch die Inquisition auf die von der Kirche verurteilten heidnischen Rituale zurück, das könne man bei dem, was gerade geschehe, ja sehen.

»Diese Arbeit strengt die Augen weniger an, als Spitzen zu klöppeln, und sie wird auch besser bezahlt«, sagte sie pragmatisch.

Die Magie spielte dennoch eine wichtige Rolle für sie. Nachdem sie die Eindringlinge mit ihren großen durchdringenden Augen angesehen hatte, erklärte sie, Flaminio habe eine schöne Seele, woraufhin er sehr zufrieden war.

»Und ich?«, fragte Leonora.

»Ihr nicht, nur er.«

Obwohl sie keine schöne Seele hatte, beschloss Leonora, die Maurin mit in die Ca' Civran zu nehmen. Wenn sie hier bliebe, würde sie irgendwann angezeigt oder vor Hunger sterben. Im Haus eines hohen Patriziers zu sein war das beste Mittel, den Inquisitoren zu entgehen.

Flaminio nahm seine Auftraggeberin beiseite.

»Eure natürliche Großzügigkeit ist für mich immer noch ein Grund zur Bewunderung, aber sollt Ihr nicht gegen diese Frauen ermitteln?«

»Ich soll den Namen des Mörders herausfinden und nicht Leute ausliefern, die mit aller Härte verfolgt werden.«

Sie verließen die Wohnung mit der hochgewachsenen, verschleierten Frau und setzten sich in die nächstbeste Gondel, die sie zur Ca' Civran brachte, dem Hafen von Frieden, Harmonie und Sicherheit.

Alle Damen waren sehr interessiert an dieser ungewöhnlichen Frau, die eine Aura des Geheimnisses umgab. Loreta folgte ihnen vom Tor an, Cornelia holte sie auf der Treppe ein, und alle begleiteten den Gast bis zum Salon, wo man sie Donna Soranza vorstellte. Diese unterhielt sich gerade mit einem älteren Herrn, der gekleidet und gepudert war wie ein reicher Adeliger und mit kindlichem Genuss eine Schokolade schlürfte.

Die Gattin des Patriziers fasste die Situation folgendermaßen zusammen:

»Du willst also sagen, dass du uns eine Wahrsagerin mit beängstigenden Fähigkeiten ins Haus bringst, der man okkulte Betrügereien vorwirft, die von der Justiz gesucht wird und hier dunkle Rituale zelebrieren und teuflische Kräfte beschwören kann?«

Leonora nickte.

»Was für eine gute Idee! Da könnt Ihr sehen, wie geistesgegenwärtig und mutig meine Stieftochter ist«, sagte sie, an ihren Besucher gewandt, der höflich nickte.

Die Damen waren erfreut und aufgeregt und nahmen sofort die Dienste der Wahrsagerin in Anspruch. Cornelia ließ ihre Näharbeiten liegen, denn sie wollte von ihr wissen, wann weiße Frauen in den Palazzi am Canal Grande keine Sklavenarbeit mehr leisten müssten. Die Maura fragte sich, wie es um sie selbst stand: War sie in diesem Haus auch wirklich in Sicherheit?

»Ich weiß es nicht«, entgegnete Donna Soranza lächelnd. »Das müsst Ihr uns sagen.«

Der gut angezogene Herr war Dario Dandolo, ihr Nachbar, der um Leonoras Hand anhielt. Sie fand, dass er von kanonischem Alter sei. Für Donna Soranza aber war der Handel so gut wie abgeschlossen.

»Signor Dandolo hat jede Menge guter Partien zurückgewiesen.«

Vielleicht in den 1730er Jahren, dachte die Verlobte.

Donna Soranza pries die Vorteile, die der alte Mann durch Leonora haben würde, in erster Linie die Tatsache, dass man sie ihm auf einem Tablett servierte.

Das Hauptinteresse von Donna Soranza in dieser Angelegenheit war vor allem architektonischer Natur.

»Also, lieber Freund, sagt mir, in welchem Zustand ist Euer Dach? Sind die Dachbalken noch in Ordnung?«

Der alte Patrizier war zu sehr damit beschäftigt, die Reize seiner Zukünftigen zu betrachten, um über die taktlosen Reden der Stiefmutter entsetzt zu sein. Er musste früher weibliche Schönheit sehr geschätzt haben, denn er verschlang die junge Frau buchstäblich mit seinen Blicken. Sie fühlte sich wie eine junge Ziege, die man an einen Pfahl gebunden hatte, um einen alten Wolf anzulocken.

Als sie die Schokolade getrunken hatten, führten sie den Gast zum Gartentor.

»Sie haben wirklich keinen weiten Nachhauseweg«, sagte Donna Soranza scherzend, deren Bemerkungen immer noch ihre eigentlichen Absichten verrieten.

Sobald er fort war, wandte sich Leonora an die Wahrsagerin:

»Wenn Ihr mir vorhersagt, dass er bald stirbt, dann heirate ich ihn.«

»Er ist mindestens siebzig!«, rief Donna Soranza aus. »Er ist so gut wie tot! Ich bezahle sogar das Trauergewand!«

»Ihr wisst doch genau«, sagte die Wahrsagerin, »dass ein Venezianer von siebzig Jahren durchaus hundert werden kann.«

»Dann lehne ich diese Hochzeit ab«, sagte Leonora bestimmt. »Die Inquisitoren haben mich mit Ermittlungen betraut, und ich kann nicht zwei Hasen auf einmal jagen.«

Donna Soranza legte ihr nahe, sich für Dandolo zu entscheiden. Mit diesem Hasen könne sie mehr verdienen.

9

Leonora drang in die Küche ein, in der Flaminio gerade das Würzen der Polenta überwachte, und bat ihn, nicht wegzugehen: Sie brauche ihn, damit er sie auf die Piazza begleite. Dieses Ziel erregte die Neugier des Höflings.

»In welcher *bottega del caffè* seid Ihr verabredet?«

»In keiner. Wir gehen in die Bibliothek Marciana.«

Seine Begeisterung erlosch abrupt.

Wenn sie etwas aus dem Archivisten herauskriegen wollte, musste sie ihn beeindrucken. Das war etwas, was der Frascadina lag. Sie zog ihr schönstes Kleid an, ließ sich frisieren und lieh sich bei Donna Soranza Schmuck. Mit dem Namen »Dandolo« konnt sie bei ihr alles erreichen.

»Bei den Nonnen von San Pantaleon!«, rief dell'Oio, als er Leonora kommen sah. »Sior Barattini wird glauben, die Dogaressa persönlich stehe vor ihm!«

Sie fuhren in einer Gondel über den Canal Grande bis zur Piazzetta dei Lenocini. Hier stand das prächtige Gebäude von Sansovino, in dem die Venezianer Bücher und Manuskripte aufbewahrten. Die Bibliothek lag oberhalb von Läden und Cafés, die wesentlich mehr Leute anzogen.

Die Säle in der ersten Etage führten auf die rosafarbene Fassade des Dogenpalasts. Flaminio bat den Angestellten, seinem Vorgesetzten zu melden, dass die ehrenwerte Donna Leonora, die Tochter des Rats dalla Frascada, ihn kennenzulernen wünsche.

Tito-Livio Barattini ging gebeugt, sein gelbliches Haar, die ausgeblichene Jacke und sein Lorgnon mit Goldrand ließen ihn aussehen wie einen vergilbten Zwerg, der zwischen diesen mit Büchern tapezierten Wänden geboren zu sein schien und hier auch sterben würde.

»*Schiavo*, ich stehe Euch zu Diensten. Lasst mich raten«, sagte er, «die Signorina kommt wegen der Werke Petrarcas, nicht wahr? Wir haben hier sehr viel Literatur über diesen genialen Dichter, aber ich sage Euch gleich, Eure unschuldigen Augen dürfen manche, ein bisschen freizügige Gedichte des Meisters nicht sehen. Das höchste Gericht verbietet uns, Unsittlichkeit zu verbreiten. Es sei denn, die ehrenwerte Dame ist schon verheiratet …«

Leonora hatte schon oft Gelegenheit gehabt, festzustellen, wie wichtig die Ehe war, wenn man alles genießen wollte, was Venedig an Amüsantem zu bieten hatte. Sie antwortete, sie seien nur gekommen, um im Verwaltungsarchiv nach etwas Bestimmtem zu suchen. Mit Erstaunen stellte der Archivar fest, dass die jungen Mädchen von heute sich auf recht ungewohntem Gebiet zu zerstreuen suchten.

»Wirklich? Seid Ihr sicher? Wir haben auch eine schöne illustrierte Ausgabe von Boccaccios *Decamerone*. Ich kann Euch einen Mitarbeiter zur Verfügung stellen, der die Bilder, die Euer Schamgefühl verletzen, bedeckt.«

Leonora wies seine Vorschläge, sich mit schöngeistiger Literatur zu beschäftigen, entschieden zurück und wiederholte ihren Wunsch, in alten, schwer verständlichen Papieren zu wühlen.

»Vielleicht unsere venezianischen Ausgaben?«, fragte der Archivar. »Alle in Venedig gedruckten Bücher gelangen ins Magazin, auch Werke mit sittenlosem Inhalt, die zu Recht verboten werden.«

Diese Besucher unterschieden sich sehr von den üblichen Kunden, die er zu begleiten hatte und die meistens zweideutige Geschichten lesen und laszive Bilder betrachten wollten.

»Wir möchten gern das sehen, was Ihr zu dem Verbrechen im Ratssaal habt«, sagte die Frascadina.

»Was für ein Verbrechen im Ratssaal?«, fragte der Archivar und blickte über den Rand seines Lorgnons.

»Das, welches nicht geschehen ist und über das man nicht sprechen darf«, sagte dell'Oio.

»Dann habe ich vermutlich deshalb nichts zu diesem Thema«, erwiderte Barattini.

Flaminio fragte sich, ob der Mann ihm dann vielleicht doch die erwähnten Illustrationen zum *Decamerone* zeigen könnte.

Leonora interessierte sich aber mehr für Handschriften. Tito-Livio Barattini hatte nicht nur die Aufgabe, klassische Literatur anzubieten. Er hatte auch alle Archive der Serenissima unter sich, bis auf jene Dekrete, offizielle Korrespondenzen und diplomatische Übereinkünfte, die sorgfältig in der Kanzlei aufbewahrt wurden.

Aber alles andere war hier, weil es in den Augen der Signoria weniger bedeutsam war. Wenn man aber wusste, was man suchte, konnte man hier interessante Dinge finden, und Leonora war dies bekannt.

In der Verwaltung der Republik wurden endlos viele Schriftsätze produziert. Jeder Befehl, jede Überlegung, jede Entscheidung mussten protokolliert werden. Jeder Rat – und es gab viele – wollte eine Abschrift haben. Und wenn diese Texte nicht mehr gebraucht wurden und zu viel Platz wegnahmen, wurden sie hierhergeschickt, um eingeordnet zu werden. Jeden Tag.

Sior Barattini bat sie, sich zu beeilen, es sei gleich Zeit für seinen Spaziergang an der Riva dei Schiavoni. Er sähe sich gern die Schiffe an, die aus aller Herren Länder kämen und dort festmachten.

»Ich dachte schon, Ihr kämt nie aus Eurer Bibliothek heraus«, sagte Leonora.

»Das wäre sehr ungesund. Die Archive sind nicht wegen des Holzes, des Dampfes oder der Kohle in gutem Zustand, sondern wegen der frischen Luft der Lagune. Ich atme sie ein, sooft ich kann. So wird aller Staub weggeblasen, und ich habe die Kraft, alles zu ordnen, aufzuräumen und zu sortieren.«

Er nahm seine Aufgabe ernster, als man sich vorstellen konnte.

»Kennt Ihr das große Geheimnis Venedigs? Unsere Ahnen haben die Welt erobert, aber die Welt weiß es nicht. Denkt an Cristoforo Colombo!«

»Ich dachte, er stamme aus Genua«, sagte Leonora erstaunt.

»Das hat er nur behauptet, damit die Spanier seine Reise finanzierten. Auf jeden Fall hat Marco Polo China entdeckt, das kann ich Euch versichern!«

»Ja«, sagte dell'Oio. »Schade, dass dort so viele Chinesen sind. Heute wird in diesem Land immer noch kaum Italienisch gesprochen.«

»Die Chinesen sprechen unsere Sprache nicht, aber wir essen die gleiche Pasta!«, erklärte Tito-Livio Barattini augenzwinkernd, als verriete er ihnen gerade, wo der Schatz von San Marco versteckt war.

Venedig hatte offenbar eine Unzahl Erfinder hervorgebracht, deren Genie von der Diskretion eingeholt wurde.

»Wie sähe es in der Welt ohne Jalousien aus! Alle Indiskreten könnten sehen, was bei ihren Nachbarn geschieht! Durch uns wird das Privatleben der Frauen geschützt.«

Leonora hatte eine andere Meinung zu dieser Frage.

»Diese Jalousie ist dazu bestimmt, dass sich die Damen an den Ereignissen der Straße erfreuen können, ohne gesehen zu werden. Würde man ihnen erlauben, nach draußen zu gehen, brauchten sie solche Mittel nicht mehr.«

Barattini hörte ihr nicht zu. Er war bei seinem Lieblingsthema und ganz und gar in das Universum der Kreativität eingedrungen, die an der Elle des Patriotismus gemessen wurde.

»Die Menschheit verdankt uns Petruccis Musiknotendruck! Und die Erfindung des Lazarettschiffs, um dort Reisende in Quarantäne zu nehmen!«

»Ja, dies alles ist ein wahrer Segen.«

»Und erst die Oper! Wir haben die Oper erfunden! Wenn die Menschheit singt, hat sie das uns zu verdanken!«

Es fehlte nur noch, dass er behauptete, die Venezianer hätten die Stimmbänder und den Kehlkopf erfunden.

»Ich habe mir sagen lassen, dass auch das Wort *ghetto* eine große Verbreitung gefunden hat«, stellte Flaminio fest.

Nichts konnte Tito-Livios patriotischen Redefluss unterbrechen.

»Und erst der Kneifer! Schon im dreizehnten Jahrhundert! Wie viele alte Männer können immer noch lesen, dank unserer Glaser aus Murano. Und die großen Spiegel! Ohne unsere Handwerker gäbe es in Versailles nicht die berühmte Spiegelgalerie.

Und erst mal die doppelte Buchführung, die so lange unser bestgehütetes Geheimnis war! Und Aldo Manuzio, der Erfinder des tragbaren Buches! Er stammte eigentlich nicht von hier, ehrlich gesagt, aber seine Frau war Venezianerin.«

»Es ist ein Stoff«, erklärte Flaminio zur Erbauung seiner Auftraggeberin.

Sior Barattini strahlte übers ganze Gesicht.

»Die Befestigungsanlagen von Vauban! Sie sind Sanmichelis Idee. Und die Spielkarten sind im vierzehnten Jahrhundert von unseren Vorfahren erfunden worden!«

»Deshalb kann man in dieser Stadt so viele finden!«, sagte Leonora, die sich schon darüber gewundert hatte, dass auf allen Tischen, Bänken und jedem kleinen Treppenabsatz Kartenspiele lagen.

»Pauls Kompass! Und das Patent für Erfindungen, das 1474 eingeführt wurde.«

Wie sollten sie nur die Luft aus diesem aufgeblasenen Ballon herausbekommen, damit er wieder zur Erde zurückkam?

»Ich bin sicher, dass unser Freund selbst auch eine Erfindung vorzuweisen hat, die man auf diese glanzvolle Liste setzen könnte«, sagte dell'Oio.

Er hatte richtig geraten. *Der Katalog der Erfindungen Venedigs*, der bald erscheinen sollte, würde ganz gewiss an der Lagune zu einem großen Erfolg werden, wenn sein Verfasser die Ergebnisse grenzenloser Geisteskraft fertig aufgelistet hätte.

Flaminio wies auf eine Schar Männer, die sich um ein dickes Buch versammelt hatten, das sie mit großem Interesse betrachteten.

»Unser illuminiertes Exemplar der *Ilias*. Darin sind sämtliche Göttinnen Griechenlands im Naturzustand zu sehen.«

»Und auch ein paar Hirten?«, fragte der venezianische Höfling.

Die Frascadina brachte das Gespräch auf ein ihrer würdiges Thema: den Nachlass von Pietro Grimani. Sie zog aus ihrer Tasche das Blatt, das sie bei dem toten Zan Pelizzioli gefunden hatte, und wollte wissen, aus welchem Jahr das Gedicht stammte.

Der Archivar stieg auf eine Leiter, um die gedruckten Werke des Dogen herunterzuholen. Es stellte sich heraus, dass das Gedicht darin nicht zu finden war. Offenbar handelte es sich um eine Skizze, die es nur in Manuskriptform gab. Also führte er sie in den Saal mit den Privatdokumenten.

Die Papiere des Dogen waren in einer Reihe großer Schränke untergebracht, manche von ihnen hatten mit Angelegenheiten der Republik zu tun, andere nicht. Die Fürsten der Serenissima hatten kein Privatleben. Alles, was die Dogen schrieben, gehörte dem Staat. Es konnten vertrauliche Mitteilungen sein, ein bewusster oder unfreiwilliger Verrat, eine Information, die für die Republik von Belang war. Alles war am Tag von Grimanis Tod gesammelt und hierhergebracht worden, am 7. März 1752.

Das Gedicht war auch hier nicht zu finden. Beim Vergleich der Schrift war sofort klar, dass es dieselbe war.

»Sie haben da ein Autograph«, sagte der Archivar, plötzlich ganz begierig.

Es bestand kein Zweifel, dass das bei Zan Pelizzioli gefundene Gedicht von derselben Hand stammte wie die Briefe des Dogen Grimani. Leonora steckte es in die Tasche ihres Umhangs, bevor Sior Barattini der Versuchung anheimfiel, es ihr wegzunehmen und seiner Sammlung einzuverleiben.

10

Während sich Leonora in der Bibliothek Marciana mit moderner Poesie beschäftigte, näherte sich eine Gondel mit Emissären der Inquisition der Ca' Civran. Im Salon mit der rosa Tapete, eine der neuesten Errungenschaften der Einrichtungskunst, brachte Donna Soranza Cornelia gerade bei, wie sie ihre Kragen mit Spitzenbesatz verzieren sollte. Roberto, ihr Cicisbeo, stand am Fenster und schöpfte frische Luft. Da sah er, wie das Boot Kurs auf ihre Anlegestelle nahm. Als es keinen Zweifel mehr gab, dass der Besuch ihnen galt, stieß er einen Schrei aus, der die beiden Frauen und den kleinen Hund aufschreckte, sodass sogar die Spitzen zu Boden fielen.

»Die *guardia*!«

»Fliehen wir durch die kleine Tür«, rief die Padrona.

Einen Augenblick später begegnete dalla Frascada auf der Treppe seiner besseren Hälfte, die Hände schützend um eine weiße Katze gelegt, die sie fast erstickte. Ihr Cicisbeo trug die Schmuckschatulle und Cornelia einen Arm voll Mäntel.

»Was soll diese Angst? Ich bin Mitglied im Rat der Zehn! Diese Leute haben mir zu berichten.«

Roberto wies ihn darauf hin, dass, bei allem Respekt, nicht er, Cesare Frascada, der Auftraggeber dieser Leute sei.

»Ihr habt Euch doch nichts vorzuwerfen, oder?«, fragte seine Gattin.

Nach kurzem Nachdenken setzte sich Ser Cesare an die Spitze des kleinen Zugs, lief eilig die Stufen nach unten, die bis zum Kanal führten. Beim letzten Mal, als ein Gardekapitän den Fuß in sein Haus gesetzt hatte, im vergangenen Frühjahr, hatte man dem Patrizier einen Monat Unterbringung in den Mansarden des Palastes aufgebrummt, als Folge eines Missverständnisses, das ihn noch viel teurer hätte zu stehen kommen können.

»Ich kenne einen Schiffer, der uns in einer Stunde aufs Festland bringen kann!«

Der alte Diener lief ihnen nach und hielt sie im Garten auf, als sein Herr gerade das Türchen zur *calle* öffnen wollte.

»Euer Exzellenz, eine Botschaft aus dem Palast!«

Dummkopf!, dachte der Berater des Dogen und ärgerte sich, dass er den senilen Diener nicht durch einen schlaueren ersetzt hatte. Da konnte man mal sehen, zu was es führte, aus Mitleid hinfällige Bedienstete zu behalten, nur weil ihre Familie schon seit drei Generationen im Dienst der dalla Frascadas stand.

Offenbar waren diese Herren wegen der jungen Signorina gekommen. Vielleicht brauchten die dalla Frascadas gar nicht über die Lagune zu fliehen. Durch die Fenster des *portego* konnten sie die Gesichter der Emissäre, die gepuderten Perücken und schwarzen Gewänder sehen.

Ganz gleich, was geschah, es war besser, sich gelassen zu geben.

Dalla Frascada ging, gefolgt von seiner Frau, dem Cicisbeo, dem Hund und den in aller Eile von Cornelia zusammengerafften Mänteln, auf die Herren zu.

Glücklicherweise begrüßten die drei Polizeisekretäre den Patrizier mit größerem Respekt als dem, den sie einem Verdächtigen bei seiner Verhaftung gezollt hätten.

»Ich habe einen Freibrief des Rats der Zehn, ausgestellt auf Eure Tochter«, sagte der Vorgesetzte.

Dalla Frascada sah auf das Papier mit dem roten Wachssiegel. Dies war das wichigste Dokument, das ein Venezianer erhalten konnte. Es gab einem ebenso viel Vollmacht, wie wenn es von Gottes eigener Hand verfasst worden wäre. Nur wenige Glückliche konnten schwören, so etwas irgendwann im Leben gesehen zu haben.

»Unsere Tochter? Da ist sie«, sagte Donna Soranza und trat einen Schritt zur Seite.

Die Polizisten entdeckten Cornelia, halb zugedeckt von den Pelzen und Reisemänteln. Sie begrüßten sie, wie es einer von ihren Vorgesetzten Auserwählten zustand:

»Signorina dalla Frascada, der Inquisitor Barbaran lässt Euch wissen, dass sich Eure Aufgabe verändert hat.«

Sie wurde gebeten, sich nicht länger mit dem Fall Pelizzioli zu beschäftigen, sondern sich um den Juwelenraub zu kümmern, der wesentlich dringlicher sei als ein einfacher Mord an einem *barnabotto*, selbst wenn dieser im großen Ratssaal geschehen sei.

»Ich sehe, dass unsere Inquisitoren sorgfältig prüfen, was sie am meisten irritiert«, stellte der Vater der Ermittlerin fest.

Leonoras Double war sprachlos. Roberto und der Portier bemühten sich, sie von ihrer Last zu befreien, damit sie nicht wie ein Zimmermädchen wirkte.

»Also, meine Tochter, sag dem Offizier, dass du gern bereit bist, Seiner Exzellenz zu gehorchen.«

Damit Cornelia reagierte, musste ihr Donna Soranza einen Stoß in den Rücken versetzen.

»Sagt Eurem Herrn, dass seinem Befehl entsprochen wird«, antwortete die falsche Leonora.

Der Polizist überreichte ihr das kostbare Pergament, das die dalla Frascadas mit so gierigen Augen betrachteten, als sei es ein ihnen von den Aposteln gewidmetes Neues Testament. Dann gab ihr der Abgesandte des Tribunals seine Direktiven. Man wisse an höchster Stelle, dass sie dem Dieb über die Dächer Venedigs gefolgt sei. Als die Eltern dies hörten, waren sie entsetzt. Also wisse sie mehr als sämtliche Agenten der Republik, die sich damit begnügt hatten, am Boden zu bleiben, und folglich den Dieb nicht aus so großer Nähe gesehen hatten. Zeugen hätten erzählt, sie hätten ihn in den *Rio Terà*, den in eine Straße verwandelten, ehemaligen Kanal delle Carampane, laufen sehen, und dort solle sie mit den Ermittlungen fortfahren.

Die Familie war wie versteinert, die angebliche Dachbesteigerin eingeschlossen. Der Polizist zeigte auf den Schmuckkasten, den Roberto vor die Brust hielt.

»Die ehrenwerte Donna dalla Frascada hat vollkommen recht, ein Auge auf ihren Schmuck zu haben. So kann man sich im Moment am besten vor bösen Überraschungen schützen.«

Während sie in ihrer Gondel über den Kanal davonfuhren, fasste einer der Polizisten ihren Eindruck zusammen:

»Der große Vorteil des jungen Mädchens liegt darin, dass man ihr nicht ansieht, wer sie ist. Wer würde schon glauben, dass sie in der Lage ist, nachts über die Dächer Banditen zu verfolgen. Sie ist wirklich außergewöhnlich!«

Sobald ihre Gondel verschwunden war, eignete sich Ser Cesare den Freibrief an. Er trug tatsächlich die Unterschrift der drei *cai*, der Chefs des Rats der Zehn, und das magische Siegel. Also waren ihre Exzellenzen tatsächlich entschlossen, den Übeltäter zu erwischen. Zum letzten Mal hatte der Rat von einem solchen Freibrief gehört, als es um einen Kronzeugen eines Mordes an einem spanischen Granden gegangen war. Man fürchtete damals die Gefahr eines Krieges mit Spanien.

Jetzt brauchten sie eine Stärkung und gingen alle nach oben in den Salon.

Während sie die Stufen hinaufstiegen, erschrak Roberto plözlich. Die Schmuckschatulle kam ihm verdächtig leicht vor. Er schüttelte sie neben seinem Ohr, lauschte, hörte aber nichts. Donna Soranza nahm den Schlüssel, der um ihren Hals hing, und öffnete die reich verzierte Schatulle. Sie war leer.

»Haltet den Dieb!«, rief sie. »Wir sind bestohlen worden!«

Ihr Mann hinderte sie daran, nach unten zu laufen und die Emissäre zurückzurufen. Er hatte für dieses Jahr genug von diesen Leuten in seinem Haus gesehen und hatte nicht die geringste Lust, dass sich die Inquisitoren in seine Privatangelegenheiten mischten. Er war außerdem fest davon überzeugt, dass man sich selbst am besten helfen konnte. Hatten sie nicht einen Freibrief? Ein Passepartout der Vorsehung?

»Wir haben eigene Truppen, wir haben den Freibrief und unsere gute Cornelia. Was brauchen wir mehr?«

Ihre gute Cornelia sagte ihm, sie sei doch gerade erst aus dem Kloster gekommen.

»Ich habe den Eindruck, dass die Ursulinen von Vicenza ihren Schülerinnen alles beibringen, um hervorragende Polizisten zu werden. Leonora hat das Schwierigste schon geleistet. Sie ist dem Dieb über die Dächer gefolgt. Alles Übrige ist für dich nichts als ein Spaziergang.«

Das Dumme war nur, dass sie es nicht gewohnt war, spazieren zu gehen.

»Mein liebes Kind«, sagte Donna Soranza, »ich kenne dich. Du lauschst gern an der Tür, um die Geheimnisse der Leute zu erfahren und sie nachher in der Küche weiterzuerzählen. Du hast alles, was man braucht, um diese Laufbahn einzuschlagen.«

Sie dachte an nichts anderes als an ihren Schmuck, und wenn es notwendig gewesen wäre, hätte sie die heilige Ursula und die elftausend Jungfrauen den Hunnen entgegengeschickt.

Während ihr Mann die Dienerschaft zusammenrief, machte sie sich daran, das Mädchen so anzuziehen wie ihre liebe Tochter. Cornelia dachte zunächst, man würde sie nun kleiden wie ein Mädchen aus dem Adel.

»Loreta«, sagte die Hausherrin, »bring uns die scheußlichen Kleider, die Leonora immer anzieht, wenn sie nicht auffallen will.«

Bald sah das arme Mädchen schlimmer aus als die ärmste Schlampe.

»Hast du nichts Einfacheres anzuziehen?«, fragte Donna Soranza, die Cornelia noch zu schick fand.

Cornelia traute sich nicht, etwas gegen die Lumpen zu sagen, mit denen man sie ausstaffierte.

»Wenn du weißt, wohin wir gehen, wirst du verstehen, warum es besser ist, dich so anzuziehen.«

Donna Soranza begnügte sich damit, einen kleinen Häkelschal über ihr Taftgewand zu werfen. Sie war jetzt die Gattin eines Beraters des Dogen und nicht bereit, sich unter dem Niveau ihres Rangs zu kleiden, und wenn es nur für eine Stunde war.

Das Viertel San Polo war zehn Minuten entfernt.

»Wie sollen wir dahin kommen?«, fragte Donna Soranza, die wie alle vermögenden Adeligen nichts anderes kannte, als sich auf dem Wasser fortzubewegen.

»Am besten zu Fuß, so viele, wie wir sind, wäre das diskreter«, sagte ihr Mann.

»Jetzt fängt die Mühsal schon an«, erwiderte sie mit einem Seufzer.

Sie gingen Richtung Rialto-Brücke, gefolgt von Leuten, die mit Stöcken bewaffnet und um die Diener Bon und Tron postiert waren. Donna Soranza gefiel dieser kleine Ausflug ganz und gar nicht.

»Wenn du diesen Kerl erwischt hast, dann möchte ich Gelegenheit haben, ihm zu erklären, was ich von ihm halte!«

Als sie an einer Baustelle vorbeikamen, der sie sich sonst nie auf weniger als zehn Schritte genähert hätte, steckte sie einen Ziegelstein in die Tasche, schwer genug, um dem Urheber ihrer Unbill einen ordentlichen Denkzettel zu verpassen.

Auf der Terà delle Carampane befanden sich wie in vielen anderen Gegenden Venedigs Prostituierte untersten Niveaus. Es war eine kleine Straße mit vielen Schlupflöchern, zwei andere Gassen querten sie, die beide zu einem Kanal führten. Während sich die Familie und die Dienerschaft überall verteilten, fragte Donna Soranza ihren Mann, in welchem Haus sich der Dieb wohl verkrochen hatte.

»Woher soll ich das wissen? Ich kenne mich hier nicht aus, das wisst Ihr doch genau!«

Benvenuto Tron schlug vor, sich links zu halten.

»Rechts«, widersprach sein Herr.

Sie bewegten sich hoch erhobenen Hauptes vorwärts, tauschten leise ihre Beobachtungen aus, verloren einander schließlich aus den Augen, und bald herrschte ein riesiges Durcheinander.

Ser dalla Frascada entdeckte ein Haus, das ihm günstig gelegen schien, um die Straße zu beobachten. Er klopfte an die Tür, bereit, seinen Freibrief zu zeigen, doch das war gar nicht notwendig. Einen Augenblick später stand er in einer Rokokodiele, vor ihm vier halb entkleidete Frauen.

»Ich ermittele in einem Juwelenraub«, verkündete er mit rauer Stimme.

»Sieh dir erst mal unsere Juwelen an, Häschen«, sagte eines der Mädchen. »Du wirst schon merken, wie schön sie sind.«

Sie schlugen ihm vor, alle Juwelen im Haus anzusehen, von denen es sehr viele gäbe.

Die Diener draußen drückten sich in Hauseingängen herum, liefen hin und her, ihre Knüppel in der Hand, und beratschlagten. Bald wurden sie von den Anwohnern argwöhnisch beäugt. Bon und Tron wunderten sich, dass die Inquisitoren an diesem Ort keine Polizisten aufgestellt hatten. Hier gab es nur Passanten, die ihren Geschäften nachgingen, und biedere Leute, die an den Fenstern standen. Sie erhielten bald die Antwort auf ihre Fragerei. Ein Schrei ertönte, und alle, die um sie herumstanden, fielen über sie her, auch die Gemüsehändlerin und ihre Kunden, die, wenn man genauer hinsah, alle wie wohltrainierte Kämpfer aussahen.

Cornelia war erstarrt, der Lärm der Prügelei erschreckte sie. Da öffnete eine alte Frau das Fenster im Erdgeschoss und sagte:

»Mädchen, komm herein, es ist gefährlich so allein da draußen!«

Die Ursulinenschülerin war nur zu froh, sich an einem sicheren Ort verstecken zu können. Dankbar betrat sie eines der schlimmsten Freudenhäuser des Viertels.

Seit sie hier angekommen waren, war Roberto von starker Nervosität befallen. Donna Soranza sollte nicht herausfinden, dass er sich oft hier aufhielt. So nutzte er den Aufruhr, um sich von ihrem Arm zu befreien, und lief durch die Gassen davon.

Als sie merkte, dass sie ganz allein durch diese übel beleumdete Gegend ging, winkte die Gattin des Rates zwei Männer zu sich, die aussahen wie Polizisten in Zivil, um sich von ihnen nach Hause bringen zu lassen.

»Signori, auf ein Wort!«

Die Polizisten sahen sie ungläubig an.

»Die Freudenmädchen von heute haben aber wirklich Mut!«

»Würde es Euch gefallen ...«, sagte die Gattin des Rats.

»Heute ist nicht dein Tag, meine Süße! Wir sind in gerichtlichem Auftrag hier.«

Sie teilten ihr mit, sie sei verhaftet, weil sie ihrem Geschäft außerhab der Zone und des Zeitraums nachginge, innerhalb derer es toleriert werde.

Donna Soranza wurde rot vor Zorn.

»Das ist eine Beleidigung. Ich bin eine Patrizierin von Venedig!«

»Das macht alles noch schlimmer! Es ist Kurtisanen verboten, die Damen des Adels zu imitieren!«

»Sieh mal, Chef, sie trägt sogar das Spitzenhäubchen, das nur Adelige tragen dürfen.«

Donna Soranza behauptete, sie habe eine Ausgeherlaubis des Rats des Dogen, ihr Mann habe sie bei sich, sie brauchten ihn nur danach zu fragen.

»Um deinen Zuhälter kümmern wir uns später. Hör auf, nach Strich und Faden die Serenissima zu beschimpfen!«

Als sie dann anfing, die beiden dreisten Männer mit dem Stein zu verprügeln, wurde die Diskussion körperlich, ja, sportlich.

Cornelia stritt sich in dem Haus, in das sie unklugerweise gegangen war, mit der Chefin, die sie von den Wohltaten der Prostitution überzeugen wollte.

Sie habe sie nur hereingebeten, weil sie geglaubt habe, sie wolle diesen Beruf ergreifen. Bei ihrer ärmlichen Erscheinung käme man ja ganz durcheinander. Warum sollte sie sich sonst in dieser Straße herumtreiben?

Als die Puffmutter nachzusehen begann, ob sich unter den Lumpen ein wohlgestalteter Körper befand, sagte sich Cornelia, dass sie draußen eher in Sicherheit wäre, selbst inmitten einer Schar prügelnder Räuber. Da bemerkte sie, dass ihre freundliche Gastgeberin den Schlüssel im Schloss herumgedreht hatte. Sie rannte auf den Flur, öffnete die erstbeste Tür und suchte einen Weg nach draußen.

Ihr Blick fiel auf einen gut aussehenden Mann, der nichts trug als ein Hemd, auf einem Bett saß und sie mit amüsiertem Interesse betrachtete. Sie legte ihre Hand über die Augen, eine Geste der Scham, die man ihr im Kloster beigebracht hatte, die aber bei einer Flucht aus feindlicher Umgebung kaum von Nutzen war. Sie lief durch das kleine Zimmer, entschuldigte sich für ihr Eindringen und bat um Erlaubnis, mit Hilfe eines Sessels durchs Fenster zu klettern.

Der Signore hatte es ihr gerade in spöttischem Ton erlaubt, da öffnete sich die kleine Tür eines Waschraums und heraus kam eine Frau von etwa fünfundzwanzig Jahren, nackt vom Kopf bis zum Fuß, nur mit Unmengen

Colliers und Ohrringen behängt. Cornelia wusste nicht, ob auch bei Personen des schönen Geschlechts die Geste der Scham angebracht war. Doch die schöne Unbekannte sah aus wie Salome persönlich und war so faszinierend, dass sie allen Anstand vergaß. Diese Schmuckstücke waren wunderschön. Als Cornelia sich von ihrer Verblüffung erholt hatte, begriff sie, dass sie zwar am richtigen Ort war, aber zur falschen Zeit.

»Wer ist denn die da?«, fragte die Tänzerin mit den sieben Schleiern ohne Schleier in einem Ton, der ein bisschen sanfter und eleganter hätte sein können.

Cornelia zog das kleine Messer unter ihren Kleidern hervor. Die Ursulinen hatten ihr geraten, es bei jedem Ausgang mitzunehmen. Seltsamerweise war der Mann im Hemd kein bisschen erstaunt, als er die Klinge sah, ganz so, als sei er schon öfter einer Schülerin aus der Nonnenschule in Vicenza begegnet. Cornelia beschloss, nun den höchsten Trumpf auszuspielen.

»Lasst mich vorbei, ich bin die Frascadina, die Tochter des Rates dalla Frascada, und ich bin im Auftrag des höchsten Gerichts unterwegs.«

»Das kann ja jeder sagen«, antwortete der Mann, den diese Begegnung zunehmend amüsierte.

Cornelia erschien der Mann mit seiner Narbe auf der Wange wenig vertrauenerweckend.

Als Leonora in die Ca' Civran zurückkehrte, fand sie dort nur ein paar Dienerinnen vor, die ihr sagten, alle anderen seien nach San Polo gegangen, um den Dieb festzunehmen.

»Die Jagd auf Schmuck scheint tatsächlich in Mode gekommen zu sein«, sagte das junge Mädchen.

Da man in Venedig unmöglich allein loslaufen kann, wenn man den Weg nicht kennt oder keinen Stadtplan besitzt, nahm sie Loreta mit und zog sich vorher nicht um.

Die beiden Frauen eilten durch die Gassen bis zur Rio Terà delle Carampane. Die Frascadina war erstaunt, wie ruhig es in diesem Viertel war.

»Hier wird es erst am Abend lebendig«, sagte Loreta.

Es war weder jemand von der Familie zu sehen noch ein Polizist, der die Gegend überwachte. Nachdem sie die Straße abgesucht hatten, fand Leonora die Stelle, an der der Dieb vom Dach heruntergeklettert sein konnte. Hier gab es niedrige Schuppen, die vor einem Garten lagen, und er hätte unschwer auf den Ast eines Baumes springen und dann in den Garten klettern können. Sie sah sich um. Auf der einen Seite eine Osteria, die zur Zeit des Diebstahls vermutlich geöffnet hatte. Vielleicht hatten ihn Gäste vom Dach herunterkommen sehen. Auf der anderen Seite standen drei Häuser, deren Läden geschlossen waren und in denen sich bestimmt irgendwelches Gesindel aufhielt. In welchem von ihnen hatte der Mann wohl Unterschlupf gefunden?

Kurz zuvor hatte der nur mit seinem Hemd bekleidete Unbekannte Cornelia aufgefordert, in dem Sessel seines Zimmers Platz zu nehmen, und sie dann gebeten, ihm zu erklären, wie sie hier gelandet war, und ihm zu sagen, ob er damit rechnen müsse, dass bald das gesamte Kloster von Vicenza auftauchen und der Polizei Konkurrenz machen würde. Er nutzte auch die Gelegenheit, zu fragen, wie es Signorina Leonora gehe, an die er eine lebhafte Erinnerung habe. Die Bordellbesitzerin wurde angesichts solcher Reden nervös, da sie sich um den Schmuck sorgte. Trotz des kleinen Vermögens, das ihr der Besucher versprochen hatte, wenn sie schwieg, begriff sie, dass ihr die Situation aus den Händen glitt.

Im Grunde glitt sie bald allen Beteiligten aus den Händen. Die Alte forderte mehr Geld, das Mädchen weigerte sich, die Colliers abzulegen, Cornelia fiel nichts Besseres ein, als in Tränen auszubrechen, und der Dieb wagte es nicht, sich anzuziehen, weil er fürchtete, die drei Frauen würden, während er sich seine Weste und seine Stiefel anzog, zuschlagen. Sie tauschten freundliche Worte aus, die Hure versuchte zu fliehen, nackt, wie sie war, die Alte drohte, sie werde ihn bei den *signori di notte* anzeigen, Cornelia wimmerte, man hörte Flüche und Schreie.

Auf der Gasse traf Leonora ihre Entscheidung.

»Da ist es«, erklärte sie, das Ohr an einem Fensterladen.

»Warum denn da?«, fragte Loreta, die es hätte wissen müssen, denn seit zehn Jahren arbeitete sie als Dienerin und war es gewöhnt, an den Türen zu lauschen.

»Weil da drinnen Panik herrscht und es nach verkommenen Subjekten riecht, die wild auf Gewinn sind.«

Sie brauchten zwanzig Minuten, um einen Handwerker zu finden und die Tür zu öffnen unter dem Vorwand, dass »Madame« vergessen hätte, ihnen einen Schlüssel zu geben. Der Schlosser aus dem Viertel stellte keine weiteren Fragen. Er wusste, was dort für ein Handel ablief, und außerdem hatte ihm die junge Frau einen schönen Dukaten geschenkt. Im Handumdrehen hatte er seine Arbeit erledigt und machte sich mit dem Gedanken davon, dass diese schönen Signorine ihr Geld auf einfache Weise verdienten.

Leonora ließ Loreta vor der Tür zurück. Sie sollte Hilfe holen, wenn etwas schiefging. Dann betrat sie vorsichtig die Höhle.

Man hörte kein Geräusch. Da die Tür offen stand und die Läden nicht richtig geschlossen waren, fiel Licht herein, und Leonora erkannte, dass es hier einen Kampf gegeben hatte. Lampen und Nippes waren zerbrochen, Stühle umgestoßen bis auf einen, der für eine ungewöhnliche Handlung benutzt worden war.

Die Besucherin kam aus dem Staunen nicht heraus. Auf dem Tisch stand eine Tasche, die der des Mannes, den sie über die Dächer verfolgt hatte, zum Verwechseln ähnlich sah. Als sie sie öffnete, stellte sie fest, dass sie voller Colliers, Ringe und Armbänder war. Mit dem Fuß stieß sie gegen einen weichen Gegenstand. Ein Vorratskorb war umgekippt, und Rüben und anderes Gemüse lagen am Boden. Sie sagte sich, sie müsse alles aufsammeln, bevor jemand darauf ausrutschte. Sie setzte ihren Erkundungsgang fort und entdeckte in allen Ecken gefesselte Frauen. Eine Alte saß im Flur auf dem einzigen Stuhl, der nicht umgestoßen war, eine Junge, wütend und nackt, lag auf dem Bett in einem Zimmer. Schmuck trug sie nicht. Cornelia kam aus einem Schrank heraus, nachdem Leonora auf ihr Klopfen hin die Tür geöffnet hatte.

Als sie gerade alle gehen wollten, öffnete sich die Tür des Zimmers gegenüber und Lazaro Corner stand ausgehfertig vor ihnen, angezogen, gekämmt und frisch rasiert.

»Ich hatte mir schon gedacht, dass Ihr noch gefehlt habt«, sagte er. »Aber ich kann Euch nur davon abraten, Euch an so einem Ort aufzuhalten. Und lauft besser nicht über die Dächer. Es wäre zu schade, wenn Euch etwas zustieße, gerade jetzt, wo Ihr eine der besten Partien Venedigs seid!«

Leonora begriff nicht, was er damit meinte.

»Nehmt auch Euer Double mit«, sagte Corner und wies auf Cornelia. »Geht so schnell wie möglich nach Hause zurück, dort steht ein wichtiges Ereignis bevor.«

»Gebt uns wenigstens den Schmuck der dalla Frascada zurück«, befahl Cornelia, die wegen des Aufenthalts im Schrank äußerst verärgert war.

Der Dieb sah Leonora erstaunt an, die verlegen schien.

»Natürlich, die dalla Frascada. Ich kann den Schmuck nicht zurückgeben, selbst wenn ich es wollte.«

»Durch Eure Diebstähle ruiniert Ihr die Hoffnung junger Mädchen auf eine Heirat!«, sagte die Frascadina vorwurfsvoll.

»Es gibt aber, soweit ich weiß, junge Mädchen, denen das Verschwinden des Schmucks durchaus in den Kram passt«, antwortete er.

Dann nahm er die Tasche mit den Juwelen und verließ ruhigen Schrittes das Haus, unter den verblüfften Augen von Loreta, die draußen aufpasste. Bald nahmen die beiden Ursulinenschülerinnen denselben Weg. Nachdem sich Cornelia beruhigt hatte, wollte sie wissen, mit wem sie zu tun gehabt habe.

»Du hattest mit dem schlimmsten Ungeheuer dieser Stadt zu tun, das will etwas heißen bei der wilden Konkurrenz, die es hier gibt. Ich hatte schon befürchtet, dass du, wenn du in meiner Nähe lebst, so manchen Gefahren ausgesetzt wärest, aber nicht geahnt, dass du dich selbst kopfüber hineinstürzen würdest!«

Sie hoffte, dass Lazaro Corner Rübensuppe mochte. Im entgegengesetzten Fall konnte er sich immer noch ein paar gute Mahlzeiten leisten, dank des Armbands, das sie freundlicherweise in der Tasche zurückgelassen hatte.

11

Leonora war sicher, dass sie die übrigen Schatzsucher in der Ca' Civran antreffen würde. Bald wurde ihr klar, dass es ein Leichtes gewesen war, Cornelia in dem Bordell aus den Klauen eines Mörders zu befreien, und dass ihr schwierigere Aufgaben bevorstanden. Die Hausherren und das gesamte männliche Personal waren nicht da, es waren also weitere Gefahren zu befürchten.

Am wirkungsvollsten war es, ganz oben anzufangen. Dies war eine Aufgabe für die Frascadina, denn Mädchen aus dem Volk hatten keinen Zugang zum obersten Gericht. Leonora holte Loreta aus der Küche, damit sie sie begleitete, und ging mit ihr zu den Gondeln, die an den weiß-blauen Pfeilern bei ihrem Haus festgemacht waren.

Der *barcarol* fuhr direkt zum Dogenpalast, in dem die Inquisitoren herrschten, jener dreiköpfige Zerberus, der die Sitten der Serenissima mit gleichem Eifer verteidigte wie ihr Namensvetter die Pforten der Hölle. Sie hatte ihren Freibrief nicht dabei, denn der befand sich immer noch in der Tasche von Ser Cesare, wo er im Augenblick zu nichts nutze war, aber sie hatte etwas anderes bei sich, das die gleiche Wirkung zeigte.

Vor dem *fante*, der am Eingang des Heiligtums postiert war, nahm sie aus ihrem schäbigen Leinensack eine Handvoll Juwelen, die sie den Exzellenzen überreichen wollte. Da Reichtümer die besten Pässe leicht ersetzen können, brauchte sie nicht lange zu warten.

Saverio Barbaran und seine beiden Kollegen waren gerade dabei, ein paar Maßnahmen gegen die Ausschweifungen zu beschließen, denen sich die Bewohner der Lagune hingaben. Da kam jemand herein und erklärte ihnen, die Signorina dalla Frascada warte im Vorzimmer, um ihnen Juwelen zu schenken.

Die Magistrate waren tief beeindruckt, als Leonora ihnen die bei den Patrizierfamilien geraubten Schmuckstücke brachte. Sie begannen zu glauben, dass diese erstaunliche junge Dame tatsächlich in der Lage war, den Mord aufzuklären, der im Saal des Großen Rats begangen worden war. Vielleicht könnte sie sich eines Tages sogar um wirklich wichtige Probleme kümmern. Während der Rote Inquisitor ihr gratulierte, unterschrieb einer der Kollegen das Papier, mit dem sie die vereinbarte Belohnung erhalten konnte. Der dritte erließ den Befehl, alle an diesem Tag im Sestiere San Polo verhafteten Personen freizulassen, Leonora kannte nicht die Namen aller Diener, deshalb war man großzügig.

Sie musste die Familie an den verschiedenen Orten aufsammeln, an denen sie eingesperrt war, die Diener zusammen mit Dieben, Donna Soranza mit Huren. Die Mitglieder der Familie waren in die Fänge der venezianischen Justiz geraten, denen man noch weniger leicht entkam als dem Labyrinth von König Minos. Roberto versteckte sich Gott weiß wo, und Ser Cesare war von den Bordellen verschluckt worden.

Messer Grande, der Befehlshaber der Garden, half ihr, in all dies etwas Ordnung zu bringen. Männer von der Sittenpolizei, deren Aufgabe es war, in der Öffentlichkeit die Schamlosigkeit zu unterbinden, hatten ihr gesagt, sie hätten eine Prostituierte mit einem so teuflischen Benehmen verhaftet, dass sie überlegten, sie in die Pozzi zu bringen. Man vermutete, dass Donna Soranza in ihrer Hand war.

Als die Frascadina erschien, hatte ihre Stiefmutter Zeit gehabt, ihren Mut zu kühlen, und war voll von eiskalter Wut. Sie hatte mit gefallenen Mädchen zusammen gehaust, von denen manche das Verhalten von Adeligen nachäfften. Einfach grotesk.

»Wie kommen sie nur auf die Idee, dass wir unter unseren Kleidern grellbunte Unterröcke tragen?«

Die letzten Stunden hatte Donna Soranza damit verbracht, den Mädchen Benimmunterricht zu geben, ihnen beizubringen, wie man sich verhält, wie man sich elegant bewegt, wie man redet, und sie hatte ihnen auch erklärt, welche Dessous man nach der neuesten Mode zu tragen habe. Wenigstens diese Mädchen würden den naiven Ausländern, denen sie sich verkauften, kein falsches Bild mehr von den Patrizierinnen Venedigs bieten.

»Der nächste Deutsche, der glaubt, mit der Frau eines Prokurators oder eines Ritters von San Marco zu schlafen, wird sich sagen, dass die Venezianerinnen geschmackvolle Unterröcke tragen. Hast du eigentlich unseren Schmuck wiederbekommen?«

»Noch nicht, Donna Soranza.«

»Ich werde den Krug bis zur Neige trinken«, sagte die Frau des Rats.

Leonora ließ sich vor dem Gebäude absetzen, in dem sich die *signori della notte* aufhielten, und ließ den *barcarol* mit seiner Herrin zum Palazzo am Canal Grande weiterfahren. Als sich die Gondel bereits vom Ufer entfernt hatte, hörte sie die Passagierin noch rufen: »Ich soll ein leichtes Mädchen sein! Mit dieser Republik geht es bergab!«

Zwielichtige Gestalten, kleine Gauner und Herumtreiber wurden bei den *signori della notte* untergebracht. Sie baten die junge Frau, unter den zahlreichen Leuten, die sich im Depot drängten, eine Auswahl zu treffen. Da die Order des obersten Gerichts nicht besonders ausführlich war, dachten sie, Ihre Exzellenzen hätten eine Art Amnestie geplant, um Platz für dickere Fische zu schaffen. Sie fand dort ein paar arme Schlucker, die sie noch nie gesehen hatte, aber aus Nächstenliebe befreite.

»Der da wurde wegen Taschendiebstahls verhaftet«, sagte ein Polizist. »Ich nehme an, das ist keiner von Euren Leuten.«

Sie widmete dem kleinen Gauner bald keine Aufmerksamkeit mehr, denn sie hatte in der Menge der Häftlinge eine Gestalt entdeckt, die ihr bekannt vorkam. Das Gesicht des Mannes war zur Hälfte unter einem Dreispitz mit blauem Band verborgen, er hielt einen Stock in der einen und einen Leinensack in der anderen Hand.

Die Gefangenen zogen an ihr vorüber. Ein Wärter sagte ihr, was jedem Einzelnen zur Last gelegt wurde, und sie reagierte mit ja oder nein. Den Mann mit dem Stock hatten sie in einem bewachten Viertel gesehen. Er hatte einen Sack voller Rüben bei sich getragen, und man hatte darin ein Armband gefunden, das doppelt verdächtig schien.

Sobald Leonora ihre Wahl getroffen hatte, stießen die Polizisten ihn mit dem Rest der Leute nach draußen, die sie befreien ließ. Die Diener waren so froh, die Wache zu verlassen, dass sie nicht auf das achteten, was geschah. Sie dankten ihr für ihre Güte und kehrten zur Ca' Civran zurück. Lazaro Corner verneigte sich höflich vor ihr und entfernte sich dann langsamen Schrittes.

Leonora bedankte sich bei den Wächtern mit einer Handvoll Dukaten, mit denen sie auf ihr Wohl trinken konnten, und verließ die Wache der *signori della notte*, gefolgt von Loreta. Sie wusste selbst nicht, aus welchem Grund sie den furchtbaren Kerl freigelassen hatte. Sie machte sich deshalb Vorwürfe und schwor sich, so unbedachte Entscheidungen künftig zu unterlassen.

Zwei Straßen weiter trat ihr Schuldner ihr in den Weg, den Hut in der Hand.

»Ihr habt mich gerettet, und ich danke Euch«, sagte Lazaro Corner.

Leonora gab Loreta ein Zeichen, ein Stück entfernt auf sie zu warten, dann antwortete sie ihm, sie habe für ihn nicht mehr getan als für zwei oder drei Säufer, für die sie ebenso wenig übrighabe wie für ihn.

»Das habe ich gar nicht gemeint«, entgegnete Lazaro Corner. »Meine Freunde hätten mich in zwei Stunden aus diesem Loch rausgeholt. Sie haben mir geholfen, indem Sie meinen Schmuck versteckt haben. Hätte man mich mit den Früchten meiner Arbeit entdeckt, hätten sie mich auf die Galeere geschickt, und ich bin kein guter Ruderer.«

»Ich hätte sehr bedauert, unserer Marine einen schlechten Ruderer zu schicken«, antwortete sie.

»Ich vermute, dass mein Hab und Gut sich jetzt in den gierigen Händen der Inquisitoren befindet. Sagen wir also, dass ich die Summe für meine Freiheit gezahlt habe. Dann sind wir für heute quitt.«

Er küsste ihr die Hand, und dann verschwand er.

»Noch ein Heiratsantrag?«, fragte Loreta, als sie weitergingen. »Der muss Euch ganz schön beeindruckt haben, ich dachte schon, Ihr würdet annehmen.«

Leonora bemerkte, dass ihr Herz schneller schlug, und gab sich Mühe, zu glauben, dass dies bei der Begegnung mit einem so ruchlosen Mann normal sei.

Alle fanden sich in unterschiedlichem Zustand in der Ca' Civran wieder. Zur Freude aller erschien auch Roberto eine Stunde nach den anderen. Seine Kleider waren zerknüllt, denn er hatte sich im Moment des Aufruhrs in ein leeres Fass gezwängt. Jetzt musste er mit der Wut seiner Herrin fertigwerden. Ein Cicisbeo durfte seine Dame nicht im Stich lassen, sobald es gefährlich wurde. Der Fluss ihrer Beschimpfungen brach plötzlich ab, als Donna Soranza Ser Cesare durch den Garten auf das Haus zugehen sah, vorsichtigen Schrittes wie jemand, der nach einer durchzechten Nacht nach Hause kommt. Sie fragte ihn, ob auch er sich in einem Fass versteckt habe, was er schleunigst bejahte. Leonora konnte sich nicht erinnern, in der Rio Terà eine größere Menge Fässer gesehen zu haben.

Donna Soranza schnupperte.

»Ihr hättet besser etwas anderes genommen als ein Weinfass, Ihr riecht nach billigem Fusel!«

Ihr Gatte erwiderte, in manchen Situationen könne man nur das nehmen, was da sei.

Sie hatten den *portego* noch nicht verlassen, als ein Mann in schwarzem Gewand und weißen Strümpfen erschien, eine Mappe unter dem Arm. Er wollte mit den Herrschaften sprechen.

»Wer geht uns denn jetzt noch auf die Nerven?«, rief Donna Soranza in einem Ton, den sie den Freudenmädchen, in deren Gesellschaft sie den Tag verbracht hatte, sicher nicht gestattet hätte.

Garibaldo Griffoni begrüßte ehrerbietig die Hausherrin, die sich benahm wie eine Fischverkäuferin, und den Berater des Dogen, der nach schlechtem Wein roch. Er sei Notar, vom Palast anerkannt, und komme wegen der Veröffentlichung des Testaments.

»Welches Testament?«, fragte die hochwohlgeborene Fischverkäuferin.

»Das des verstorbenen Dogen Francesco Loredan, Madama«, antwortete der Notar, ohne aus der Fassung zu geraten. »Darin wurde jemand aus diesem Hause berücksichtigt.«

Ein goldenes Geschenk aus dem riesigen Vermögen, über das der Verstorbene verfügt hat, dachten Ser Cesare und seine Gattin gleichzeitig. Nachdem sie sich von ihrer Verblüffung erholt hatten, baten sie den Besucher mit äußerster Höflichkeit, ihnen in die oberen Gemächer zu folgen.

»Ich wusste nicht, dass Ihr mit unserem bedauerlicherweise verstorbenen Fürsten so vertraut wart«, sagte Donna Soranza, als sie die Treppe hinaufgingen.

Ihr Mann hatte nicht den geringsten Zweifel, dass der gute alte Doge mit sicherem Urteil seine Verdienste gewürdigt hatte.

»Er mochte mich gern und nannte mich oft liebevoll ›dieser alte Halunke dalla Frascada‹. Das war ein Spiel zwischen uns. Hinter seinem Rücken nannte ich ihn ›dieser alte verkalkte Loredan‹. Wir schätzten einander sehr.«

Seine Gattin dachte, wenn es so stünde, würden alle in der Stadt etwas erben.

Ser Cesare ließ seiner Phantasie freien Lauf und stellte sich vor, welches Erinnerungsstück ihm sein alter Freund wohl hinterlassen habe. Dieser Notar lief offenbar durch ganz Venedig, um glücklichen Auserwählten das Ergebnis eines großen Wettbewerbs mit dem Titel »Empfangen wir die Früchte unserer Liebedienerei gegenüber dem kranken Fürsten« bekannt zu geben.

Sie versammelten sich im Rosa Salon, wo das Testament verlesen werden sollte. Die Diener brachten Erfrischungen: ein Glas Schnaps für den Herrn und dasselbe für die Dame, aber in einer Teetasse.

Dass Francesco Loredan Mitglied einer steinreichen Familie gewesen war, trug zur Aufregung bei. Garibaldo Griffoni, dessen Arbeit noch lange nicht erledigt war, musste drei Mal das Glas Malvoisier, das man ihm zum Anstoßen anbot, zurückweisen.

Endlich schwiegen alle, um die frohe Botschaft in Empfang zu nehmen. Die dalla Frascadas saßen in ihren Sesseln, Roberto und die jungen Mädchen auf Stühlen, das Personal stand da und tat so, als sei es in dem einzigen Raum des Hauses, in dem etwas Aufregendes passierte, mit wichtigen Dingen beschäftigt.

Alle hatten richtig verstanden, dass der Serenissimus, der ohne Frau und Kinder verstorben war, sein Erbe verteilte.

»Entsprechend dem Testament, das er eine Woche vor seinem Tod verfasst hat …«

Alle seufzten tief und sprachen vom grausamen Schicksal, dabei hatten alle ungeduldig auf den letzten Atemzug des Dogen gewartet, in der Hoffnung, dass endlich Ser Cesare auf den Thron gelangte.

»In seinem Testament hat unser aller Herr den Wunsch geäußert, eine der hier anwesenden Personen zu bedenken.«

Der traurige Ausdruck auf den Gesichtern wandelte sich, die Münder verzogen sich zu einem Lächeln. Der Notar Griffoni las schnell die Zeilen, in denen die zahllosen religiösen Vereinigungen genannt waren, die des Verstorbenen im Gebet gedenken sollten, es folgten karitative Einrichtungen, von denen es in Venedig unendlich viele gab.

»So: Der Ursulinenschülerin Pucci, die jetzt bei den dalla Frascadas wohnt, meiner lieben kleinen Leonora Agnela Immacolata, dem letzten Sonnenschein meiner alten Tage, möchte ich meine Zuneigung bezeugen. Sie möge sich an mich erinnern, wenn ich in eine bessere Welt übergegangen bin.«

An dieser Stelle glaubten die Zuhörer, die ein wenig enttäuscht schienen, dass es um eine hübsche Tabaksdose mit dem Porträt des alten Dummkopfs aus Emaille ginge.

»Ich bitte also meine kleine Leonora, mein bescheidenes Haus am Canal Grande anzunehmen, das unter dem Namen Ca' Loredan bekannt ist, mit allem, was sich darin befindet und was hier verzeichnet ist.«

Es folgte die Beschreibung des Hauses, die der Notar im Anhang beifügte, mit der Zahl der Zimmer, der Anbauten, der kostbaren Möbel, der Bilder und Uhren.

Nach diesen Worten herrschte so tiefes Schweigen, wie man es nur auf dem Schlachtfeld hört, wenn die Verwundeten tot sind und sogar die Krähen sich entfernt haben.

Dalla Frascada war wie erstarrt.

»Bitte wiederholt das«, bat er mit tonloser Stimme, als sei das Testament in Latein verfasst.

Garibaldo Griffoni fuhr mit dem Finger zum Anfang des Abschnitts.

»Ich bitte also meine kleine Leonora, als Geschenk ...«

»Ich habe begriffen!«, rief der Familienvater so laut, dass die Scheiben klirrten.

Leonora war ebenso erstaunt wie die anderen, aber zugleich verlegen. Die Blicke, die sie trafen, waren eindeutig. Die meisten Anwesenden glaubten wohl, diese postume Ehrung gehe auf einen schändlichen Gefallen zurück, den sie dem Alten getan hatte, solange er dazu noch in der Lage gewesen war.

»Ist das Haus, von dem Ihr redet, nicht das alte Gebäude mit den beiden Statuen an der Fassade und einer Loggia wie der am Dogenpalast?«

Der Notar nickte. Die Herrin des Hauses wandte sich den Anwesenden zu.

»Kann mir jemand erklären, wie dieser ›Sonnenschein‹ in den Besitz eines der prachtvollsten Wohngebäude am Canal Grande geraten konnte?«

Das betrunkene Lachen von Roberto, der einem Diener sein Glas hinhielt, durchbrach das Schweigen

»Wie kann das alte Ekel ihr nur ein solches Vermögen hinterlassen?«, sagte Ser Cesare. »Sie kannten sich doch gar nicht!«

Alle waren plötzlich verlegen. Der Doge war nicht immer bettlägerig gewesen. Mit einer schnellen Geste riss dalla Frascada dem Notar das Testament aus der Hand, um die entscheidende Stelle mit eigenen Augen zu lesen.

»Meine kleine Tochter ist das reichste Mädchen Venedigs!«, rief er aus.

Donna Soranza war weniger begeistert.

»Wie schrecklich, es gab bei uns bisher nie leichte Mädchen!«

»Meine liebe Freundin, Ihr vergesst Eure Tante Zita Carminati. Sie war zu ihrer Zeit die bekannteste Nonne von Cannaregio, und das nicht wegen ihrer Frömmigkeit!«

Seine Gattin sprang auf, als habe eine Bremse sie in den Hintern gestochen.

»Und Ihr! Meine arme Tante hat sich nichts vorzuwerfen, verglichen mit Eurer Cousine Anzola Querini!«

Es wurde zur Erbauung aller Anwesenden offensichtlich, dass die junge Erbin des Dogen die Fähigkeit geerbt hatte, Skandalgeschichte zu schreiben.

Es war Zeit, Missverständnisse aufzuklären. Leonora hatte sich von ihrer Überraschung erholt und erklärte nun den Anwesenden, dass der alte Mann sie empfangen hatte, als er schon fast im Sterben lag. Vielleicht hatte ihn ihre Frische erfreut, oder sie hatte ihn an eine Jugendliebe erinnert. Sie sei sich im Übrigen nicht sicher, ob er sie nicht mit jemand anderem verwechselt habe. Es schien ihr angebracht, nicht zu erzählen, dass Francesco Loredan ein Abenteuer mit derselben Kurtisane wie dalla Frascada gehabt und fest daran geglaubt hatte, ihr Vater zu sein.

Der Wert des Erbes war zu groß, um die letzten Zweifel ihrer lieben Eltern mit einer zu einfachen Erklärung zu zerstreuen.

»Da es sich um eine wohltätige Ehrerweisung handelt, können wir sie nicht ablehnen!«, schloss der Berater des Dogen.

Auf diese Möglichkeit war noch niemand gekommen. Seine Gattin hatte mehr Mühe als er, Scham und Skandal zu vergessen.

»Unser Ruf ist ruiniert! Was sollen die Leute von uns denken?«

»Wir werden ihnen sagen, dass wir wissen, wie man sich aus der Affäre zieht, meine Liebe.«

»Sie werden sagen, dass wir skrupellos sind und unsere Tochter verkauft haben! Sie werden glauben, wir hätten keinerlei Moral!«

»Dies haben wir mit der Hälfte der Venezianer gemeinsam, meine Gute. Diejenigen, die dasselbe getan haben, werden sich hüten, zu lachen.«

»Und die andere Hälfte?«

»Wir werden eine Schenkung an die Waisenkinder der Republik machen und so das Gleichgewicht wiederherstellen.«

Nachdem dies geklärt war, verspürten alle Lust, sich das Erbe anzusehen.

»Ich fürchte, dies ist nicht möglich, es sei denn, Ihr lauft Gefahr, wegen Verrats hingerichtet zu werden.«

Francesco Loredan, der nach seiner Wahl in den Dogenpalast gezogen war, hatte sein Haus am Canal Grande vermietet, und zwar der Kanzlei des Heiligen Römischen Reiches, das dort seine Botschaft untergebracht hatte. Die Adeligen Venedigs durften sich bei ausländischen Diplomaten nicht sehen lassen, dies war bei Todesstrafe verboten. Die dalla Frascada konnten also nicht einmal hineingehen, um ihr Hab und Gut zu betrachten.

So begnügten sie sich damit, den Canal Grande in Begleitung des Notars hinaufzufahren, inmitten der Barken, die auf dem Kanal anhielten.

Ser Cesare hatte schon immer davon geträumt, eine Villa in der Brenta zu besitzen.

»Schade, dass die Kleine kein schönes Anwesen auf dem Land geerbt hat … Wir werden sie dem neuen Dogen vorstellen!«

Die Ca' Loredan war ein harmonisches Gebäude in gotischem Stil und mit schlichten Ornamenten versehen. Leonora gefiel es. Die Angestellten der Botschaft sahen aus dem Fenster und fragten sich, was das wohl für Gondeln voller Leute seien, die so eindringlich auf ihr Gebäude starrten. Nur Donna Soranza gab sich unzufrieden.

»Ich halte nichts von mittelalterlichen Gebäuden. Na ja, du hättest eine Bruchbude erben können, die man hätte abreißen können wie die schreckliche Ca' d'Oro. Da hat er dir doch ein schönes Souvenir hinterlassen, das muss man schon sagen. Wie hoch ist die Miete?«

Es stellte sich heraus, dass es wirklich ein sehr schönes Souvenir war.

12

Die Notare Venedigs waren zur Ehrlichkeit angehalten, aber nicht zur Verschwiegenheit.

Nach einer schlechten Nacht, in der ihr zahlreiche Dogen in Hemd und Schlafmütze begegnet waren, die sie unter Steinen beerdigten, in die »14. Jahrhundert« eingemeißelt war, ging Leonora nach unten, um zu frühstücken.

Die dalla Frascadas lasen mit Freuden die Depeschen und vergaßen sogar ihren inzwischen kalt gewordenen Kaffee. Sie waren so mit Lesen beschäftigt, dass sie gar nicht auf die Maura achteten. Sie saß ihnen gegenüber, ohne die geringste Verlegenheit, und enthäutete ihre *musatene*, weibliche Krabben, die sie soeben beim Fischer gekauft hatte. Sie aß sie zusammen mit *spienza*, Rindermilz mit Öl und Pfeffer, für den frühen Morgen etwas stark gewürzt.

Eine Flut von Einladungen der mächtigen Familien der Dominante strömte ins Haus. Sie alle hatten – welch ein Zufall! – einen heiratsfähigen Sohn. Beim Cavaliere Rezzonico, dem Neffen von Papst Clemens XIII., fand ein Ball statt; bei der Prokuratorin Bembo gab es eine Teeeinladung; die Priuli baten zu einer Fahrt auf ihrem

Segelschiff; auch ein Aufenthalt in der Villa Foscari, einem prächtigen Palladio-Gebäude, wurde ihnen angeboten; sogar eine Jagd fand statt, auf den Gütern des Marquis Albergati Capacelli, einem Senator aus Bologna. Vermögen, große Namen, glänzende Titel und Verbindungen in höchste Kreise stapelten sich in Form edel bedruckter Karten im Haus.

Roberto kehrte von einem Ausflug an den Rialto zurück, wo alle in begeisterten Worten von der jungen Erbin sprachen. Man redete nicht nur von ihrem neuen Reichtum, sondern auch davon, dass sie die Tochter des verstorbenen Dogen sei und es noch eine ganze Reihe weiterer Überraschungen geben würde.

Ihr Vater lachte laut auf, als er dies hörte.

»Die Tochter des Dogen! Wieso nicht die Cousine des Großmoguls durch meine Schwiegermutter?«

Donna Soranza war versucht zu antworten, dass ihre Mutter stets ein vorbildliches Leben geführt habe, im Gegensatz zu manchen windigen Figuren seiner Familie, verzichtete jedoch darauf. Dieses Thema hatte am Vortag schon zu peinlichen Äußerungen über alle Teile der Familie geführt.

»Wollen wir das Leder aus Korfu heiraten?«, fragte Ser Cesare. »Drei Niederlassungen im Ägäischen Meer immerhin …«

»Ach, Handel übers Meer ist heutzutage doch sehr riskant«, antwortete seine Frau. »Mir wäre ein österreichischer Herzog lieber. Warten wir einen Monat, bis sich die Neuigkeit über die Grenzen der Republik ausgebreitet hat.«

»Was haltet Ihr von einem spanischen Granden?«, schlug Roberto vor. »Die Morosini haben das letztes Jahr auch geschafft, für eine geringere Gegenleistung.«

»Dann muss unsere liebes Kind so weit von uns entfernt wohnen«, entgegnete Donna Soranza, tätschelte die Wange des »lieben Kindes« und grinste böse. »Ich möchte nicht, dass sie sich so schnell von uns entfernt!«

Und auch nicht ihr Vermögen, hatte sie wohl noch sagen wollen.

»Was wird denn aus meiner Verlobung mit dem ehrenwerten Dandolo, unserem Nachbarn?«, fragte die Betroffene.

Die Herrin des Hauses machte eine eindeutige Geste. Er sollte bleiben, wo er hergekommen war.

»Dieser Alte, der keine einzige Zechine besitzt? Die Verlobung ist aufgelöst. Wir opfern doch nicht unseren kleinen Engel nur wegen ein paar Fenster auf den Kanal!«

Sie fragen sich also, wofür es sich lohnt, mich zu opfern, sagte sich Leonora. Während sie darüber nachdachte, fiel ihr ein, dass es ein Papier gab, das ihr bei ihren Nachforschungen von großem Nutzen sein konnte.

»Cornelia hat mir gesagt, dass Ihr so freundlich wart, ein Dokument anzunehmen, das für mich bestimmt war.«

Mit Bedauern trennte sich ihr Vater von dem Freibrief. Einem Bischof, der sich von einer wundertätigen Sandale des heiligen Franz hätte trennen müssen, wäre es genauso schwergefallen.

Bevor Leonora das Haus verließ, ergriff sie die notwendigen Maßnahmen bezüglich des Schmucks der dalla

Frascada. Wenn sie jegliche Heiratspläne von sich weisen wollte, musste sie jetzt einen ganzen Palazzo verstecken.

Die neuen Bedingungen ihres Lebens in Venedig legten ihr nahe, sich als Leonora Pucci zu kleiden, um nicht aufzufallen. Sie zog ein kurzes Kleid von unauffälliger Farbe an und machte sich eine bescheidene Frisur, wie Handwerkertöchter sie trugen. Je öfter sie mit Leuten aus großen Familien zusammentraf, desto mehr wusste sie die Einfachheit des Volkes zu schätzen, das ihr wie ein Zufluchtsort erschien, in dem Frieden und Moral herrschten.

Als sie durch den *portego* ging, traf sie Bartolo Bon, der Anweisungen seines Herrn entgegennehmen wollte. Schon aus der Ferne nahm das Faktotum ihres Vaters, als er sie sah, seinen Hut ab und sank auf ein Knie. Sie stellte fest, dass er beim Friseur gewesen war, um seine Perücke neu pudern zu lassen. Er trug eine Jacke mit vergoldeten Knöpfen, in der er aussah, als ginge er zum Hochamt.

»Ich lege Eurer Schönheit eine bescheidene, aber angenehme Wohnung im Sestiere San Marco zu Füßen, eine Jahresrente von fünfhundert Zechinen, ausgerichtet am Kurs des Salzes, und einen untadeligen adeligen Namen, dem meine Vorfahren in den Türkenkriegen alle Ehren machten.«

Leonora besaß die Güte, ihre Meinung über das, was er aus diesem berühmten Namen gemacht hatte, nicht zu äußern, und widerstand ihrem Verlangen, ihn seinerseits zu den Türken zu schicken. Was das Salz anging, und den Schmuggel, den ihr Vater damit trieb und an dem auch Bon teilnahm, war sie nicht in der Lage, zu schweigen.

Sie lehnte sein Angebot höflich ab und eilte auf eine der Gondeln zu, die an ihrer Anlegestelle warteten. Sie rechnete beinahe damit, dass auch der *barcarol*, der ihr die Hand entgegenstreckte, ihr anbieten würde, aus ihr eine ehrenwerte Frau zu machen. Wenn sich jetzt der letzte Angestellte aus einer alten Familie auf sie stürzte wie ein Rabe auf einen Gehängten, dann würde es schwierig, die für ihre weiteren Ermittlungen notwendige Diskretion zu wahren.

Am Kai des Kanals San Trovaso pries ein Verkäufer den *Osservatore veneto* an:

»Neueste Nachrichten über das Leben in Venedig! Konzertprogramme! Neueste Bücher!«

Er verkaufte drei Exemplare pro Minute. Leonora hatte plötzlich eine schlimme Vorahnung. Die Neuerscheinungen der Bücher konnten bei ihren Mitbürgern unmöglich so großes Interesse erregen. Sie nahm ein kleines Geldstück, und der Junge gab ihr die Zeitung.

Eilig blätterte sie sie durch, und auf der dritten Seite stieß sie auf einen Artikel mit der Überschrift: »Die Sirenen von heute erstürmen den Tempel der Republik«. Sie las:

In früheren Zeiten vermachte ein Patrizier, der seiner Tochter eine Mitgift geben wollte, ihr ein Erbe oder bat um die Hilfe unserer großzügigen Signoria. Heute genügt es, sie einem kranken Greis vorzuführen, der noch von fleischlicher Lust geplagt wird. Was ist im Innern eines berühmten Hauses geschehen, dessen Namen wir nicht nennen wollen, dessen Standort aber jeder kennt!«

Der Redakteur beschuldigte sie, den Tod des Dogen beschleunigt zu haben, durch Praktiken, die zu nennen die Scham verbiete, und daraus Vorteile gezogen zu haben, die jenseits aller Sittlichkeit stünden. Signor Gozzi spielte den Moralapostel. Auch wenn keine Namen genannt wurden, wusste jeder, um wen es sich handelte. Die Signorina L., die im Umgang mit vergreisten hohen Magistraten ihre Tugend verspielte, war die Heldin oder besser die Skandalfigur des Tages.

Sie dankte dem Himmel, dass diese Zeitung nicht mit Zeichnungen illustriert war, und fragte den *barcarol,* ob er die Wohnung des Höflings dell'Oio kenne. Dann ließ sie sich dort hinfahren, so schnell das Schiff sie trug.

Die dell'Oios waren eine alte Bürgerfamilie, die bessere Tage gesehen hatte, und wohnten in einer recht großen Wohnung in der zweiten Etage eines Hauses, das einen neuen Anstrich gebraucht hätte. Die Dienerin erklärte ihr, die Eltern seien ausgegangen, doch der junge Herr sei da. Er stand also später auf als diese. Sie führte Leonora in den Salon, dessen Dekor verblichen war. Die Spitzbogenfenster führten auf einen ruhigen Kanal hinaus. Nach einer eiligen Morgentoilette kam Flaminio zu ihr. Sie merkte gleich, dass er anders aussah als sonst. Er schien nachdenklicher, und sie glaubte schon, er würde ihr jetzt ernsthafte, langweilige Reden halten. Einen Moment stand er reglos vor ihr, feierlich und steif.

»Siora Leonora, seit ich das Glück hatte, Euch kennenzulernen …«

Sie fürchtete schon, er verlange eine Lohnerhöhung.

»… ist kein Tag vergangen, an dem nicht mein farbloses Leben von Eurem Zauber, Eurer Geistesgegenwart und Eurer unvergleichlichen Finesse erleuchtet worden wäre. Eure illustre Abstammung …«

Sie unterbrach die bemühte Prosa, indem sie ihm sagte, sie wolle nicht heiraten und er solle sich nicht lächerlich machen. Flaminio ging zu dem Tisch mit den Spirituosen, goss sich ein großes Glas Grappa ein und trank es mit sichtlicher Erleichterung in einem Zug aus.

»Entschuldigt bitte, ich hatte meiner Mutter versprochen, mein Glück zu versuchen.«

»Ich kann Euch verstehen, aber es ist besser, das großzügige Angebot einem armen Mädchen zu machen, das Euch nicht so gut kennt wie ich.«

Sie war es leid, Zielscheibe von Mitgiftjägern zu sein, sogar von solchen, die für eine Ehe völlig ungeeignet waren. Deswegen war sie ja hergekommen. Flaminio riet ihr, in die *locanda* der Signora Pauli im diskreten Arsenal-Viertel zurückzukehren. Glücklicherweise hatte er die Miete für das kleine Zimmer weiterhin gezahlt, denn er nutzte es gelegentlich als Unterkunft.

Auf dem Weg dorthin fragte sie sich, wie die Siora dell'Oio, seine erhabene Mutter, ihren Sohn in die Arme einer Dirne treiben konnte, die jeder kannte und die sich an einen greisen Lüstling der Serenissima verkauft hatte.

»Meine liebe Herrin, jedes Mädchen kann ehrlich sein, meine Mutter aber wünscht sich für mich die Ausnahme.«

Er war jetzt fünf- oder sechsundzwanzig Jahre alt und hatte einen ausgeprägten männlichen Charme. Sie fragte sich, wie lange er noch seiner Mutter und ihren Verheiratungsbemühungen bei allen Kupplerinnen ihres *sestiere* widerstehen konnte. Sie waren in der gleichen Situation, Leonora bedauerte ihn aus tiefstem Herzen.

Die Signora Pauli, die ihr Haus mit der Sanftheit eines Galeerenkapitäns verwaltete, kam aus ihrer Wohnung, als sie die beiden sah.

»Siora Pucci! Welche Freude! Wo wart Ihr denn die ganze Zeit? Bei Eurer Tante in Vicenza, die die Pralinen herstellt?«

Das junge Mädchen erinnerte sich, dass sie das Zimmer nur bekommen hatte, weil sie die gute Frau mit *mando'lati* vollgestopft hatte, die man in Venedig nicht kaufen konnte. Sie nahm sich vor, sich in der Ca' Civran neu damit einzudecken. Bei Signora Pauli herrschte offensichtlich Knappheit.

Die junge Mieterin erklärte ihr, sie habe sich in ein Kloster auf dem Festland zurückgezogen. Dieser Gedanke gefiel der Vermieterin, die sich keinen anderen Grund vorstellen konnte, aufs Festland zu gehen, diese barbarische Gegend, wo die Leute auf übel riechenden, unberechenbaren Tieren mit Zottelfell ritten, die einen mit ihrem Gestank verpesteten und jederzeit ausschlagen konnten.

In dem Zimmer lagen Kleider, bestickte Westen, Hüte mit goldener Schnur, Seidenhosen, die Flaminio dort hatte liegen lassen. Während Leonora aufräumte, setzte er sich auf einen Stuhl und las in der Zeitung, die seine Herrin verschmähte.

»Und das Schlimmste ist«, klagte das junge Mädchen, während es ein prächtiges Hemd mit Spitzenjabot zusammenlegte, »dass ich überhaupt nicht weiß, an welcher Stelle ich die Ermittlungen fortsetzen soll.«

»Wenn Ihr etwas anderes lesen würdet als die Artikel, in denen von Euch die Rede ist, dann wüsstet Ihr es«, erwiderte der venezianische Höfling.

Auf der letzten Seite war nämlich zu lesen, dass die Veröffentlichung der Werke Platons in venezianischer Sprache verschoben worden sei, da der Drucker Niccolò Pezzana »ständig durch ein Ereignis am Drucken gehindert würde, auf das er keinen Einfluss« habe. Dies hieß im Klartext, den der von der Zensur überwachte Redakteur nicht schreiben konnte, dass den armen Mann ein schlimmes Schicksal ereilt hatte.

»Gehen wir zu dem Drucker«, schlug Flaminio vor.

»Was sollen wir dort? Ich ermittele doch nicht in Sachen Platon! Das hat mit dem Skandal im Dogenpalast nichts zu tun. Während des *Gastmahls* ist kein Mord begangen worden.«

»Wer weiß? In jedem Fall bringt es Euch auf andere Gedanken, bis Euch etwas Besseres einfällt.«

In Flaminios Augen würde ein Besuch bei einfachen Arbeitern, die Opfer eines schweren Verbrechens geworden waren, Leonora daran hindern, länger über ihre verlorene Ehre und andere Scherereien ihres Lebens als junge Erbin zu klagen.

13

Als sie in der richtigen Straße waren, fanden sie mühelos die Werkstatt. Sie mussten nur der Menge folgen. Auf Niccolò Pezzanas Schild stand »Drucker mit Genehmigung der Regierung und Sonderrechten«.

Die beiden Polizisten, die die Tür bewachten, teilten der neugierigen Menge mit, dass ein bedauerlicher Unfall geschehen sei. Leonora stellte sich auf die Zehenspitzen, um ins Innere zu blicken, aber der Wächter trat ihr in den Weg.

»Junge Mädchen haben keinen Zugang zu dem Geschäft.«

»Auch solche nicht, die einen von Euren Herren unterzeichneten Freibrief besitzen?«

Sie äußerte nun den Wunsch, dass er ihr ins Innere folgen und auf ihre Fragen antworten möge. Sein Mitarbeiter solle einen anderen Drucker, einen Kollegen des Verunglückten, suchen, um ebenfalls Fragen zu beantworten. Sie hielten ihr entgegen, dass sie die Flut der Neugierigen zurückhalten müssten, deren Zahl immer mehr zunähme. Leonora befreite sie von dieser Mühe.

»Seid unbesorgt«, rief sie laut, »die Ärzte kommen, sobald sie ihre Schutzkleidung angelegt haben. Die Inquisitoren sind fast sicher, dass es sich nicht um die Pest handelt. Man soll die Bevölkerung nicht beunruhigen!«

Einen Augenblick später war die Straße so leer wie die Geldschränke der Zecca nach der Niederlage von Kreta. Jetzt musste man sogar die Polizisten daran hindern, mit den anderen zu fliehen.

Der »bedauerliche Unfall« ergab folgendes Bild: Der Drucker lag mitten im Atelier, das im Hinterzimmer untergebracht war, in seinem Blut. So hatte ihn, als alles schlief, ein Nachtwächter gefunden, der sich gewundert hatte, dass die Tür offen stand. Auf einem Regal befand sich eine bemalte Holzskulptur von dem Evangelisten Johannes, dem Schutzheiligen der Drucker. Doch der hatte ihn nicht vor einem Dolchstoß bewahrt. »Wie Pelizzioli«, stellte Leonora fest. An verschiedenen Orten standen heruntergebrannte Laternen und Kerzen.

»Das ist merkwürdig«, sagte Flaminio. »Es sieht aus, als hätte er seine eigene Totenwache vorbereitet.«

Man konnte sich vorstellen, dass der Drucker seine Arbeit in der Kühle der Nacht erledigte. Leonora wusste, dass die Venezianer die Straßenbeleuchtung nutzten, um sich zu jeder Zeit durch die Stadt zu bewegen, dass die Lebensmittelhändler ihre Läden sehr lange offen ließen, dass die Leute tanzten und spielten, ohne auf die Uhrzeit zu achten. Aber was veranlasste einen Drucker, nachts bei Kerzenschein zu arbeiten?

Die Polizisten hatten eine Idee: die Herausgabe und Verbreitung verbotener Werke. In Venedig war vieles verboten, es gab eine lange Liste einerseits von der Kirche und andererseits von der Serenissima verdammter

Schriften. Alles, was mit Politik und Sinnesfreuden zu tun hatte, stand darauf. Wahrscheinlich hatte es einen Streit zwischen Pornographen gegeben.

Doch in den Regalen der Werkstatt war nichts Derartiges zu finden, und seit gut fünfzehn Jahren hatte der Drucker nie Streit mit den Regierungsstellen gehabt. Alle Werke seiner Druckmaschine trugen ein Emblem, wie es alle Drucker verwendeten, außer bei verbotenen Schriften, die normalerweise den Vermerk »in Holland gedruckt« trugen.

Wenn sich Niccolò über fünfzehn Jahre Wohlverhalten freuen konnte, dann deswegen, weil er vom Dogenpalast ein Privileg erhalten hatte, offizielle Mitteilungen zu drucken. Leonora rechnete schnell nach. Fünfzehn Jahre, das reichte bis 1746 zurück. Damals war Pietro Grimani Doge gewesen.

Sie hatte eine plötzliche Eingebung und durchsuchte das Lager nach Arbeiten, die aufbewahrt worden waren und mit denen er seinen Kunden zeigen konnte, was er herstellte. Sie entdeckte Gedichtbände eines gewissen P. Grimani, die gleichen Bände wie die, die sie in der Bibliothek Marciana im Archiv für Amtsblätter durchgesehen hatte.

Danach interessierte Leonora sich für einen großen Korb in der Ecke der Werkstatt, in dem sich Papierabfälle und weggeworfene Fehldrucke befanden. Die Meereselegien auf einigen Seiten ließen keine Zweifel offen. Pezzana war bis in die letzte Nacht der Drucker von Pietro Grimani geblieben. Sie begann zu glauben, dass ein Fluch auf diesen Gedichten lag.

»Kein Zweifel«, bestätigte Flaminio, der sich die Verse genauer ansah. »Was für ein unheilvoller Stil! Ich bin sicher, sie haben ihn zum Dogen gemacht, damit er endlich mit seiner Manie, zu dichten, aufhört. Wie viele Leser müssen vor Langeweile gestorben sein, als sie sich diese Lektüre antaten!«

Leonora las die verschiedenen Strophen durch, um zu sehen, ob dort vielleicht eine verborgene Botschaft zu finden war. Doch all die Hummer, Krebse und Gottheiten mit Fischschwanz flößten ihr nichts anderes als Abneigung vor Meerestieren ein.

An der Wand hatte der Drucker ein Plakat aufgehängt, das dem Archivar Barattini sicher gefallen hätte. Darauf wurden die Vorteile der 1501 in Venedig von Griffo da Bologna für einen großen Verleger klassischer Texte erfundenen, kursiven Buchstaben gepriesen. Es wurde erklärt, dass diese Buchstaben außer ihrer Schönheit ein engeres Schriftbild ermöglichten, sparsamer als die römische Schrift, wodurch die Bücher in kleinerem Format gedruckt werden konnten.

Der zweite Polizist trat in diesem Moment ein, zusammen mit einem Druckereiarbeiter, den er bei den *signori della notte* geholt hatte. Der kleine Mann im Leinenhemd mit der dazu passenden Mütze schien sich noch nicht von dem erholt zu haben, was er erfahren hatte, als man ihn weckte. Leonora fragte ihn, an was für Aufträgen sie arbeiteten. Es war ein Band mit Gebeten zum heiligen Aloisius, den die Goldschmiedegilde bestellt hatte, und ein kleines gewagtes Büchlein für den Marquese von S., von dem er nur mit gesenkter Stimme sprach. Auch für die Serenissima arbeiteten sie, denn er hatte gesehen, wie sein Chef sich öfter leise mit einem Diener des Dogenpalastes unterhielt.

»Woher wisst Ihr, dass er aus dem Palast kam?«, fragte Leonora.

»In Venedig gibt es nicht so viele Mohren, wisst Ihr«, antwortete der Arbeiter. »Außerdem sprach er unser schönes Venezianisch ohne Akzent. Diese Fremden wollen uns immer ihr hässliches Florentinisch aufzwingen. Aber dieser da war einer aus dem Dienst des Dogen, daran besteht kein Zweifel.«

Da kein Zweifel herrschte, fragte Leonora ihn nach der Rolle des Palastes. Ließ man sie vielleicht in einer Sache ermitteln, bei der die Signoria selbst die Fäden zog? Rechneten hier vielleicht verschiedene Instanzen der Regierung miteinander ab, die aufeinander neidisch waren und jede Gelegenheit nutzten, einander zu schaden? Sie hatte den Eindruck, eine Figur auf dem Schachbrett der Herrschenden zu sein. Was erwartete man von ihr? Dass sie eine peinliche Wahrheit über den einen oder anderen der Räte des Dogen herausfand? Wen wollte das oberste Gericht mit diesen Ermittlungen treffen?

Dass ein persönlicher Diener des erhabenen Dogen selbst mehrmals bei dem Drucker gesehen worden war, machte den Dogen Foscarini zu einem der Hauptverdächtigen. Sie fragte sich, ob der Freibrief des Rats der Zehn ihr ein Treffen mit dem obersten Magistrat gestattete …

»Wisst Ihr, was die schwarzen Diener von Eurem Herrn wollten? Um welche Arbeiten ging es?«

»Um das Gesamtwerk des verstorbenen Dogen Grimani natürlich. Eine Luxusausgabe, in Leder gebunden und mit Goldschnitt, in zweihundert Exemplaren. Das war der Auftrag des Jahres. Sie hatten Sior Pezzana gesagt, die Signoria wolle das Gedächtnis des großen Dichters ehren. Der Vorschuss, den man ihm gezahlt hat, bewies, dass sie bei der Feier nicht sparen wollten.«

»Wenn sie ihn ehren wollen, sollten sie am besten alles verbrennen«, bemerkte dell'Oio, der gerade die aus dem Korb gezogenen Seiten glättete. »Es gibt Werke, die besser unbekannt bleiben.«

Leonora bat darum, die Bücher oder zumindest die Druckfahnen zu sehen. Der Arbeiter ging zu den Fächern, in denen die aktuellen Aufträge verwahrt wurden. Sie waren leer. Er durchsuchte die ganze Werkstatt, nichts.

»Wer konnte die Gedichtbände mitnehmen?«, rief er.

»Der Dieb, wer sonst?«, antwortete Leonora.

»Das muss das Verbrechen eines Wahnsinnigen sein«, folgerte dell'Oio. »Am besten suchen wir in den Irrenhäusern nach ihm.«

Der Arbeiter durchsuchte weiter aufgeregt die Werkstatt. Wie er bereits befürchtet hatte, waren die Druckplatten umgestoßen worden. Nur ein Exemplar der Korrekturfahnen lag noch in einer Ecke, von dem Zorn des Mörders verschont. Leonora nahm sie an sich und verließ die Werkstatt mit einem dicken Packen Papier unter dem Arm.

»Da haben wir es weit gebracht«, sagte Flaminio. »Das einzige Indiz ist ein Stapel Altpapier ohne jeden Wert. Und unsere Spur führt in eine Sackgasse.«

Die Straße, durch die sie gingen, endete an einem Kanal ohne Kai.

»Ihr irrt Euch«, sagte Leonora. »Unsere Spur endet nicht bei einem Kanal, sie führt geradewegs zum Dogen! Dort muss ich meine Emittlungen fortsetzen.«

Dell'Oio dachte nicht ohne Verzweiflung daran, dass es in den Bleikammern unter dem Dach des Dogenpalastes Anfang Juli sehr heiß sein musste.

Cesare dalla Frascada und seine Kollegen vom Rat der Zehn hatten ihre Sitzung in Abwesenheit von Marco Foscarini eröffnet, der gerade alle Ärzte Venetiens empfing.

»Meine lieben Cousins«, sagte einer der *cai*, »ich muss einen großen Fehler einräumen. Wir haben einen kranken Dogen durch einen anderen Kranken ersetzt.«

Dies war für die Republik Venedig äußerst ungünstig. Zwar brauchte man den Dogen nicht, um die Staatsgeschäfte zu führen, aber eine solche Aufeinanderfolge zweier schwächlicher Herrscher hinterließ im Ausland keinen guten Eindruck. An diesem Punkt stimmten die Berichte der venezianischen Botschafter überein. In London, Paris und Wien wiesen die Minister darauf hin, dass die Dogen keine Kraft mehr hätten, genau wie die ganze, in ihren Grundfesten wankende Republik Venedig.

Tatsächlich hatte sie in den letzten hundertfünfzig Jahren nichts als Rückschläge erlebt. So galt es, gegenüber europäischen Monarchen, die immer mehr darauf aus waren, der Serenissima die letzten Besitzungen wegzunehmen, wenigstens den Anschein von Stabilität zu wahren. Von den Türken gar nicht zu reden, die in den früheren Niederlassungen im Ägäischen Meer *kirik hava* tanzten. Während die Ratgeber besorgt im Saal auf und ab gingen, warf Ser Cesare einen Blick aus dem Fenster. Da sah er, wie seine Tochter den Ehrenhof überquerte, mit so entschlossenem Schritt, dass es besorgniserregend war. Der Patrizier erriet, dass ihm schlimmerer Ärger bevorstand als die Gaunereien des Osmanischen Reiches.

Im Sekretariat des Dogen machte man der Frascadina keine Hoffnung, empfangen zu werden. Der Fürst der Serenissima empfange gerade Emissäre des russischen Zaren. Dies hatte man ihr gesagt, während die Tür zu den Gemächern des Dogen aufging und die berühmtesten Ärzte, Chirurgen und Apotheker Venedigs herauskamen. Einer hatte noch seinen Kneifer auf der Nase, ein anderer trug ein längliches Etui in Klistierform. Und sie umwehte Kampfergeruch.

»Ich glaube, die Emissäre des Zaren sind nun mit dem Abhorchen Seiner erhabenen Hoheit fertig«, sagte Leonora.

Während einer der Sekretäre peinlich berührt hinter der Tür verschwand, setzte sie sich auf eine Bank, die von den Allerwertesten der Bittsteller aus Jahrhunderten blank gerieben war.

Als sie erfuhr, dass sie empfangen werde, rechnete sie damit, Marco Foscarini zu begegnen, ganz gleich, in welchem Gesundheitszustand. Man fürte sie in einen Salon, in dem ein großer Schreibtisch stand, darauf lagen Stapel von Dokumenten, Siegel und eine Schreibschatulle aus vergoldeter Bronze. Eine Dame reifen Alters saß über ein Dokument gebeugt da. Sie trug den *corno* des Dogen, die goldbestickte asymmetrisch geformte Kopfbedeckung der Herrscher Venedigs. Dies war umso erstaunlicher, als die Frauen der Dogen sie seit mehr als einem Jahrhundert nicht mehr tragen durften und Marco Foscarini außerdem nicht verheiratet war.

Leonora wusste sofort, dass sie der Person begegnete, die in Venedig einer Dogaressa am nächsten kam: Elisabetta Corner, die steinreiche Beschützerin des bescheidenen leidenden Schriftstellers, dem die höchsten Staatsaufgaben übertragen worden waren. Das junge Mädchen hatte den Fürsten selbst treffen wollen, und nun fiel sie seiner Vertreterin in die Hände.

Sie wartete im Stehen, bis die »Dogaressa« auf einige Blätter den Stempel ihres kranken Schützlings gedrückt hatte. Dann endlich sah Elisabetta Corner Leonora an.

»Leonora dalla Frascada! In Venedig sieht man in letzter Zeit nur noch Euch. Ihr habt nacheinander die Hälfte unserer Einrichtungen besucht und es war nur eine Frage der Zeit, bis Ihr auch in meinem Büro erscheinen würdet.«

Die Frascadina war sicher, dass diese Frau gerade einen Bericht über all das gelesen hatte, was sie in letzter Zeit unternommen hatte. Nicht nur die Spione ihres Vaters folgten ihr durch die verwinkelten Gassen der Dominante. Sie beschloss, bei ihren nächsten Unternehmungen vorsichtiger zu sein.

Elisabetta Corner brauchte einen Moment, um ihre Papiere zu ordnen. Sie blickte ihre Besucherin erneut an und stieß einen Seufzer aus.

»Saverio Barbaran ist wirklich nicht beizukommen. Es genügt ihm nicht, eine Unzahl Agenten durch die Stadt zu schicken. Nein, er muss noch eine Signorina engagieren, die parallel zu seinen eigenen Leuten Ermittlungen durchführt. Doppelt genäht hält offensichtlich besser. Darf ich wissen, warum Ihr Senior Foscarini sprechen wolltet?«

Leonora begriff, dass Elisabetta Corner alles andere als dumm war. Vermutlich besaß sie sogar alle notwendigen Eigenschaften, um ein exzellenter Doge zu sein. Es war besser, nicht zu lügen, und Leonora spürte, dass Mut sich auszahlen könnte.

»Ich würde gern wissen, warum unser Fürst Leute, die Gedichte von Pietro Grimani besitzen, umbringen lassen sollte.«

»Das ist sicherlich Bekämpfung schlechten Geschmacks«, antwortete die Dogaressa.

Seit dem Abend, an dem man Foscarini auf einem Stuhl in Form eines Brunnenrands über die Piazza getragen hatte, hatte Elisabetta Corner geglaubt, in die Nähe der Macht gelangt zu sein. Sie hatte sich aber nicht vorstellen können, dass die ganze Last des Amtes bald auf ihren Schultern liegen würde. Der arme Marco kam seinen Aufgaben immer weniger nach. Sie versuchte nun, den Einfluss des Dogen zu wahren und aus einer Wahl Nutzen zu ziehen, die sie viel Geld gekostet hatte für Volksfeste und auch für Dankbezeugungen an die Adeligen, die so freundlich gewesen waren, ihre Stimme abzugeben. Rechnungen und Ärger im Überfluss, wenn sie auch vom *corno* gekrönt waren. Sie hatte den Eindruck, ihr Schloss mit einem Stall eingetauscht zu haben, in dem den ganzen Tag Kühe muhten, ohne einen Tropfen Milch zu geben.

Nachdem sie nun die Neugier ihrer Besucherin gestillt hatte – allein die Tatsache, dass sie hier saß und Verwaltungsakte stempelte, bedeutete ja, dass der Doge nicht in der Lage war, irgendjemanden ermorden zu lassen –, wollte auch sie einige Punkte besprechen.

Sie wusste, welches »kleine Geschenk« der verstorbene Doge Loredan dem jungen Mädchen, das ihr gegenüberstand, gemacht hatte. Zuerst beglückwünschte sie die Erbin und erklärte dann, es sei nicht gut, dass ein Mädchen im heiratsfähigen Alter ein solches Vermögen besitze. Sie riet ihr, sich so schnell wie möglich zu vermählen.

Selbstverständlich fungierte die Dogaressa nicht als Kupplerin, ebenso wenig wie sie gute Ratschläge an Unbekannte zu geben pflegte, aber Leonora begriff, dass sie sich wünschte, die junge Erbin würde jemanden aus der Familie Corner heiraten, in der es gewiss eine ganze Reihe junger verdienstvoller, aber mittelloser Männer gab. Elisabetta Corner schlug ihr vor, einige von ihnen kennenzulernen. Sie hatte die Hochzeit für den Herbst geplant.

Dies war eine Falle, der Leonora nur mit Mühe entgehen konnte. Sie fühlte sich wie eine Fliege auf einer klebrigen Leinwand. Die Spinne beobachtete sie aus ihren großen Augen unter dem goldbestickten *corno* hervor.

Als Leonora die Herrin der Stempel des Dogen verließ, sah sie einige Mohren in Turban und Pumphosen, die persönlichen Diener des Dogen. Manche waren groß und schlank, andere waren Nordafrikaner mit hellerer Haut, die »weiße Mohren« genannt wurden. Vor dem Dekor mit Malereien zu Ehren der Königin der Meere machten sie sich sehr gut.

Leonora fragte sich, ob vielleicht ein Mörder unter ihnen war.

14

Leonora traf Cesare dalla Frascada in der Vorhalle der Gemächer des Dogen und hatte den Eindruck, er wolle sich vergewissern, dass seine Tochter dort nicht festgehalten wurde.

»Du hast also die Dogaressa getroffen«, fragte er sie auf der Treppe, fernab neugieriger Ohren.

Die Leute, die Elisabetta Corner diesen Spitznamen gegeben hatten, warfen ihr vor, ihre Stellung zu missbrauchen wie Maria-Theresia von Österreich, die im Schatten ihres Mannes über das Heilige Römische Reich herrschte.

»Ich habe den Dogen getroffen, Vater«, sagte sie, »daran besteht kein Zweifel.«

In der Gondel, die sie zur Ca' Civran brachte, fragte sie ihn, ob es Marco Foscarini wirklich so schlecht gehe, wie man behaupte. Seit er vier Wochen nach seiner Wahl krank geworden war, hatten ihn bereits sechzehn Ärzte behandelt. »Sie sind alle Venezianer«, sagte der Berater des Dogen, »er ist also verloren.«

»Du hältst wohl nicht viel von unseren Ärzten, Vater.«

»Wir haben keine medizinische Fakultät, und die Ärzte, die man uns schickt, wollte anderswo keiner haben.

Die Einzigen, die sich ein wenig auskennen, sind die Juden, und der Doge hat keinen von ihnen konsultiert. Seine Hoheit darf sich nicht von jemandem behandeln lassen, der keine Taufurkunde unserer Kirche hat und nicht zur Beichte geht. Solche Papiere bedeuten mehr als ein Arztdiplom. Was sollte der Papst sagen, wenn ein italienischer Fürst von einem Ungläubigen geheilt würde? Jede kleinste Erkältung ist doch eine Staatsangelegenheit.«

»Also wird Marco Foscarini daran sterben, dass er zum Dogen gewählt worden ist«, folgerte Leonora.

»Nein, er stirbt an ständiger Verschlechterung seines Gesundheitszustands und an einem Übermaß schlechter Säfte, die sich durch Aderlass nicht beseitigen lassen. So steht es im Bericht der Ärzte. Ich vertraue dir damit ein Geheimnis an. Ich habe dir nichts gesagt, du weißt nichts darüber! Jedenfalls stirbt er so, wie es sich für einen Dogen gehört. Als guter Christ und behandelt von Christen, ganz gleich, ob sie gute Ärzte sind oder nicht.«

Einen Moment blieb der Blick der jungen Frau an der Fassade des Palazzo Loredan hängen, ihr Haus, an dem gerade ihre Gondel vorbeifuhr.

»Im Übrigen ist das kein großer Verlust«, fuhr ihr Vater fort. »Wenn es ihm gut geht, unterstützt er die engstirnigsten Konservativen. Seit tausend Jahren weigert sich Venedig, sich zu verändern. Es wäre an der Zeit, die Fenster zu öffnen und unsere schimmeligen Vorhänge zu lüften.«

Seine Tochter vermutete, dass der Patrizier dalla Frascada sich gern als Teppichklopfer betätigt hätte. Sie sagte aber lieber nichts. Es musste nicht extra gesagt werden.

Die Ca' Civran befand sich im Belagerungszustand. So viele Gondeln waren an den blau-weißen Pfählen festgemacht, dass sie fast den Weg durch den Kanal versperrten. Im *portego* waren die Angestellten und Diener des Hauses zu sehen, die den Besuchern erklärten, dass der Hausherr nicht da sei, die Signorina ebenso wenig und auch niemand sonst, mit dem sie reden könnten.

Der Berater des Dogen gab dem Gondoliere Anweisung, den Kanal entlangzufahren, der an seinem Haus vorbeiführte. Sie ließen sich auf der anderen Seite der Brücke absetzen und betraten ihr Haus durch den Garten, der glücklicherweise nicht die Aufmerksamkeit der jungen Herren gehobenen Standes erregte, die sich vor dem Haus drängten.

Donna Soranza hatte sich gezwungen gesehen, all den Werbern die Tür zu verschließen, damit ihr Haus nicht von ihnen überflutet wurde. Sie war in die zweite Etage geflohen, von wo aus sie das Manöver leitete. Sie dachte sich Lügen aus, gab Anweisungen, sah sich die Besucher näher an. Dazu brauchte man Fingerspitzengefühl. Man konnte nicht den ältesten Sohn des Prokurators von San Marco ebenso nach Hause schicken wie den Neffen eines einfachen Senators. Man musste sie um Geduld bitten, durfte sie nicht entmutigen, nicht ihre Reizbarkeit wecken und musste ihnen zu verstehen geben, dass vielleicht schon morgen ihr ehrenwertes Angebot angenommen würde.

Donna Soranza verlor nicht die Vorteile aus den Augen, die aus dieser Situation zu ziehen waren. Wenn man die Tochter einer guten venezianischen Familie begehrte, musste man ihren Eltern den Hof machen. Deshalb war Donna Soranza jetzt so in Mode wie eine Sopranistin, deren hohes C bis hinauf zur zweiten Empore zu hören war. Sie bedauerte außerordentlich, dass sie sich diplomatisch, wenn nicht militärisch verhalten mussten, anstatt sich bei den Gritti zu präsentieren, die sie seit ihrer Verheiratung mit einem Mann von unübersehbarem Ehrgeiz verehrten. Deshalb war sie erleichtert, als sie diesen Mann erblickte.

»Ihr könnt mir helfen. Wie soll ich einem der Fünf Weisen erklären, dass er es nicht wert ist, Eure Tochter zu heiraten?«

»Wir sagen ihm, dass wir sie schon einem der vier anderen versprochen haben«, antwortete der Berater des Dogen.

Diese mondänen Spitzfindigkeiten ermüdeten die Frau des Patriziers.

»Man könnte glauben, wir hätten eine Diamantmine entdeckt!«

»Hier ist unser Diamant«, rief ihr Mann und tätschelte den Arm ihres kleinen Schatzes.

Dalla Frascada war gerade dabei, den Posten des Kriegsministers zu ergattern. Leonora und ihr geerbter Palast waren wirklich das große Los.

Die andere gute Neuigkeit des Tages war, dass der Familienschmuck auf geheimnisvolle Weise wieder in der Schatulle lag.

»Seit einiger Zeit verstehe ich überhaupt nichts mehr«, sagte Donna Soranza. »Mädchen ohne Mitgift ziehen die besten Partien Venedigs an, und Diebe geben ihre Beute zurück. Das ist doch nicht zu glauben!«

Leonora glaubte es auf jeden Fall.

»Es ist ein Wunder«, versicherte sie. »Du müsstest dem heiligen Antonius von Padua als Dank eine Kerze anzünden.«

Donna Soranza bereitete sich gerade vor, um ein paar Partien *biribi* in einem *ridotto* zu spielen und den Schutzpatron der Spieler um Hilfe zu bitten. Das war ihr lieber.

Leonora überließ sie ihren Vorbereitungen und ging, gefolgt von Cornelia, nach oben, um sich umzuziehen. Cornelia war nur zu froh, ihre Näharbeiten ablegen zu können, um der Freundin das Korsett aufzuschnüren.

Während Leonora alles tat, um einer Hochzeit zu entgehen, hätte Cornelia gern den ersten besten jungen Mann mit ein wenig Geld geheiratet, um sich aus ihrer öden Existenz zu befreien. Sie verließ die Ca' Civran fast nie, und Donna Soranza übertrug ihr alle Aufgaben, die eigentlich sie selbst hätte erledigen müssen.

»Du solltest dich freuen«, sagte Leonora und ließ ihren Unterrock zu Boden fallen, »mit all diesen Dingen wirst du auf das Leben einer guten Ehefrau vorbereitet.«

»Sehr gut, aber ich würde gern so schnell wie möglich die nächste Etappe überspringen.«

»Bei der Flut der Brautwerber, die hier vorbeikommen, müsste es mit dem Teufel zugehen, wenn nicht einer für dich darunter wäre.«

»Ich habe kein Haus am Canal Grande.«

Leonora fand, dass Cornelia ganz schön miesepetrig war.

Nachdem sie ihre Schuhe geschnürt hatte, hörte sie ein seltsames Geräusch im Zwischengeschoss. Sie ging die Treppe hinunter, schob eine Tür auf und befand sich plötzlich in einer anderen Welt. In diesen kleinen Räumen mit niedriger Decke waren früher die Kontore reicher Händler untergebracht gewesen, deren Schiffe vor ihrem Haus am Canal Grande lagen. Die dalla Frascadas hatten einige von ihnen in kleine, einfach zu heizende Wohnräume umgebaut. Wände und Decken waren getäfelt worden, um die Feuchtigkeit fernzuhalten. Im Winter war das hier der angenehmste Ort des ganzen Hauses.

In dem Raum, den Leonora nun betrat, war von der gemütlichen Einrichtung nichts mehr zu erkennen. Die Innenläden waren geschlossen, und es herrschte eine Atmosphäre wie in einer Gruft. Kerzen brannten auf dem Boden und erzeugten düstere, tanzende Schatten. In Käfigen warteten Hühner darauf, geopfert zu werden, umgeben von Tierfiguren aus bemaltem Holz und seltsamen Stoffpuppen. Die Wahrsagerin saß in einem bunten Kittel im Schneidersitz auf dem Boden, murmelte Gebete und schlug dazu mit der Hand auf eine Trommel.

Was für ein Glück, dass die Hexenjagd nicht mehr auf der Tagesordnung stand. Die Mohrin hatte ihre Voodoo-Kapelle an den Canal Grande verlegt.

Plötzlich drängten sich Leute hinter Leonora. Die dalla Frascada wollte der Voodoo-Sitzung beiwohnen, gefolgt von Cornelia.

»Mach die Tür zu!«, rief Donna Soranza ihr zu, als alle im Zimmer waren. »Die Diener sollen davon möglichst nichts erfahren. Sie könnten uns sonst anzeigen!«

Sie scharten sich um die Wahrsagerin, verteilten türkische Puffs, die sie aus einem Schrank geholt hatten.

Darin befand sich alles, was das Haus an Gegenständen aus orientalischen Bazaren besaß. Teppiche aus der Türkei, arabische Klingen in Etuis aus geprägtem Leder und sogar eine Wasserpfeife, die wohl kaum jemand hätte benutzen können.

Leonora bemerkte, dass Ser Cesare ein merkwürdiges Paar Pantoffeln angezogen hatte, mit deren Hilfe er wohl mit den Seelen im Jenseits in Kontakt kam, die ihm sein wundersames Schicksal in groben Zügen verraten konnten.

Leonora hatte nie viel Sinn für die christliche Religion gehabt, aber diese heidnischen Rituale gingen ihr auf die Nerven. Sie fand es verstörend, dass zwischen Santa Maria della Salute und der Basilika San Marco der Geist von Hühnern angerufen wurde, in einer Stadt, die von sich behauptete, das Bollwerk des wahren Glaubens gegen den Islam zu sein. Die Ausübung fremder Religionen, das orthodoxe und armenische Christentum eingeschlossen, war auf ganz bestimmte Orte festgelegt. Was würde das oberste Gericht sagen, wenn es erführe, dass in der Ca' Civran eine Voodoo-Kapelle für Amudadi, die Ziegengöttin mit den tausend Brüsten, eingerichtet worden war?

Die Mohrin begnügte sich nicht damit, die Unsichtbaren anzurufen, sie sprach auch ihre Gäste an, die auf die aus dem Jenseits gestellten Fragen antworten mussten. Sie waren so ergriffen von dem Schauspiel, dass sie nicht zu bemerken schienen, was sie der Priesterin alles erzählten. Sie las die Vergangenheit, Gegenwart und Zukunft nicht aus magischen Praktiken. Leonora hatte eher den

Eindruck, dass ihre Methode im Grunde Ähnlichkeit mit ihrer eigenen hatte.

Eine Frage beschäftigte Ser Cesare besonders. Würde er eines Tages den *corno* des Dogen auf seinen riesigen Kopf setzen, nach dem sich seine Vorfahren bisher vergeblich gesehnt hatten?

»Ich lese die Zukunft nicht in Wahlergebnissen«, antwortete die Mohrin trocken, die Hände blutüberströmt von einem geschlachteten Huhn.

Sie strengte sich jedoch in lobenswerter Weise an, um sich die Freundschaft ihrer Beschützer zu bewahren, und befragte den Geist des Löwen.

»Ich sehe drei Perlenreihen, einen neuen Palast. Eine Aura von Hochzeit schwebt über diesem Raum.«

Donna Soranza bat den Geist des Löwen, genauer zu sagen, wer der glückliche Erwählte sei, denn die Brautwerber drängten sich vor ihrer Tür. Am liebsten sei ihr ein Adeliger, einziger Sohn seiner Eltern, mit einem englischen Garten, der leicht zu betreten sei, und einer Loge in den wichtigsten Theatern.

Die schwarze Pythia beugte sich über ein Feuerbecken, aus dem dunkler, stark parfümierter Rauch drang, der des Apollotempels in Delphi würdig gewesen wäre. »Ich sehe, dass dafür hier nicht genug Geld vorhanden ist.«

Um dies zu erkennen, brauchte man keine übersinnlichen Kräfte – heute Morgen hatten sie ihr hundert armselige Dukaten verweigert, die sie für ihre Ausstattung verlangt hatte. Als die Hausherrin ihre Einkaufsliste gesehen hatte, erklärte sie ihr, man könne die Zukunft auch in den Eingeweiden von Kaninchen und Karpfen lesen und brauche nicht unbedingt rothaarige Affen und eine Boa von zwölf Fuß Länge, Tiere, die auf dem Rialto-Markt schwer zu bekommen seien.

In dieser düsteren Atmosphäre dachten die dalla Frascadas, dass die Maura großartige hellseherische Fähigkeiten besaß.

»Ich sehe Salz«, fuhr die Mohrin fort. »Viel Salz. Zu viel Salz. Ich sehe, dass weniger Salz notwendig ist. Dieses Salz droht, Euch zu begraben.«

Ser Cesare gab sich erstaunt, behauptete, er verstehe nicht, worum es ginge, versprach jedoch, alles in Ordnung zu bringen.

Die Mohrin bekräftigte, dass der Doge Foscarini erkranken werde, nicht gesund würde und in absehbarer Zeit sterben werde.

»Endlich mal gute Nachrichten!«, sagte der Berater des Dogen beglückt.

Leonora hätte der Magierin gern die hundert Dukaten gegeben, um mit dem Geist in Verbindung zu treten, der die Geheimnisse des Dogenpalasts ausplauderte.

15

Leonora zwang sich, die Druckfahnen zu lesen, die sie vom Drucker Niccolò Pezzana mit nach Hause genommen hatte. Sie verbrachte zwei Stunden mit Wassermolchen, Langusten und Mollusken jeglicher Art, doch ihr fiel nichts Besonderes auf, keine verborgenen Nachrichten, keine Anspielungen auf Politik, nichts, was den kleinsten Mord zu rechtfertigen schien, außer natürlich der schlechten Laune, die sie bei dieser Tätigkeit befiel. Sie kam zu dem Schluss, dass diese Ausgabe fehlerhaft sei, und beschloss, sie mit der vorherigen zu vergleichen, die beim Tod des Dogen veröffentlicht worden war.

Sie ging in die Gemächer von Donna Soranza, die sich gerade für den Abend pudern ließ, und fragte sie, ob sie eine Ausgabe der Werke von Pietro Grimani besäßen.

»Aber natürlich, meine Tochter, in der Bibliothek zwischen den lateinischen Klassikern und der deutschen Philosophie.«

»Ich wusste nicht, dass wir deutsche Philosophen besitzen.«

Der mitleidsvolle Blick der Hausherrin brachte sie in die Wirklichkeit zurück.

»Genauso wenig wie Bücherregale. Mein Mann findet, er habe mit den Verwaltungsakten genug zu lesen, und ich habe keine Zeit. Ich habe drei Bücher unter meinem Bett, für den Fall, dass ich nicht schlafen kann. *Die katholische Morallehre für verheiratete Frauen*, um meinem Beichtvater einen Gefallen zu tun, denn er hat es geschrieben. Die Komödien von Goldoni, wenn ich in trüber Stimmung bin, und *Die Nachfolge Christi*, wenn es nachts wirklich nichts anderes gibt, womit ich mich beschäftigen kann. Vielleicht wären auch Kant und Leibniz gut dafür …«

So blieb Leonora nichts anderes übrig, als die kostbaren Bestände der Bibliothek Marciana durchzusehen.

Der Zugang zum Kanal war von Lakaien in Livree blockiert, von Sekretären mit schwarzer Mütze, nicht zu reden von den Kundenfängern und Ehestiftern, die sich weigerten, den Ort zu verlassen, bevor sie nicht den glücklichen Eltern ihre Liste mit guten Partien vorgelegt hatten.

Eigentlich hätte sie sich mitten im Winter in die Lagune werfen müssen.

Sie beschloss, zu Fuß zu gehen und den ersten Gondoliere, der vorbeikam, anzuheuern. An der Gartentür entdeckte sie mehrere Füße. Unbekannte standen an der Mauer und debattierten. Gleichgültig, ob es Diener waren, die ihre neuen Verehrer geschickt hatten, oder Spione, die ihr auf den Fersen waren, sie wollte auf keinen Fall die Hälfte aller neugierigen Venezianer im Schlepptau haben.

An einem der Obstbäume, die der Grünfläche Schatten spendeten, stand eine Leiter. Mit Hilfe von Loreta, die sich wieder einmal beklagte: »Ich werde viel zu schlecht bezahlt!«, stellte sie die Leiter an die Mauer zu einer selten genutzten Sackgasse. Bald saß sie auf der Mauerkrone und hatte wieder ein Problem zu lösen. Wie sollte sie von hier oben herunterspringen, ohne sich den Fuß zu verstauchen? Eine Gruppe Männer kam gerade aus dem einzigen Haus an dieser Gasse. Es war ihr Nachbar in Begleitung einiger Diener.

Sie rief sie herbei, warf ihnen die Druckfahnen zu, und Dario Dandolo machte es sich zur Pflicht, Leonora in seinen Armen aufzufangen, da seine Untergebenen nicht würdig waren, ein adeliges Mädchen, das von einer Mauer herunterfiel, in Empfang zu nehmen. Er reichte ihnen seinen schönen Gehstock und bereitete sich vor, das in Taft gekleidete, himmlische Manna aufzufangen, das ihm ein gütiger Himmel schickte.

»Ich kann mich nicht genug preisen, Eure Nachbarin zu sein«, sagte die Frascadina freundlich, nachdem er endlich bereit war, sie auf dem Pflaster abzusetzen.

»Und ich erst!«, antwortete der alte Patrizier, dessen Gesicht vor Anstrengung puterrot war, vielleicht aber auch wegen der Gefühlswallung.

Sicher hatte er nicht jeden Tag das Glück, den Hintern eines adeligen jungen Mädchens zu berühren, das an seinem Hals hing, die Brust gegen seinen Körper gepresst. Damit hatte er einen klaren Vorteil vor all den dreisten jugendlichen Gecken, die drüben in ihren Booten warteten.

Dandolo fragte sie, was das Ziel ihres Spaziergangs sei und ob sie vorhabe, sich weiterhin von Mauer zu Mauer fortzubewegen. In diesem Fall würde er ihr gern helfen, auch wenn er halb San Polo durchqueren müsse. Die Kühnheit seiner kleinen Nachbarin weckte in ihm den Verführerinstinkt.

Die Frascadina wusste nicht, warum sie ihm verheimlichen sollte, wohin sie ging, zumal sie gern ein Gefährt gehabt hätte, das schwimmen konnte.

»Und kultiviert seid Ihr auch noch!«, rief ihr ehemaliger Verlobter begeistert aus, als er das Wort »Bibliothek« hörte.

Als sie seine freudige Erregung sah, fragte sie sich, ob es nicht besser sei, wegen ihres Reichtums als wegen ihrer Reize begehrt zu werden. Sie gingen durch den *portego* der Ca' Dandolo und zum *barcarol* des Patriziers, der sie zur Piazzetta bringen sollte, an der die Bibliothek Marciana stand, für die sich neuerdings Venezianerinnen, die sonst nichts zu tun hatten, interessierten.

Es stellte sich bald heraus, dass die Fahrt in der Gondel ihren Preis hatte. Bis sie endlich ihr Zeil erreichten, musste sie sich die Gedanken Ser Dandolos über die göttliche Schicksalhaftigkeit ihrer glücklichen Begegnung anhören. Dass ein junges Mädchen vom Himmel gefallen war wie göttliches Manna für einen Hungrigen, begeisterte ihn immer noch. Er glaubte, wieder zwanzig Jahre alt zu sein, sie hingegen fühlte sich nicht wie sechzig. Ganz offenbar war ihre Technik, Verfolgern zu entkommen, noch nicht genügend ausgefeilt. Sie war eine Menge Spione losgeworden, aber jetzt hatte sie einen runzeligen Verehrer bei sich, der sie mit sehnsuchtsvollen Blicken verschlang.

Es gelang ihr nicht, ihren *cicerone* in den Arkaden vor dem Gebäude loszuwerden. Ser Dario hielt ihr entgegen, dass eine Signorina ihres Standes unmöglich ohne Begleiter herumlaufen könne. Sie hätte ihm entgegenhalten können, dass der Anblick eines Verehrers, der ihr Großvater hätte sein können, für ihren Ruf keineswegs besser war. Bestenfalls wirke sie wie eine arme Verwandte, die einen alten Onkel, der nicht mehr richtig im Kopf war, ausführen musste. Das Personal in der Bibliothek grüßte den *nobiluomo* Ser Dandolo. Sie kannten ihn, weil er sein Leben lang im Palazzo gegenüber verschiedenste Funktionen ausgeübt hatte. Nun gab er ihnen Anweisungen, als sei er hier zu Hause:

»Jetzt aber los! Die Signorina dalla Frascada wünscht, die Gedichte des verstorbenen Dogen Grimani einzusehen! Bringt uns die schönsten Ausgaben, bequeme Sessel und Erfrischungen!«

Hätte er das Mädchen in eine *bottega del caffè* an der Piazza eingeladen, hätte er sich nicht anders aufgeführt. Er gab einem der Angestellten ein paar Dukaten, damit er eine Karaffe *Nero di Breganze* in einem Laden des Viertels holte, ließ zwei Sessel voller Kissen bringen und setzte sich in die Mitte des Saales, um den Wein und den Anblick seines Schützlings zu genießen, der sich über die auf dem Tisch liegenden Texte beugte.

Leonora las aufmerksam das Inhaltsverzeichnis. Irgendetwas stimmte nicht.

»Ist das hier eine Anthologie?«, fragte sie den Angestellten, der sich wegen Dandolos Großzügigkeit sehr beflissen zeigte.

»Nein, Signorina, es ist das Gesamtwerk, und es gibt keine Ausgabe wie diese, die sämtliche Texte enthält.«

Sie suchte und verglich, aber die neue Version des Druckers enthielt Gedichte, die sonst nirgendwo zu finden waren, weder in früheren Ausgaben noch in den Manuskripten der Marciana.

Dario Dandolo setzte sich nahe zu ihr, um sich einen Einblick zu verschaffen. Er nutzte die Gelegenheit, sich vergnüglich an dieser ungewöhnlichen Liebhaberin moderner Poesie zu reiben.

»Seht mal«, sagte sie, »weder die *Meereselegien* noch die *Ode an eine einsame Nymphe* stehen in dieser angeblichen Gesamtausgabe.«

»Das ist ein Skandal«, empörte sich der Patrizier, dessen tiefrotes Gesicht die Angestellten veranlasste, schleunigst ein Fenster zu öffnen, damit frische Luft in den Saal drang.

Dandolo war es leid, seine Augen anzustrengen, und so griff er zu seinem vergoldeten Lorgnon, das ihn noch älter aussehen ließ.

»Ja, jetzt erinnere ich mich … Unser oberster Fürst hatte einen fürchterlichen Geschmack für veraltete Parabeln. Es gab keine Feier, ohne dass er uns in seinen Festreden mit seinen Versen traktierte. In der letzten Zeit galt er als völlig verrückt. Das gesamte *collegio* war über sein Ende erleichtert. Wenn in diesem Jahr ein stummer Analphabet kandidiert hätte, wäre er sofort zum Dogen gewählt worden!«

Die Frascadina begann zu glauben, dass die falschen Gedichte von jemandem eingefügt worden waren. Aber zu welchem Zweck? Hatte ein enttäuschter Autor, der nie veröffentlicht worden war, somit einen Weg gefunden, dass seine Werke endlich erschienen?

Dandolo war höchst beglückt und verwirrt. Seine Verlobte war nicht nur jung und unternehmungslustig, sie hatte auch noch Sinn für kleine Geheimnisse. Wie würde sie die langen Winterabende an der eisigen Lagune beleben!

Ohne auf die Beharrlichkeit ihres Höflings zu achten, kreuzte Leonora sorgfältig alle Gedichte in den Druckfahnen an, die in der zehn Jahre älteren Ausgabe fehlten. Der Angestellte vermutete, diese Passagen wegzulassen habe die Entscheidung gerechtfertigt, diese »literarischen Zeugnisse«, wie er die Texte höflich nannte, noch einmal zu veröffentlichen. Dass diese Texte etwas bezeugten, war Leonora klar, sie musste nur herausfinden, was.

Sie fragte, wer in diesem Jahr in diesen Bänden gelesen hatte. Der Angestellte versicherte ihr, weder habe irgendjemand etwas von einer Neuausgabe erzählt, noch seien diese Bände benutzt worden. Die poetischen Bemühungen von Pietro Grimani hätten eine Beachtung gefunden, die völligem Vergessen gleichkäme. Ihr Autor habe recht gehabt, sich zum Dogen wählen zu lassen. Dieses Amt habe ihm größere Bedeutung verliehen als sein literarisches Talent.

Leonora war ganz irritiert. Sie rollte die Druckfahnen zusammen, trank ihr Glas *Nero* aus und ging zum Ausgang. Dario Dandolo bot ihr an, sie dorthin zu fahren, wo immer sie wünschte: in ein *casin*, in ein *ridotto*, er könne mit ihr tanzen, zu Abend essen, das Vermögen ausgeben, das er ihr zu Füßen lege.

»Ihr könnt sicher einen jüngeren Galan heiraten, aber einen, der mehr Verständnis für Euch hat und aufmerksamer ist als ich, findet Ihr nicht«, sagte er spöttisch wie ein Händler auf dem Markt.

Leonora traute ihren Ohren nicht, jetzt pries er sich schon an! Da ihr nicht schnell genug einfiel, wie sie ihm entkommen konnte, zerrte er sie zu den Cafés unter den Arkaden. Bald saßen sie dicht nebeneinander auf einer Bank im *Venezia trionfante*, unweit von Gasparo Gozzi, der wieder mit seiner Zeitung beschäftigt war. Zuträger kamen von Zeit zu Zeit und flüsterten ihm etwas ins Ohr. Er verzog das Gesicht. Offenbar gab es an diesem Tag nicht genug der berühmten kleinen Geschichten, aus denen man große Artikel machen kann.

Als er den Kopf hob und das Paar sah, das ihm gegenübersaß, wurde seine Laune schlagartig besser. Hatte er noch einen Augenblick vorher gelangweilt das Gesicht verzogen, so fand er beim Anblick der jungen Erbin am Arm des bekannten Patriziers zu seinem alten Schwung zurück.

Dario Dandolo strahlte und wirkte plötzlich zehn Jahre jünger, etwa wie fünfzig. Gozzis Inspiration kehrte zurück, und er bewegte unter den unruhigen Blicken der Frascadina eifrig die Feder. Immer wieder sah sie zu ihm und fragte sich, was für schreckliche Dinge in der nächsten Ausgabe des *Osservatore veneto* zu lesen sein würden. Schließlich wurde auch Ser Dandolo darauf aufmerksam, wie beunruhigt sie war.

»Stört Euch die Anwesenheit dieses Zuhälters? Ich kann ihn gleich morgen von hier vertreiben lassen, wenn

Ihr das wünscht. Er ist nur ein kleiner Graf des Dominio, ich bin ein echter Edelmann der Dominante!«

Ein öffentlicher Skandal hätte alles ins Wanken gebracht. Sie bat ihn, nichts zu unternehmen, und als die Speisen serviert wurden, die ihr blaublütiger Beschützer bestellt hatte, brachte sie das Gespräch auf den verstorbenen Pietro Grimani.

Dandolo konnte sich vage erinnern, dass es Gerüchte über seinen Gesundheitszustand gegeben hatte. Wenn er genau darüber nachdachte, war Grimani schon immer ein wenig exzentrisch gewesen. Manche hatten sogar geglaubt, er hätte dies von seiner Mutter Caterina Morosini geerbt.

»Wisst Ihr, die Blutsverwandtschaft in den Familien, die in unserem Goldenen Buch stehen … seit fünf Jahrhunderten heiraten wir untereinander, um Mitglieder im Großen Rat zu bleiben. Möglicherweise brauchen wir dringend frisches Blut. Die Besten von uns allerdings bleiben von diesem Fluch verschont«, fügte er hinzu und warf einen gierigen Blick auf das Dekolleté seiner Gesprächspartnerin. »Die dalla Frascadas zum Beispiel sind auf der Höhe ihrer Kraft, das kann man sehen.«

Leonora war ihrem Halbbruder Zermanico oft genug begegnet, um diese Meinung zu teilen. Er war Alkoholiker, Spieler, Lebemann, man hätte sich keine bessere Kombination aller Laster vorstellen können. Die einzige Entschuldigung dafür war die von Dandolo erwähnte, unglückliche Mischung schlechter Erbanlagen.

Wenn Dandolo recht hatte, waren bei Pietro Grimani zahlreiche Hinweise auf Wahnsinn zu erkennen gewesen. Er konnte sich kaum konzentrieren, sah in jedem, der ihn nur leicht irritierte, einen gefährlichen Feind, und er war grausam und unerbittlich gewesen. Da sein Amt weitgehend repräsentativ war, rächte er sich an den imaginären Feinden, indem er negative Bemerkungen auf die Dekrete schrieb, die er seinen Aufgaben gemäß zu ratifizieren hatte. Er verließ Sitzungen, wenn er der Meinung war, dass man ihm nicht genügend Respekt gezollt hatte. Manchmal hatte er wirre Launen, auch in der Öffentlichkeit, und ein Doge war immer eine öffentliche Person. Er hatte Gesandte auf üble Weise beschimpft, Reden ohne Sinn und Verstand gehalten und in feierlichen Momenten laut vor sich hingelacht. An manchen Tagen versprach er Bittstellern das Blaue vom Himmel. Dann wieder unterband er mit einem Federstrich alle Hilfen für die Krankenhäuser der Serenissima oder Zuwendungen an bedürftige junge Mädchen. Er gab Entscheidungen bekannt, von denen niemand etwas wusste, und der Rat der Zehn musste jedes Mal den Schaden, so gut es ging, wieder in Ordnung bringen.

Leonora dachte nach. Ob ihn vielleicht diese Anflüge von Wahnsinn ins Verderben geführt hatten? War sein Tod Ergebnis eines im Palast geplanten Anschlags gewesen? Es war durchaus möglich, dass er in seinen unveröffentlichten Gedichten eine Botschaft versteckt hatte, deren Bekanntwerden seine Mörder um jeden Preis verhindern wollten. Sie waren möglicherweise bereit, jeden, dem die Gedichte in die Hände fielen, zu töten.

Ihr wurde plötzlich klar, dass sie die Nächste auf der Liste sein könnte. Sie hielt diese Gedichte in Händen und hatte diese einer ganzen Reihe von Leuten gezeigt, mitten in der Bibliothek Marciana, sozusagen unter den Fenstern des Dogenpalasts.

Mario Dandolo merkte, dass seine Begleiterin plötzlich äußerst nervös war. Er schrieb diese Veränderung seiner Verführungskunst zu und vermutete, dass die Wehrmauern des Mädchens endlich zusammenbrachen.

Als sie die *bottega del caffè* verließen, war er ein wenig betrunken. Die in Süßwein getauchten *zaeti* taten ihre Wirkung. Sie gingen bis zur Riva degli Schiavoni, wo ihr *barcarol* sie abgesetzt hatte. Es wurde langsam dunkel, und dem Patrizier gelang es nicht, seine Gondel zu finden.

»Wohin, zum Teufel, ist dieser Gondoliere verschwunden? Man lässt doch nicht junge Damen allein am Kai!«

Aber genau das tat er, um schnell seinen Diener wiederzufinden. Leonora sagte sich, betrunken, wie er sei, würde dies eine Weile dauern. Sie wollte nicht allein gesehen werden und den Leuten als Zielscheibe dienen, die sich gegen die venezianische Dichtung verschworen hatten. Deshalb versteckte sie sich in einer dunklen Ecke, bis ihr Begleiter zurückkäme.

Da packten kräftige Arme sie von hinten, erstickten sie beinahe und zogen sie zurück, ohne dass sie dazu kam, zu schreien.

Einen Moment später kam Dandolo zurück, um ihr voller Begeisterung zu erzählen, alles sei bereit. Doch sie war verschwunden.

Leonora wurde in eine dunkle Gasse gezerrt. Ein Lederhandschuh auf ihrem Mund hinderte sie daran, um

Hilfe zu rufen. Außerdem bekam sie kaum noch Luft. Ihr Angreifer hatte riesige Hände, kräftige Muskeln und trug sie, als sei sie leicht wie eine Feder. Sie kam sich vor wie eine Stoffpuppe und gab jede Hoffnung auf, ihm zu entkommen. Der Mann warf sie auf den Müll, der an diesem schmutzigen Ort herumlag. Er musste das Viertel gut kennen, denn auf die Sackgasse, die er ausgewählt hatte, führte keine einzige Tür heraus. Sie sah hinter einem winzigen Fenster schwachen Kerzenschein, nach dem Geruch zu urteilen musste es ein Küchenfenster sein.

Als sie zu Boden geworfen wurde, schlug sie mit der Stirn so heftig auf dem Pflaster auf, dass sie fast ohnmächtig wurde. Nur der Schmerz hielt sie bei Bewusstsein. Sie lag auf dem Bauch und konnte ihren Angreifer nicht sehen. Sie spürte, wie seine kräftigen Finger ihren Hals umschlossen und ihn zudrückten, und während sie wie ein Fisch ohne Wasser heftig zappelte, dachte sie, das Letzte, was sie von dieser Welt sähe, sei das schmutzige Straßenpflaster einer düsteren Sackgasse.

Plötzlich lockerte sich der Griff, und Leonora hatte das Gefühl, dass um sie herum reges Treiben herrschte, obwohl sie sich ganz darauf konzentrierte, ein bisschen Sauerstoff in die Lunge zu bekommen. Sie hechelte, drehte sich zur Seite und schaffte es, sich aufzurichten und gegen eine Ziegelmauer zu lehnen. Zwei Männer standen sich drohend gegenüber. Der eine trug eine Karnevalsmaske. Ein Fenster ging auf, drei Etagen höher, und eine Stimme drohte den »Säufern«, die Polizei zu rufen, wenn sie weiter solchen Lärm machten. Einer der Kämpfenden floh, so schnell ihn seine Beine trugen. Leonora hoffte, dass es nicht ihr Retter war Sie wollte der Stimme antworten, brachte aber nichts als ein Krächzen heraus. Dann hörte sie, wie der Fensterladen zugeschlagen wurde, und es klang wie die Klappe auf einem Schafott unter den Füßen eines Erhängten.

Der Mann, der bei ihr geblieben war, beugte sich über sie. Da er seine Hand nicht um ihren Hals legte, nahm sie an, dass er nicht derjenige war, der sie hatte umbringen wollen. Als sie die Züge ihres Wohltäters erkannte, wurde ihr klar, dass sie wegen Sauerstoffmangels delirierte.

Sie hatte das Gefühl, dass der furchtbare Mann mit dem narbigen Gesicht aus der Familie Corner vor ihr stand. Sie glaubte sogar, zu hören, wie er sie fragte, ob es ihr gut gehe, woraufhin sie trotz des Schmerzes in ihrer Kehle mit einem Seufzer antwortete.

Ihr Retter wartete, bis sie wieder freier atmen konnte, dann zwang er sie, aufzustehen, und stützte sie beim Gehen.

»Man weiß nie, wozu ein Unglück gut ist«, sagte er, »dieser Übeltäter hat Euch zum Schweigen gebracht!«

Da wusste sie, dass sie tatsächlich in den Händen des zynischen Lazaro Corner war. Da sie nach dem, was gerade geschehen war, nicht in der Lage war, sich gegen ihn zu wehren oder ihm zu sagen, was sie von ihm hielt, ließ sie sich von ihm bis zum Kai führen, wo er sie in eine Gondel setzte.

»Wie gut doch die Vorsehung für alles sorgt, nicht wahr?«, rief er, während sie sanft über das Wasser glitten, zwischen zwei Kaimauern, an denen Kerzen, Fackeln und

Laternen brannten. »Ich komme gerade vom Friseur, und da finde ich meine kleine Pucci in einer düsteren Sackgasse in einer schlimmen Lage!«

Sie glaubte ihm kein Wort. Jemand wie er verließ den Friseur nicht durch eine winzige Gasse. Sie konnte inzwischen wieder gut genug sprechen, um ihn zu fragen, seit wann er ihr folge.

»Seit Ihr Euch in die Arme dieser verlebten Nachtigall begeben habt«, antwortete der Kerl mit vor Zufriedenheit leuchtenden Augen. »Hat Euch schon jemand gesagt, dass Ihr Euch mit sehr viel Anmut von Mauern herabfallen lasst?«

Er war offenbar der einzige Spion, den sie nicht losgeworden war.

»Ihr seid der Teufel«, sagte sie mühsam.

»Wenn der liebe Gott anderswo beschäftigt ist, rechnet man besser mit dem Teufel, findet Ihr nicht? Hat Euch das bei den Ursulinen niemand beigebracht?«

Die Ursulinen hätten ihr wahrscheinlich geraten, so schnell wie möglich aus dieser Gondel zu fliehen. Aber sie hatte keine andere Wahl, als allein nach Hause zu fahren und sich der Gefahr auszusetzen, von Übeltätern erwischt zu werden, die ihren Tod wünschten, oder sich von einem bekannten Dieb begleiten zu lassen, dem man mehrere Morde zuschrieb. Doch er trachtete nicht nach ihrem Leben, jedenfalls jetzt nicht. Allerdings wusste sie, dass er zu allem fähig war.

»Ich hoffe, Ihr habt diesen Überfall nicht inszeniert, um als großer Retter aufzutreten«, sagte sie.

Er brach in Lachen aus.

»Entschuldigung, aber Ihr nehmt Euch viel zu wichtig. Ich gebe zu, dass ich gezögert habe, ob ich meine neuen Kleider schmutzig machen soll, um Euch für Signor Dandolo zu retten. Ich werde ihm dafür die Rechnung für die Reinigung meiner Kleider schicken.«

Zu Leonoras Glück gab sich Corner genauso abscheulich wie sonst. Das machte es ihr leichter, ihn weiterhin zu hassen. Ungern hätte sie gegenüber dieser Person ohne jede Moral und Skrupel ein Gefühl der Dankbarkeit entwickelt.

Sie befeuchtete ein Taschentuch im Kanal, um sich ihre Stirn abzuwaschen. Die Demütigung hinderte sie am Reden. Er war begeistert.

»Normalerweise, wenn ich mit einer jungen Frau in einer Gondel fahre, dann scherze ich ein wenig mit ihr, aber ich glaube, dies verschieben wir auf unsere nächste Tändelei, auf unser nächstes Treffen. Ihr seid hart rangenommen worden, aber nicht von mir.«

Nie hätte sie gedacht, dass sie solche Lust haben könnte, einen Mann, der ihr gerade das Leben gerettet hatte, ins Jenseits zu befördern. Sie war umso wütender, als der Bandit sich nicht den kleinsten Fehler hatte zuschulden kommen lassen, der ihr erlaubt hätte, ihn ins Gesicht zu schlagen.

Die Brautwerber mit den illustren Namen hatten die Umgebung der Ca' Civran verlassen, als es dunkel wurde, deshalb konnte das gerettete Mädchen ungehindert an Land gehen. Ihr Retter reichte ihr liebenswürdig die Hand, um ihr beim Aussteigen zu helfen. Sie murmelte leise danke, und es war nicht klar, ob sie seine Höflichkeit oder seine Unerschrockenheit bei ihrer Rettung meinte. Gleich darauf verschwand sie im Innern des erleuchteten *portego* und hütete sich, zurückzuschauen, um nicht das spöttische Lächeln auf dem Gesicht des Übeltäters sehen zu müssen.

Als sie endlich das Haus betrat, von dem sie gedacht hatte, sie würde es nie wiedersehen, fand sie dort in Begleitung des Hausherren dell'Oio vor, der sich mit Vergnügen den Magen vollschlug, anstatt sich Gedanken um seine Auftraggeberin zu machen. Er fügte den Garnelen das Schicksal zu, das die Frascadina beinahe in der Sackgasse erlitten hatte. Wo war er nur gewesen, als sie vor fünf Stunden den Garten über die Mauer verlassen hatte?

Auf einer silbernen Platte mitten auf dem Tisch lagen die Reste eines Kapauns. Der Bauer der Gradenigos hatte ihn geschickt. In dieser Familie gab es nämlich drei Söhne im heiratsfähigen Alter.

»Wir haben Euch noch einen Schenkel aufgehoben«, erklärte Flaminio, die Serviette um den Hals und mit fettigen Fingern.

»Ihr seid entlassen!«, rief sie, bevor sie wütenden Schrittes aus dem Zimmer ging.

16

Leonora erwachte wie fast immer durch das Läuten der Glocken in sämtlichen Gemeinden ringsum. Sie öffnete weit ihr Fester, und feuchte Nebelluft, die den Geruch des Meeres mitbrachte, drang ins Zimmer. Sie warf einen Blick nach draußen, um zu erfahren, mit wie vielen Bewerbern sie es heute aufnehmen musste. Seltsamerweise war niemand da, die Gondeln ihrer Verehrer waren nicht wiedergekommen. Sie vermutete, dass ihr Vater juristische Schritte unternommen hatte, um der Meute den Wind aus den Segeln zu nehmen.

Sobald sie das Esszimmer betreten hatte, revidierte sie ihre Meinung. Hier saßen ihre Eltern und warfen sich gegenseitig vor, schuld an dem erneut eingekehrten Frieden zu sein. Donna Soranza strich etwas mehr Butter auf ihre *potizza* mit Honig und runzelte die Stirn.

»Ihr habt sie vertrieben mit Eurer Manie, sie nur jemandem zu versprechen, der für Euch stimmt!«

Leonora war verblüfft.

»Habt ihr mich zum Verkauf angeboten?«

Ser Cesare zahlte es seiner Ehefrau heim.

»Glaubt Ihr, die Valier haben nicht bemerkt, dass Ihr Eure Zustimmung gegen Ballen bestickter Seide eingetauscht habt? Eure Kommoden quellen davon über!«

Die Verlobte ganz Venedigs sah sie verwirrt an.

Da kündigte ein Diener den Besuch des *nobiluomo* Ser Dario Dandolo an. Der Berater des Dogen wollte schon sagen, er sei nicht da, aber da hatte der Besucher den Diener bereits eingeholt und kam ihnen mit eiligen Schritten entgegen. Dandolo war entzückt und verneigte sich respektvoll zur Begrüßung: »Lieber Vater, liebe Mutter«, sagte er und brachte sie gänzlich aus der Fassung. Erstaunt sahen sie, wie er die neueste Ausgabe des *Osservatore veneto* durch die Luft schwenkte.

»Habt Ihr die Neuigkeiten gelesen?«, fragte er mit der Stimme einer Nachtigall, die die erste Frühlingswärme spürt.

Über eine ganze Spalte wurde »die Verlobung der Erbin des Dogen Loredan mit einem der höchsten Adeligen der Stadt, Seiner Exzellenz D. D. de San Polo« angekündigt. Die Leser brauchten nicht zum Goldenen Buch zu greifen, um das, was fehlte, zu ergänzen.

Man begriff sofort, warum der »Verlobte« sich in Schale geworfen hatte.

»Seid unbesorgt! Ich kenne meine Pflicht. Ich bin bereit, alles wiedergutzumachen!«

»Wollt Ihr Euch mit dem Grafen Gozzi duellieren?«, brummte Ser Cesare mit düsterer Miene.

»Viel besser als das, ich heirate sie!«

Nun geschah das, was Donna Soranza mit viel Aufwand hatte verhindern wollen. Ein unerwünschter

Brautwerber machte seine Aufwartung in ihrem Salon. Wenn sie einverstanden gewesen wären, so hätte er das Mädchen auf der Stelle mitgenommen. Die Eltern verdächtigten ihn, das Erscheinen des Artikels mit Geld unterstützt zu haben.

Sie waren noch weit davon entfernt, die Hochzeit zu planen. Donna Soranza fragte sich, ob sie heute zum Ball bei den Malipiero gehen konnte. Ihr Mann sah ängstlich dem Augenblick entgegen, an dem er den zahlreichen Bewerbern, denen er seine Tochter versprochen hatte, Rechenschaft ablegen musste. Einen Moment dachte er nach, wie er diesen Harlekin loswerden konnte, dann sagte er mit Grabesstimme:

»Da es in der Zeitung steht, kann ich nicht mehr nein sagen.«

Dario Dandolo schwamm im Glück. In bester Laune ging er davon, nachdem er die Hand seiner Schönen geküsst hatte. Es sah ganz so aus, als mache er sich auf den Weg, das Aufgebot zu bestellen.

»Muss ich betonen, dass ich diesen Mann niemals heiraten werde?«, erklärte Leonora und aß ihr Frühstück.

Donna Soranza war betroffen.

»Das solltest du aber. Niemand aus dem Hochadel wird jetzt bereit sein, dich zu heiraten. Je mehr Verlobungen du auflöst, desto tiefer wirst du fallen.«

Sie hatte eigentlich größere Sorgen als die Heirat der Tochter ihres Mannes, zum Beispiel, einen Rest ihres beschädigten Ansehens zu retten – vielleicht gab es ja einige, die nicht glaubten, was in der Zeitung stand. Sie hatte ein paar dringende Briefe zu schreiben.

Als wieder Kirchhofruhe über dem Zimmer lag, fragte Leonora ihren Vater, ob etwas an dem Gerücht stimme, dass Pietro Grimani während seiner Regierungszeit den Verstand verloren hatte.

»Du weißt doch, dass ich nicht schlecht über meinen Nächsten rede, vor allem nicht über Verstorbene, die sich nicht mehr wehren können.«

Seine Tochter wollte sich zu dieser Behauptung lieber nicht äußern.

»Immerhin«, fuhr er fort, »war Pietro Grimani eine Person der Öffentlichkeit, aber seine kleinen Fehler gehören der Geschichte an.«

Seine Meinung über den früheren Dogen war schlimmer als das Porträt, das Dario Dandolo von ihm gezeichnet hatte. Pietro Grimanis verrückte Ideen hätten aus ihm einen völlig unkontrollierbaren Herrscher gemacht, der sehr geschickt im Betrügen gewesen sei. Am Ende habe man ihn sogar für gefährlich gehalten. Angeblich hatte er bei einem Essen einem Gast, der eine respektlose Bemerkung gemacht hatte, die Gabel durch die Hand gebohrt. Damals hatten die Inquisitoren die Geschichte unter Verschluss gehalten, aber dalla Frascada hatte den Verband an der Hand des Verletzten gesehen.

Leonora war immer noch sicher, dass man ihn ermordet hatte, und jetzt konnte sie die Mörder verstehen. Aber wie war es bei dem Drucker gewesen? Er hatte niemanden mit der Gabel aufgespießt.

Sie dachte gerade darüber nach, als Loreta mit einer tragischen Nachricht hereingestürzt kam.

»Ser Dandolo ist tot! Er wurde gerade aus dem Kanal gezogen!«

Während sie in Ruhe dasaßen, redeten und ihre *potizza* aßen, war der arme Patrizier ins Wasser gefallen und ertrunken. Man schrieb seinen Tod einer Herzschwäche zu, hervorgerufen durch große Freude, die sein Alter nicht verkraftet hatte.

»So ein Schicksal!«, rief der Berater des Dogen. »Ausgerechnet am Tag seiner Verlobung!«

Ser Cesare konnte seine Erleichterung kaum verbergen. Seine Tochter war wieder frei, der Posten des Finanzministers stand ihm wieder offen.

Leonora war entsetzt.

Sie war es noch mehr, als Tommaso Zen kam und seinem Herrn etwas ins Ohr sagte, woraufhin dieser errötete. Bei einer ersten Untersuchung hatte man festgestellt, dass am Kopf des Toten ein riesiger Bluterguss entdeckt worden war.

»Ich hoffe, niemand glaubt, dass ich etwas damit zu tun habe«, sagte dalla Frascada.

Mit Erstaunen stellte er fest, dass seine Tochter den Tränen nahe war.

Sie fühlte sich schuldig. War der arme Mann deshalb umgebracht worden, weil jemand glaubte, er kenne ihre Geheimnisse? Dabei hatte sie doch kein Wissen gehabt, das sie hätte teilen können! In ihrer Phantasie verlieh sie dem Unglücklichen erstaunliche Eigenschaften. Sie war untröstlich, einen so einfühlsamen, feinen Menschen zu verlieren, der alles getan hatte, um ihr zu gefallen. Ihr Leben war verpfuscht, nur eine düstere Klosterzelle wäre der geeignete Ort, um die traurigen Jahre, die ihr noch zu leben blieben, in Reue zu verbringen.

Als Flaminio erschien, zerknirscht und den Hut in der Hand, warf sich Leonora ihm in die Arme. Dies ersparte dem venezianischen Höfling, die Entschuldigung aufzusagen, die er sich sorgfältig zu seiner Verteidigung überlegt hatte.

»Ich wusste, dass Ihr niemanden findet, der so gut ist wie ich«, sagte er, »und vor allem nicht diesen lächerlichen alten Cicisbeo!«

»Er ist ermordet worden!«, rief die Frascadina zwischen zwei Schluchzern.

Dell'Oio legte seinen Hut ab.

»Stets zu Diensten«, sagte er, bevor er das Zimmer verließ. Leonora warf eine Zechine in einen Becher, und der Klang verlangsamte den Schritt des jungen Mannes. Bei der zweiten blieb er stehen, bei der dritten drehte er sich auf dem Absatz herum und kam, um zu sehen, wie er sie in ihrem großen Kummer trösten konnte.

»Seit wann werden alte Birnen, die reif genug sind, um von selbst vom Baum zu fallen, ermordet?«, fragte er erstaunt und goss sich eine Tasse Kaffee ein.

Sie widersprach. Dieser liebe Signor war nicht hinfällig. Er hatte ja sogar ans Heiraten gedacht. Das brauchte sie ihm nicht zu erzählen, denn er hatte wie ganz Venedig den *Osservatore* gelesen.

Sie schlug ihm vor, mit ihr die Gedichte von Pietro Grimani anzuschauen.

»Ihr habt recht«, sagte er, »die Gelegenheit für eine Buße ist günstig.«

Beim Lesen der Texte wurde seine Stimmung düster. Er konnte nicht verstehen, warum in der neuen Ausgabe mehr Gedichte enthalten waren als in der früheren. Beim Vergleich der alten und neuen Texte waren keine Stilunterschiede zu erkennen, und alle Verse wurden von denselben Schalentieren bevölkert.

Nie hätte Flaminio gedacht, dass man so viel über das Liebesleben der Thunfische schreiben oder »Quallen« auf »Korallen« reimen konnte. Grimani hatte geglaubt, das riesige, weite Meer zu preisen, hatte aber in Wahrheit die reinste Fischhändler-Lyrik verfasst.

Wenn die Gedichte schon nichts taugten, konnten sie ihnen dann wenigstens auf andere Weise nützlich sein? Es wäre ideal gewesen, sie als Waffen gegen diejenigen zu nutzen, die sie verschwinden lassen wollten, um die Gewalt der Verschwörer gegen sie selbst zu richten. Diese Verse mussten an die breite Öffentlichkeit gelangen. Und was war dazu besser geeignet als eine Oper?

»Es kommen genug Meerestiere vor, um damit eine Theaterszene zu füllen wie einen ganzen Fischladen«, sagte Flaminio.

Er stellte sich schon vor, wie die Sirenen den Fischen mit ihrem hohen C antworteten.

Leonora gefiel die Idee sehr. Sie brauchten nur noch einen Saal, ein paar Sänger, einen Komponisten, ein Libretto und natürlich Ali Babas Höhle, um alles bezahlen zu können.

Im Erdgeschoss saß Ser Cesare und diktierte seinen Sekretären einen Brief an seine künftigen Unterstützer und Schwiegerväter seiner Tochter, der in fünfzehn Exemplaren verschickt werden sollte. Leonora kam und fragte ihn, woher sie das Geld nehmen könne, das man für eine Opernaufführung brauche.

»Nicht aus meiner Tasche!«, sagte er in entschiedenem Ton.

Sie dachte an ihre Mieteinkünfte aus der Ca' Loredan. Das Geld des Heiligen Römischen Reiches finanzierte die Musik in Venedig. Die Serenissima kannte die Schwierigkeiten mit den Österreichern nur zu gut. Sie hatten das Land von allen Seiten umzingelt wie ein Rudel Wölfe eine Ziegenherde.

Die Idee gefiel ihrem Vater nicht, vor allem, weil er die Mieteinnahmen schon für andere Dinge vorgesehen hatte. In erster Linie wollte er sie selbst einstecken. Er erklärte ihr, sie sei gar nicht in der Lage, an das Geld heranzukommen. Sie müsse erst den richtigen Zeitpunkt abwarten. Die Zahlungen erfolgten am Jahresende, die Botschaft überwiese das Geld, sobald es aus Wien geschickt worden sei. Er erinnerte sie daran, dass sie über das Geld erst mit ihrer Volljährigkeit verfügen könne oder wenn sie heiratete. Ein Junge werde mit fünfundzwanzig Jahren volljährig.

»Und ein Mädchen?«, fragte sie.

»Mit achtzig!«, antwortete er in einem Ton, der keinen Widerspruch duldete.

Bis dahin sei es seine Aufgabe, ihr Erbe zu verwalten. Leonora kannte den liebenswürdigen Finanzverwalter gut genug, um zu wissen, dass es Schwierigkeiten geben würde. Sie nahm sich vor, zu überprüfen, was er mit dem Geld machte, sobald sie ein wenig Zeit für sich selbst hätte. Wahrscheinlich würde sie gar nicht darum herumkommen, zu heiraten.

Jetzt ging sie anders an die Sache heran. Dalla Frascada saß im Rat der Zehn, er musste wissen, wie man die Serenissima überzeugen konnte, Geld lockerzumachen.

»Wir sind im Moment eigentlich eher dazu da, Ausgaben zu verhindern«, entgegnete er.

»Seit wann?«

»Seit der Schlacht von Lepanto. Sie hat ein tiefes Loch in unsere Kasse gerissen.«

Die berühmte Seeschlacht zwischen der Flotte der westlichen Mächte und den Türken hatte 1571 stattgefunden. Es war ein kostspieliger Sieg gewesen. Leonora zog ihr kleines Heft hervor und strich den Namen »Rat der Zehn« sorgfältig durch.

In Begleitung Flaminios und mit ihrem Passierschein ging sie auf die Piazza, fest entschlossen, die Staatsregierung davon zu überzeugen, dass sie etwas für den Ruhm literarisch tätiger Dogen tun müsse.

Der Sekretär empfing sie bei den Prokuratoren von San Marco und sagte voll Bedauern:

»Uns wurde in aller Form untersagt, nicht-geistliche Aufführungen zu unterstützen. Wendet Euch an das Amt für öffentliche Vergnügungen.«

Sie begaben sich in das gegenüberliegende Gebäude, in dem der Mann arbeitete, der für alle jährlichen Feiern, Regatten, Ringkämpfe auf den Brücken und Stierrennen auf den Plätzen verantwortlich war.

»Das ist ja ein wunderbarer Plan«, sagte er. »Aber wie

schade, wir dürfen leider keinerlei Geld an Privattheater auszahlen.«

»Daran soll es nicht scheitern«, antwortete die Frascadina. »Ein Theater, das der Serenissima gehört, tut es auch.«

»Das gibt es nicht. Geht zum Komitee der Gilden und Musikschulen. Sie haben die Mittel für traditionelle Aufführungen.«

Beim Komitee der Gilden, das Vereine in den Gemeinden und die Gilden unterstützte, hörte man sich den Vorschlag höflich an und lehnte ihn dann ebenso höflich ab.

»Wenn Eure Oper mit dem hiesigen Handwerk zu tun hätte, wäre es vielleicht möglich. Aber für Wassermänner kann ich nichts tun. Versucht es bei dem Verwalter der Kirchengüter.«

Der Finanzverwalter von San Marco schrie laut auf, als er von dem Plan hörte.

»Eine Oper? Steht Ihr im Sold der Türken? Wollt Ihr uns vernichten? Wie wollt Ihr unseren Bürgern erklären, dass das Geld, das für unsere neue Galeone bestimmt war, dazu verwendet wurde, Kastraten krächzen zu lassen? Sie würden begeistert sein!«

Leonora sagte sich, wenn sie im Sold der Türken stünde, hätte sie wenigstens Geld genug, ihre Oper aufzuführen.

Die Mitarbeiter des *Rason Vecchie*, des Amtes, das für Staatsausgaben und öffentliche Gelder zuständig war, versprachen ihr eine Beihilfe, sobald die Weizensteuer eingetroffen sei. Leider nähmen diese Steuern aber ständig ab. Selbst die Juden im Ghetto hätten kaum noch Geld. Bei der *Dogana del Mar* seien die Salzsteuereinkünfte noch nie so gering gewesen. Die beiden jungen Leute verzichteten auf jeden Kommentar. Wenn es so weiterging, würde ihr Stück erst dann aufgeführt, wenn ganz Italien Republik geworden sei.

»Mein Vater hat meine Oper mit seinem Salzdiebstahl zugrunde gerichtet«, klagte Leonora, als sie in der Sonne auf dem Kai der Zattere standen.

»Venedig geht an den Betrügereien von allen zugrunde«, fügte dell'Oio hinzu. »In rosigen Zeiten würde dies nicht einmal auffallen!«

Während sie vor den Arkaden der *Procuratie Vecchie* umherirrten, machte Flaminio sie auf einen reichen Patrizier aufmerksam, von dem er wusste, dass ihm eines der Theater in der Stadt gehörte. Als er von ihrem Plan hörte, brach dieser in Lachen aus.

»Wollt Ihr mich ruinieren?«

Im Moment sei die Oper aus Neapel modern, und niemand interessiere sich mehr für die Feinheiten der venezianischen Musik. Man wolle immer wieder Arpeggien und so viel Brio wie möglich. Auf diesem Gebiet sei die Schule von Neapel einzigartig, und wenn es so weiterginge, würden bald die Gondolieri neapolitanische Lieder singen statt der sanften Melodien der Lagune. Kein Theaterdirektor oder Impresario würde das Risiko eingehen, vor halb leerem Saal Opern aufzuführen, die man weder in Bologna, Rom oder Florenz als Gastspiel haben wolle.

Immerhin gab ihnen der Mann einen vernünftigen Rat:

»Geht zum Dogen!«

»Mag er Musik?«, fragte Leonora.

»Das ist unwichtig. Dogen sind immer dafür, etwas zur Erinnerung an ihre Vorgänger zu tun. Sie hoffen, dass man dann für sie dasselbe tut. Eine Oper! Warum denn nicht? Das ist nicht so teuer wie eine zweite Santa Maria della Salute, findet Ihr nicht?«

Der aktuelle Inhaber des Dogenamts war der unsterbliche Autor der *Geschichte der venezianischen Literatur*. Vielleicht hatte er Verständnis für ihre Idee, die schließlich eine Menge mit Literatur zu tun hatte.

Doch es stellte sich die Frage, wie sie an ihn herankommen sollten. Dell'Oio würde gerade mal zur Tür des Palasts gelangen und keinen Schritt weiter.

Die Frascadina ging entschlossenen Schrittes auf das Gebäude aus rosafarbenem Backstein zu, ähnlich energisch wie ihre Vorfahren in Lepanto.

17

Diesmal musste Leonora den Serenissimus unbedingt persönlich treffen und nicht seine Muse, sonst würde sie als die Braut des erstbesten Corner wieder herauskommen.

Vor den privaten Gemächern gab es eine Sperre, die unsichtbar, aber doch vollkommen hermetisch war. Wären da nicht die hohen Beamten der Republik gewesen, die ein- oder zweimal pro Tag hineingingen und herauskamen, hätte man glauben können, dass der Herrscher bereits sein Leben ausgehaucht hatte. Leonora hörte zwei Patrizier leise diskutieren:

»Unsere Dogen halten sich immer weniger lange. Man müsste den Zustand der Fundamente untersuchen, irgendwas in diesem Palast ist faul.«

Trotz ihrer Bemühungen gelang es ihr nicht, auch nur das Versprechen zu erhalten, dass man in ihrem Sinne aktiv werden würde. Sie verstand nicht, wieso ihr Freibrief innerhalb dieser Mauern nutzlos war.

»Ihr seid die Letzte, die wir hier hereinlassen«, sagte eine Stimme hinter ihr.

Eine Frau mittleren Alters, sehr elegant gekleidet, mit Schmuck überhäuft, betrachtete sie mit einer Mischung aus Sympathie und Ironie. Leonora erkannte Abbondanza Cancanigo, die Tochter eines Amtsdieners, die im Palast geboren worden war und Neuankömmlinge durch die Geheimnisse der Verwaltung des Dogenpalastes führte.

»Liebe Siora Cancanigo! Haben die Dukaten, die ich Euch im Mai geschenkt habe, Euch genützt? Ich erinnere mich, dass Ihr mir dafür ein Treffen mit einem Senator versprochen habt.«

Siora Cancanigo verneigte sich.

»Damals wusste ich noch nicht, dass Ihr die würdige Erbin der dalla Frascada und auch noch des Dogen seid. Ich hätte die doppelte Summe genommen.«

Die Frascadina lächelte. Manchmal amüsierte sie der in der Lagunenstadt verbreitete Zynismus. Überall sonst hätte er sie angewidert, aber hier erschien er ihr ebenso dekorativ wie die Renaissance-Gemälde oder die Stuckfiguren an den Häuserwänden.

Die Begleiterin der Besucher des Dogenpalastes erklärte Leonora, woher ihre Schwierigkeiten kamen. Alle wussten, was geschehen war, als sie zum letzten Mal einen kranken Dogen besucht hatte. Als sie hineinging, war sie arm gewesen. Und als reiche Erbin herausgekommen. Der Neffe des jetzigen Dogen, Sebastiano Foscarini, ein Mann von geringer Tugend, sei auf das Erbe aus. Er wolle besonders gern die prächtige Sammlung seltener Bücher haben, die zusammenzutragen er seinem Onkel geholfen habe, auf wenig ehrenhafte Weise, damals, als der künftige Doge Botschafter in Rom gewesen sei. Es gebe ein Gerücht, nach dem sie manchmal, wenn sie bei wohlhabenden Sammlern eingeladen gewesen seien, äußerst seltene Bände mitgenommen hätten, die sie vorher durch Kopien ersetzt hätten.

Die Lage war also äußerst schwierig. Die Frascadina war sicher, dass sie eher den Kaiser von China in der Verbotenen Stadt in Peking hätte treffen können als den Dogen.

»Wenn ich mir erlauben darf«, sagte Siora Cancanigo, »die ehrenwerte Signorina begeht den Fehler, an verschlossene Türen zu klopfen. Wer Ränke schmiedet, weicht Hindernissen aus. Jedes Haus hat zwei Eingänge. Je höher man in der Gesellschaft aufsteigt, desto mehr heimliche Ausgänge gibt es. Da könnt Ihr Euch ja vorstellen, wie es beim Dogen ist!«

Keine Frage, Abbondanza Cancanigo, die hier aufgewachsen war, kannte all diese Ausgänge.

»Wenn es stimmt, dass Ihr jede Ecke dieses Gebäudes kennt …«

»Besser als die Ratten!«

Als sie sich über das weitere Vorgehen verständigt hatten, ging Leonora hinauf in das Stockwerk, in dem das oberste Gericht tagte. Es war Zeit, den Inquisitor Barbaran an sein Versprechen zu erinnern, ihr den Palast zu öffnen. Bei ihm würde der Passierschein Wirkung zeigen, schließlich hatte er ihn selbst unterzeichnet.

»Ich weiß Bescheid«, sagte der diensthabende Beamte, als er einen Blick darauf geworfen hatte. »Ihre Exzellenzen haben mir gesagt, dass dieser Tag kommen würde, und ich habe Anweisung, Euch die Wege zu ebnen.«

Einen Augenblick glaubte Leonora, auf die Hilfe der Cancanigo verzichten zu können. Doch leider hatte der

Ausdruck »Wege ebnen« einen ganz anderen Sinn, als sie gedacht hatte.

Man stellte ihr einen Kammerherrn, einen Hauptmann und zwei Hellebardenträger zur Verfügung, die sie, ähnlich wie Schäferhunde bei einer Herde, von einem Saal zum nächsten begleiteten. Die riesigen Türen öffneten sich vor ihr wie durch Zauberhand, aber sie machte sich angesichts dieser Gefälligkeit keine Illusionen. Sie hatte keine Möglichkeit, sich ohne Begleitung frei durch den Palast zu bewegen. Wenn sie ihre Ermittlungen auf diese Weise führen sollte, konnte sie von Venedig nichts weiter sehen als Uniformrücken und Lanzen zwischen ihr und den Verdächtigen.

Sie war es leid, sich die Allegorien von Tintoretto und Veronese anzusehen, auch wenn die Gemälde noch so schön waren. Sie gab den Plan auf, es allein zu schaffen, und bat darum, die Arbeitsräume in der dritten Etage betreten zu dürfen.

Ihre Begleiter gestatteten ihr trotz allem, mehr zu sehen als andere Besucher, Antragsteller und Adelige, die für neue Gesetze stimmten. Man führte sie in kleinere Räume mit niedriger Decke, die mit engen Fluren verbunden waren. Hier konnte man ihr schwerer folgen als in den riesigen Sälen der unteren Etagen.

»Feuer!«, schrie plötzlich eine Stimme am anderen Ende eines Labyrinths. »Hilfe!«

Alles hier war aus Holz, und überall lagen Papiere. Alle, die hier arbeiteten, hatten einen höllischen Respekt vor einem Brand. Als die Männer losgerannt waren, betrat die Frascadina das Büro, das ihr die Cancanigo genannt hatte, und ging auf einen Eckschrank zu. Sie öffnete die Tür, trat ein und schloss sie hinter sich. Eine reich beringte Hand packte sie und zog sie weiter durch einen dunklen engen Flur. Eine Kerze brannte in einem Kerzenhalter, der an der Wand befestigt war, genau wie ein hochklappbarer Sitz, passend zu dem engen Raum.

»Diese Flure kennen nur die Kanzler und die Mädchen, auf die keiner achtet«, erklärte ihre Begleiterin.

Leonora war verblüfft.

»Das ist ein paar Dukaten wert!«, gab sie zu.

Siora Abbondanza verzog das Gesicht.

»Entschuldigt, aber da es sich um ein ganz besonderes Geheimnis handelt, wechseln wir die Farbe. Um in die Geheimnisse der Götter einzudringen, braucht man göttliches Geld. Sie würden doch auch Charon, um den Acheron zu überqueren, keine kleinen Kupfermünzen geben, habe ich recht?«

Leonora legte Dublonen aus unvergänglichem Metall in die gierigen Hände der Frau. Ihr Weg führte über enge Treppen, mit Stufen so schmal, dass kaum Platz für eine Fußspitze war. Hier und da konnte man durch kleine Spione die geheimen Räume der Räte beobachten. Wenn man eine Holzscheibe beiseiteschob, konnte man sehen, was in den Vorzimmern der Senatoren, bei den Fünf Weisen oder dem Direktor der Archive geschah.

»Jemand, der diese Gänge betreten kann, hat mehr Macht über Venedig als der Doge selbst«, murmelte die junge Frau.

»Oder er endet auf dem Schafott«, erwiderte die Cancanigo. »Kommen wir nun zum Ziel unserer Expedition.«

Sie zeigte Leonora einen komplizierten Weg, über den sie in die Gemächer des Dogen gelangen konnte, und verschwand durch einen Schrank, der in ein leeres Zimmer führte.

Leonora, die gewohnt war, sich von Flaminio führen zu lassen, stellte nun fest, dass ihr Orientierungssinn zu wünschen übrig ließ. Eine Zeit lang irrte sie durch die Flure, und es wäre ihr wie eine Ewigkeit vorgekommen, hätte sie nicht die Uhr auf der Piazza schlagen hören. Nachdem sie mehrere Treppen hinauf- und hinuntergelaufen war, rutschte sie aus und wollte sich an der Wand festhalten. Da öffnete sich eine Tür, und sie stolperte in ein kleines, mit dunklem Holz getäfeltes Zimmer. Sie hatte gerade noch Zeit, sich aufzurichten und die Tür wieder zu schließen.

Am Tisch der Inquisitoren saß Saverio Barbaran und schrieb einen Brief. Er hob den Kopf und sah das junge Mädchen an, das wie durch ein Wunder in seinem Büro erschienen war. Es gab nur einen Grund, weshalb seine Wächter sie unangemeldet hereingelassen hatten.

»Sie sind also in der Sache Pelizzioli weitergekommen?«

»Zan Pelizzioli war in den Salzschmuggel verwickelt, er hatte einen heimlichen Sohn, und seine Witwe ist in aller Eile auf das Festland geflohen.«

»Aha«, sagte Barbaran, »ist das alles?«

Leonora bezweifelte, dass der Rote Inquisitor bereit war, eine Oper zu finanzieren. Sie versuchte, ihm zu erklären, sie würde besser vorwärtskommen, wenn sie mehr Mittel erhielte. Der Inquisitor antwortete ihr, wenn er in diese Geschichte mehr Geld stecken müsste, dann würde er lieber ein Regiment beschäftigen als ein Mädchen.

Da blieb Leonora nichts anderes übrig, als sich zu verneigen und zu gehen.

»Eure ergebene Dienerin«, sagte sie.

»Diener, Diener.«

Als sie das Zimmer verließ, rief er ihr zu:

»Mögen Euch die Seegottheiten ebenso inspirieren wie unser verstorbener Doge Grimani!«

Nichts entging den Ohren der Inquisitoren, nicht das kleinste Plätschern, in Versen gesprochen oder gesungen.

Die Frascadina fand Flaminio dell'Oio am Fuß der *Scala d'Oro* wieder. Die Stimmung der Ermittlerin war im tiefsten Keller.

»Ihr habt recht, verzweifelt zu sein«, witzelte ihr Höfling, »sie verweigern Euch eine Begegnung mit dem Dogen. Was für eine Beleidigung!«

Sie bat ihn, mit seinen Scherzen aufzuhören und ihr zu sagen, was er über Marco Foscarini wusste. Vielleicht könnte sie mit Hilfe der Biographie des Dogen irgendein Loch in der Rüstung finden, in der man ihn vor ihr verbarg.

Das erste Detail, das Flaminio einfiel, war, dass die Mutter des Dogen Leonora Loredan hieß. Dass sie denselben Namen hatte wie sie, fand Leonora lustig, aber dies genügte nicht, um ihr die Türen zu öffnen. Marco Foscarini war Prokurator von San Marco gewesen und gehörte der Royal Society in London an.

»Schade, dass man nicht mit ihm sprechen kann«, sagte der venezianische Höfling. »Unser Wasserprojekt würde ihm bestimmt gefallen. Er hat, wie man sagt, eine Passion für Korallenstudien. Ich habe gehört, wie Gasparo Gozzi sich beklagte, dass dieses Thema in ihren Gesprächen immer wieder vorkommt.«

Leonora hob die Hand.

»Was hat Gozzi damit zu tun?«

Beide hatten eine Geschichte der venezianischen Literatur geschrieben. Sie trafen sich oft, um sich über Literatur zu unterhalten.

»Gasparo Gozzi hat Zugang zum Dogen!«, sagte Leonora. »Schnell ins Café«, rief sie und überquerte den Hof des Palastes in Richtung Piazza.

»Soll das zur Gewohnheit werden?«, fragte Flaminio.

Aber im Grunde missfiel ihm diese Vorliebe seiner Auftraggeberin keineswegs.

18

Während Flaminio dell'Oio sich für die Küchenspezialitäten von Florian Francesconi interessierte, dem glücklichen Besitzer von *La Venezia trionfante*, ging Leonora zu Gasparo Gozzi und setzte sich, ohne zu fragen, neben ihn.

Der Schriftsteller hatte in weniger als einer Stunde eine Verabredung mit dem Dogen. Er sah aber keinen Grund, das junge Mädchen mitzunehmen.

»Weil ein Mann wie Ihr eine Frau wie mich braucht.«

Er sah sie erstaunt an.

»Oh, oh! Ich bin schon verheiratet, müsst Ihr wissen.«

Leonora hatte nicht die Absicht, der Gräfin Konkurrenz zu machen. Aber da sich Gozzi für die aufregenden Ereignisse ihres Lebens zu interessieren schien, schlug sie ihm vor, ihm Informationen aus erster Hand über die neueste Entwicklung ihrer Verlobung zu liefern.

»Ich wüsste nicht, was inzwischen passiert sein könnte, außer vielleicht ein Zerwürfnis«, sagte Gozzi, der nur schwer seine Neugier verbarg.

Er schaute sie aus dem Augenwinkel an, um zu sehen, ob er richtig geraten hatte.

»Ich bin Witwe«, sagte sie.

Da riss er die Augen auf.

»Genauer gesagt, ich wurde Witwe, ehe ich überhaupt geheiratet hatte.«

Sie berichtete ihm vom traurigen Ende Dario Dandolos. Den Agenten der Serenissima war es bisher gelungen, die Nachricht geheim zu halten, aber es war nur eine Frage von Stunden, bis es alle Welt wissen würde. Und ehe sie für eine verfluchte Verlobte galt, deren Verehrer ein tragisches Ende nahmen, wollte sie lieber einen Vorteil daraus ziehen, und zwar sofort. Gasparo Gozzis Inspiration setzte auf der Stelle ein, und zehn Minuten lang machte er sich Notizen, während sie genussvoll eine Schokolade trank. Sie war sein gutes Omen, und er war in eine Art Ekstase geraten.

Als die Mohren aus Bronze an der Turmuhr die nächste Stunde anschlugen, standen sie auf, um zum Treffen mit dem Dogen zu gehen: Es war Zeit, die Informantin zu entlohnen.

Sebastiano Foscarini, der Neffe, empfing sie vor den Gemächern des Dogen, indem er den Eingang versperrte, und er wirkte so anmutig wie Polyphem auf seinem Felsen. Das gequälte Lächeln auf seinen Lippen, als er Leonoras ansichtig wurde, zeugte von seiner langen diplomatischen Erfahrung im Dienst der Serenissima.

»Was für ein Vergnügen, die Signorina kennenzulernen, die der Doge Loredan so hochschätzte! Mein Onkel wird Euch mit Freuden begrüßen, wenn es ihm besser geht.«

Die Dinge entwickelten sich leider nicht wie gewünscht. Er hätte ebenso gut sagen können: Ich weiß, was Ihr mit schwachen alten Männern macht, aber so weit wird es nicht kommen!

Gasparo Gozzi, ein Mann, der sich von solchen Kleinigkeiten nicht aus der Ruhe bringen ließ, erklärte, es müsse eines Tages der Gesamtkatalog der berühmten Foscarini-Bibliothek gedruckt werden. Eine Liste der äußerst seltenen Werke würde die Sammler in ganz Italien beeindrucken, besonders die römischen.

Sebastiano verstand die Botschaft sofort. Er würde Ärger mit einer ganzen Reihe reicher Leute bekommen, die ihr Eigentum beanspruchen würden.

»Ich bin sicher, Ihr könnt in Eurem Blatt andere Kuriositäten veröffentlichen«, antwortete er schnell.

Dann trat er zur Seite und wünschte ihnen ein angenehmes Gespräch mit seinem Onkel.

»Ja, die Macht der Presse!«, sagte Signor Gozzi, als sie die Gemächer des Dogen betreten hatten, voll Freude über die Wirkung seiner Worte.

Seit dem Tod Francesco Loredans hatte man das Dekor nicht verändert. Leonora fragte sich, wie man sich in einem Bett wohlfühlen konnte, in dem im Lauf der Jahrhunderte so viele alte Männer gestorben waren.

Mario Foscarini war sechsundsechzig Jahre alt. Er lag in seinen Kissen, eine Mütze auf dem kahlen Kopf. Allem Anschein nach ging es ihm nicht so schlecht, wie man vermutete. Die Ärzte hatten ihm allerdings verordnet, in seinem Zimmer zu bleiben, bis er ganz gesund war. Da er sogleich auf Korallen, sein Lieblingsthema, zu sprechen kam, lenkte Gasparo Gozzi das Gespräch auf die Oper, in der Hoffnung, von den Meeresgewächsen verschont zu bleiben.

»Wie passend das doch ist! Die Signorina dalla Frascada hatte die wunderbare Idee, die prachtvollen Meeresgedichte von Grimani zu vertonen!«

Er erinnerte auch daran, dass dieser zu seinen Lebzeiten die Künste unterstützt hatte.

»Und seht nur, wie seine Erinnerung immer noch hochgehalten wird«, schloss der Schriftsteller, als wenn gerade eine goldene Statue des Mäzens unter begeisterten Rufen der Bevölkerung auf der Piazza errichtet worden wäre.

Es war maßlos übertrieben, dem Besinger der Adria unsterblichen Ruhm anzudichten. Der Doge hoffte, dass es ihm selbst besser ergehen würde. Er wusste übrigens auch, dass gerade die neapolitanische Oper en vogue war. Leonora, die das Argument kannte, hatte Zeit gehabt, sich darauf vorzubereiten.

»Eben gerade deswegen! Was für eine Beleidigung der Tradition unseres Landes! Nutzen wir die Gelegenheit, die erhabene venezianische Musik zu fördern. Die Barcarole, zum Beispiel!«

Sie habe in jedem Akt einen Barcarol vorgesehen, dazu eine Flotte Gondeln, zur Freude aller Zuschauer, außerdem Tänze in Wasserszenen. Das Ganze würde zu einem großen patriotischen Ereignis werden. Es sollte eine prächtige Aufführung unter dem Banner des geflügelten Löwen an der Fassade des Opernhauses geben, in Gegenwart des Serenissimus und aller ausländischen

Gesandten. Es fehlte nur noch, die Sänger in San-Marco-Gewänder zu stecken, um die Sache endgültig der Lächerlichkeit preiszugeben.

Da sie das Glück hatte, den Dogen persönlich zu treffen, eine Gelegenheit, die ihr dessen Entourage sicher nicht so bald wieder gewähren würde, nutzte sie den Moment, um ihn nach seiner Meinung zu dem gekrönten Dichter zu fragen. Gewohnheit und Anstand zwangen Foscarini, seinen Vorgänger zu loben: in seiner *Geschichte der venezianischen Literatur* war er allerdings in seinem Urteil sehr reserviert, was nicht der Fall gewesen wäre, wenn er gewusst hätte, dass er eines Tages dieselben vergoldeten Schuhe tragen würde. Unter Dogen war man zu einer Solidarität verpflichtet, auf die er nicht stolz war.

Seine Gewissensbisse waren so groß, dass er sich für die Kunst und die singenden Forellen entschied. Er unterschrieb auf der Stelle eine Zusage für die Finanzierung des Projekts, die er bei der nächsten Sitzung der Signoria von den Herren unterzeichnen lassen würde.

»Wenn ich nicht einen gewissen Einfluss auf sie hätte, wozu wäre es dann gut, Doge zu sein?«, erklärte er.

Leonora hätte am liebsten geantwortet: »Um auf Kosten der Republik im Bett zu liegen«, aber sie begnügte sich damit, zu lächeln und mit den Wimpern zu klimpern.

Jetzt war nur noch die Frage des Komponisten offen.

»Natürlich Buranello!«, rief der Doge aus.

Baldassare Galuppi, »il Buranello«, war einer der Musiklehrer von San Marco. Er hatte zur Entwicklung des venezianischen Arpeggios beigetragen und war der

Mann des Augenblicks. Er hatte bereits mehrere Opern verfasst und konnte sich nicht weigern, für den Dogen zu arbeiten. Es würde auch billiger sein als mit einem anderen Komponisten. Er war auf einer Insel geboren, und seine Fähigkeit, Meereselegien zu vertonen, stand außer Zweifel.

Gasparo Gozzi verabschiedete sich, bevor der Doge wieder auf das leidige Korallenthema zu sprechen kam. Er spürte, dass es jeden Moment so weit sein würde. Er entschuldigte sich, die Kräfte des Herrschers allzu lange in Anspruch genommen zu haben, dankte ihm für die kostbaren Momente seiner Aufmerksamkeit und wünschte ihm eine baldige Wiederherstellung seiner Gesundheit. Dann verließen die Besucher die Gemächer des Dogen unter den feindseligen Blicken von Sebastiano Foscarini, der sich fragte, wie viel ihn der Besuch dieser Abenteurerin wohl kosten würde.

Leonora traf Flaminio in den Kolonnaden der ersten Etage wieder und fragte ihn, ob er Baldassare Galuppi kenne.

»Ob ich den ›Wilden Grashüpfer‹ kenne? Er ist der größte lebende Komponist.«

Um noch nie die Aufführung eines seiner Werke erlebt zu haben, müsse man wirklich aus einem Kloster auf dem Festland stammen. Er habe lange mit Carlo Goldoni gearbeitet, dem Komödienautor, von dem sie bestimmt schon gehört habe. Goldoni sei gerade nach Frankreich gegangen, weil ihn andere Sirenen dorthin gelockt hätten. Ein angeblich kultiviertes Publikum, eine königliche Pension, der Zauber einer Monarchie.

Sie trafen Galuppi in einer eher bescheidenen Wohnung im San-Marco-Viertel. Die Frascadina begriff sofort, warum ihr venezianischer Höfling den Mann einen »wilden Grashüpfer« genannt hatte. Er war ein kleiner Mann von etwa fünfzig Jahren, lebhaft wie das fragliche Insekt. Leider musste er sich seit dem Weggang seines Librettisten in ein Land nördlich der Alpen nun dem Cembalo und der sakralen Musik widmen.

Leonora hatte den Eindruck, dass es nicht unmöglich war, einen Sinneswandel bei ihm herbeizuführen. Das Dekor seiner Wohnung zeugte von einer früheren Leidenschaft für lebensfrohe Werke. Auf den Möbeln lagen Accessoires, die die Diven seiner komischen Opern benutzt hatten, und auf den Regalen reihten sich moderne Romane aneinander, die in Opernstoffe umgewandelt werden konnten. Im Widerspruch zu diesen Erinnerungen standen zahlreiche religiöse Gegenstände herum, die seiner neuen Interessensphäre angehörten. Beide konträren Neigungen waren in der Wohnung zu erkennen.

Leonora musste versuchen, die Waage in die richtige Richtung abzusenken, bereit, dem lieben Gott einen seiner Diener wegzunehmen.

Seine Zurückhaltung gegenüber der Oper hatte auch damit zu tun, dass in Venedig nicht mehr viele Leute ins Musiktheater gingen.

»Und wenn ich Euch sagen würde, dass Eure Bezahlung aus der Kasse der Signoria garantiert wird?«

Sie zeigte ihm das vom Dogen unterzeichnete Papier. Danach betrachtete Galuppi das Projekt mit anderen Augen. Dies ändere allerdings nichts daran, dass die *opera seria* nach venzianischer Art keinen Erfolg mehr habe.

»Dann schreibt Ihr eben eine *opera buffa.*«

»Als Musik zu den Gedichten des Dogen?«

Sie versprach ihm einen Librettisten, der in der Lage wäre, alles, was sich dort an Groteskem fände, herauszuarbeiten.

»Ich habe auch schon einen Experten an der Hand«, sagte sie und wies auf dell'Oio.

Galuppi war einverstanden. Seine beiden letzten Libretti hatte sein Sohn Antonio geschrieben, doch der hatte sich als wenig begabt erwiesen. Er versuchte jetzt eine berufliche Laufbahn, für die er besser geeignet war, Buchhalter oder Hauslehrer.

Leonora hatte bemerkt, dass ein junger Mann sie von der Tür aus beobachtete, aber sie achtete nicht auf ihn. Jetzt ging es darum, dem Meister den Wert einer Oper zum Thema Meer deutlich zu machen, mit der eigentlich Venedig, die Königin der Meere, gepriesen würde.

»Mit Delphinen! Einer Menge Delphinen!«

»Sehr schöne Stimmen haben Delphine nicht«, erwiderte der Buranello.

»Habt Ihr nicht eine Oper über Artaxerxes, den König der Perser, geschrieben?«, erinnerte Flaminio ihn. »Niemand kann beweisen, dass er eine schöne Stimme hatte.«

Es war nicht einfach, Galuppi die Reize der Arie jener Perlenauster deutlich zu machen, von der in den von ihm zu vertonenden Versen Grimanis die Rede war. Er warf einen Blick auf den Text.

»Sehr reizvoll ist das nicht ...«

»Wir können es umschreiben, wir ändern alles, was Ihr wollt«, versprach Leonora.

Sie warf sich umso mehr ins Zeug, als Flaminio alles arrangieren sollte.

»Ich will Euch nicht verheimlichen, dass ich mich normalerweise dem Hirtengenre verbunden fühle, mit Schafen auf der Weide«, sagte der »Wilde Grashüpfer«.

»Ihr braucht die Schafe doch nur durch Seezungen und die Wiesen durch Algenfelder zu ersetzen. Das wird sehr frisch klingen.«

Galuppi war versucht, seiner früheren Neigung nachzugehen, und schrieb eine Empfehlung an den Patrizier Vendramin, den Besitzer des Theaters San Luca. Seine Zustimmung würde nicht schwer zu bekommen sein, jetzt, da sie Geld hatten und die Unterstützung eines berühmten Komponisten. Grimanis Nachkommen waren außerdem eng mit Vendramin verwandt, die beiden Familien hatten oft untereinander geheiratet. Mit *Amphitrite, König in der Adria* sollte der nächste Karneval am ersten Montag im Oktober eröffnet werden. Früher konnte nichts stattfinden, denn außerhalb der für Feste vorgesehenen Zeiten durften in Venedig keine Schauspiele aufgeführt werden.

Jetzt mussten noch die der Gesamtausgabe beigefügten Gedichte ins Libretto aufgenommen werden. Leonora hatte nicht vor, lange nach einem Schreiberling zu suchen, den sie jetzt dringend brauchte.

»Flaminio, ich bin sicher, dass Ihr eine schöne Schrift habt.«

»Alles an mir ist schön. Aber das ist nicht mein Beruf.«

»Der Librettist bekommt fünfzig Zechinen.«

»Eine Schriftstellerkarriere! Welch ein Glück! Ihr seid mein gütiges Schicksal!«

Dann verließ er sie eiligen Schrittes.

»Wohin geht Ihr?«, rief sie ihm nach.

»Zum Fischmarkt natürlich. Ich muss Eindrücke sammeln!«

19

Sein kreativer Eifer und die Aussicht auf fünfzig Zechinen ließen Flaminio dell'Oio die ganze Nacht nicht schlafen, und tatsächlich legte er am nächsten Tag ein Exposé vor. Die Gedichte des Dogen waren in eine ganz passable Geschichte eingebettet, und Amphitrite erlebte ein paar überraschende Abenteuer. Mit seiner neuen Berufung hatte sich dell'Oio die Empfindlichkeit eines Schriftstellers zugelegt. Als sich Leonora darüber wunderte, dass die Gattin von Poseidon auf der Muschelbank einkaufte, ihr Gesicht an Feiertagen mit einem Seestern zierte und Perlen auf dem Meeresgrund versteckte, antwortete er in harschem Ton:

»Was wisst Ihr schon über das Leben der Amphitrite?«

Leonora gab zu, dass sie nichts darüber wusste. Da das Publikum vermutlich ebenso unwissend war wie sie, würde alles glattgehen.

Auch Galuppis künstlerische Inspiration hatte ihn nicht im Stich gelassen. Niemand, der an der Lagune geboren war, konnte von einer Elegie unberührt bleiben, in der Sardinen, Tintenfische und Heringe vorkamen. Er hatte schon einige Arien zu den bilderreichsten Strophen geschrieben.

Sie trafen sich alle im rechteckigen Saal des San-Luca-Theaters, damit die Sänger proben konnten. Der Impresario, der die Truppe leitete, stellte ihnen die *prima donna*, die *seconda donna*, die Sopranisten, den Tenor und alle Mitwirkenden vor, die bereit waren, ihre Kunst in den Dienst der Poesie, der Fischbänke und der Zechinen der Zecca zu stellen.

Die Musik bestand aus kurzen und abwechslungsreichen Phrasen, einer klaren melodischen Linie und fröhlichen Rhythmen. Galuppi mochte starke, ausdrucksvolle Betonungen. Seine Geigen, Trompeten und Pauken erklangen prächtig, ein Orkan über der Adria zog auf. Schon zwei Tage später sangen die Chöre der Nymphen im schuppenbesetzten Kostüm vokalreiche Gesänge, in denen immer wieder Laute wie »gluck, gluck« zu hören waren.

Leonora war ein wenig enttäuscht. Die Proben hatten begonnen, doch nichts Besonderes ereignete sich.

»Wollt Ihr, dass uns die Decke auf den Kopf fällt?«, fragte Flaminio sie.

Sie fürchtete, dass niemand etwas von ihrem Projekt bemerkte. Wer sollte sich schon für ein Stück interessieren, das nicht einmal fertig geschrieben war? Sie brauchten Werbung. Da nichts mehr Aufsehen erregt als ein Skandal, versprach Gasparo Gozzi in seiner Gazette die beste Unterstützung. Schließlich berichtete er über das Theaterleben. Er musste unbedingt erfahren, dass ihre Arbeit leicht nach Schwefel roch.

Flaminio übernahm die Aufgabe, zur Piazza zu gehen, wo er sein Büro hatte. In den Cafés war er bekannt. Er setzte sich an den Schreibtisch des Autors, der jetzt sein lieber Kollege war, und flüsterte ihm eine Viertelstunde lang ein paar Geheimnisse ins Ohr.

Am selben Nachmittag erschien Gozzi unversehens bei der Probe und versetzte den Impresario in helle Aufregung.

»Kein Zeitungsschreiber vor der Premiere! Das bringt Unglück!«

»Der Graf Gozzi ist kein Journalist«, widersprach Leonora, »er ist die Richtschnur des guten Geschmacks. Aus Freundschaft wird er uns unschätzbar wichtigen Rat geben.«

Gasparo Gozzi nickte und grinste so offen wie eine Karnevalsmaske. Sie führten Gozzi die Nymphen im Meereskostüm vor, und er applaudierte begeistert. Der Impresario blieb skeptisch.

»Das ist … vollkommen«, erklärte der Kritiker.

»Gibt es nichts, was man ändern sollte?«, fragte Leonora.

»Nein! Ändert bloß nichts!«

Er begeisterte sich für ihre Arbeit und schien so zufrieden, dass einem angst und bange werden konnte.

Zwei Tage später war auf der ersten Seite des *Osservatore veneto* von der »Königin der Adria« mit Sätzen wie folgenden die Rede:

»Es gibt Lobpreisungen, auf die die Empfänger besser verzichten sollten« oder: »Gestern Abend hörte man einen riesigen Lärm in der Zanipolo-Kirche. Es war der tote Doge, der sich im Grab umdrehte.«

Der Journalist beschuldigte die Aufführenden, das Werk des Dogen lächerlich zu machen, woran im Übrigen kein Zweifel bestehen konnte.

Das Andenken an unseren geliebten Pietro Grimani schreit nach Rache, sobald die prima donna *den Mund aufmacht. Die Feinheit seines Stils wird durch unerträgliches Geplärr zerstört. Man sieht entblößte Sängerinnen, deren Nacktheit von ihren Meereskostümen kaum bedeckt wird. Kann man ihnen nicht anständige Kleider anziehen? Oder ist dies Teil eines bewussten Manövers?*

Leonora befand, dass Gozzi die Gedichte von Grimani in einer Weise pries, wie sie es kaum verdient hatten. Um ein Manöver freilich handelte es sich bei dem, was sie taten, tatsächlich, nur um ein ganz anderes, als er glaubte.

»Auf den guten Gasparo können wir immer zählen«, sagte sie und faltete ihre Zeitung zusammen.

Vor der Reaktion des Impresario allerdings hatte sie Angst.

Wenn er jetzt alles hinwarf? Sie ging zu ihm und fand ihn und dell'Oio in die Zeitung vertieft.

»Habt Ihr den Artikel über unsere Oper gelesen?«, fragte der Direktor.

»Es tut mir aufrichtig leid.«

»Es ist doch wunderbar! Wir werden den ganzen Saal füllen! Und ich hatte schon Bedenken, dieses prächtige Werk auf die Bühne zu bringen!«

Laut las er nun die einzige wichtige Passage vor:

»›*Entblößte Sängerinnen, deren Nacktheit von ihren Meereskostümen kaum bedeckt wird.*‹ Alle werden glauben, dass sie fast unbekleidet singen. Ich werde an der Kasse sagen, dass sie den Eintritt verdoppeln sollen.«

Er machte sich auf die Suche nach dem Hausmeister, um zu erfahren, wie viele Stühle man zusätzlich aufstellen konnte.

Leonora war fast ebenso zufrieden wie er.

»Jetzt müsste etwas passieren.«

»Ja«, sagte der Librettist. »Entweder die *Esecutori alla bestemmia* verbieten das Stück wegen Sittenlosigkeit, oder die Liebhaber venezianischer Poesie überfallen uns auf der Straße. Das ist eine wundervolle Alternative.«

Als die Sänger auf die Bühne traten, um das Duo aus dem zweiten Akt zu proben, kamen ihr Zweifel. War sie etwa zu weit gegangen?

»Ist Euch klar, in welche Gefahr Ihr diese armen Leute bringt?«, sagte Flaminio vorwurfsvoll.

Der als Wassermann verkleidete Sopran begann seine Arie zu schmettern und gab dabei auch die eleganten und zarten Schreie eines brünstigen Walfischs von sich. Der Librettist verzog das Gesicht.

»Im Grunde gibt er alles wortgetreu wider«, gab er zu.

»Wenn ich nur wüsste, wie die Mörder damit umgehen …«

»So!«, antwortete dell'Oio und wies auf die Szene. »Bei allen Göttern! Cis! Mit Kreuz! Und richtig artikulieren!«

Die Werbung für das Stück war nun auf den Weg gebracht, und zwar hervorragend. Vor dem Theatereingang mussten starke Männer postiert werden, um die Neugierigen davon abzuhalten, während der Proben in den Saal zu schauen. Niemandem konnte der Anblick eines Theaters entgehen, vor dem grobe Schläger standen. Der Impresario schwebte auf einer Wolke. Er ließ die riesigen Tintenfische auf der Brust der Sängerinnen durch viel kleinere ersetzen.

»Meine Scham verbietet mir, mich hier so zu präsentieren«, empörte sich die *prima donna*, deren üppige Formen von dem Tierchen kaum verborgen wurden.

»Dadurch wird die Gage fünfzig Zechinen höher!«, sagte der Direktor schnell.

»Bei dem Tarif könnt Ihr meine Seezunge durch eine Sardine ersetzen«, erklärte die *seconda donna*.

Als es Abend wurde, stieg Leonora in der einfachen Kleidung eines Mädchens aus dem Volk und in Begleitung ihres Höflings die Treppe der Ca' Civran hinunter. Auf dem Treppenabsatz der ersten Etage begegnete sie ihrem Vater.

»Darf ich wissen, wohin du zu dieser Zeit in Begleitung eines Mannes gehst?«, fragte er.

»Wir ziehen durch Venedig und suchen einen Bösewicht, Papa.«

»Na gut«, sagte der Patrizier, »ich wünsche dir einen angenehmen Abend, mein Kind.«

Hätte seine Gattin diese Art von Zeitvertreib bevorzugt, dann hätte er weniger Spielschulden überall in der Stadt zu zahlen gehabt.

Die jungen Leute überquerten den Canal mit einem *traghetto* und gingen bis zum San-Luca-Theater bei der

Rialto-Brücke. Sie gingen mit einem Schlüssel hinein, den sich Leonora geliehen hatte, und zündeten eine Kerze an.

Flaminio schnupperte.

»Riecht Ihr etwas?«

Es roch nach Verbranntem. In einer der Kulissen schien Licht. Eine der Logen waren geöffnet worden. Ein Mann, dessen Kopf unter einer Kapuze verborgen war, wandte ihnen den Rücken zu. Er war dabei, Blätter in ein kleines Feuer zu werfen. Eines von ihnen fiel zu Boden, es war mit Noten bedeckt.

»Meine Oper!«, schrie dell'Oio.

Leonora zog aus ihrem Ausschnitt die Trillerpfeife, die sie dort verborgen hatte, und pfiff aus Leibeskräften. Da ging die hintere Tür des Theaters auf, und die vier Dalmaten, die Messer Grande ihr zur Bewachung überlassen hatte, erschienen. Sie kamen Flaminio zu Hilfe, der sich auf den Übeltäter gestürzt hatte, um sein Werk vor dem Autodafé zu bewahren.

»Antonio Galuppi!«, rief Leonora, als man dem Mann die Kapuze abgenommen hatte.

Der entlassene Librettist war hier, um aus Rache die Partitur seines Vaters zu verbrennen.

»Wer hätte gedacht, dass unser Mörder der Sohn eines berühmten Komponisten ist?«, sagte der Chef der Wächter.

»Wie seid Ihr hier hereingekommen?«, fragte Leonora.

An der Rückseite des Theaters hatte Antonio ein offenes Fenster entdeckt. Darunter waren Kisten aufgestapelt, als sei alles schon vorbereitet. Er hatte dies als

Zeichen des Himmels genommen und nicht widerstehen können.

»Ein Zeichen des Himmels … Das ist wohl eher ein Signal des Teufels«, sagte Leonora und ging eilig auf den Saal zu.

Alles schien friedlich. Schon glaubte sie, ihre Aufregung sei übertrieben, als plötzlich Flammen vom ersten Balkon herunterschlugen.

»Hier entlang!«, rief sie.

An der Balustrade erschien eine dunkle, in einen schwarzen Mantel gehüllte Gestalt. Der Brandstifter trug eine Maske und Handschuhe.

»He, Ihr! Außerhalb des Karneval trägt man keine Masken!«

»Keine Sorge«, sagte Leonora, »es gibt genug andere Delikte, die man diesem Mann zur Last legen kann!«

Leider erwischten sie den Täter nicht sofort. Zwei Wächter rannten los, um das Feuer mit Hilfe von Planen zu ersticken, der dritte holte Wasser und der vierte holte Hilfe. Der Brandstifter nutzte dies, um zum Treppenhaus zu rennen, in der festen Absicht, über die Nachbarhäuser zu entkommen. Die Tür des obersten Stockwerks führte auf die Bleidächer des *teatro*. Die jungen Leute liefen ihm nach.

Leonora beglückwünschte sich, dass sie vor ein paar Wochen eine Einbrecher-Ausbildung absolviert hatte. Als sie oben war, zog sie ihre Schuhe aus, wie Flaminio es ihr beigebracht hatte.

Anders als sie war es der Fliehende nicht gewöhnt, über Dachschrägen zu laufen. Immer wieder rutschte er wegen seiner zu glatten Sohlen aus, und da er sehr groß war, fand er sein Gleichgewicht nur mühsam wieder. Schließlich glitt er aus und krallte sich an der Dachrinne fest. Seine Verfolger konnten sich auf ihn stürzen – oder besser gesagt auf ihn fallen. Obwohl er in einer heiklen Lage war, wollte der Flüchtling sich auf keinen Fall gefangen nehmen lassen. Er war groß und stark und gewann bald die Oberhand. Nachdem er Flaminio mit seinen starken Armen zur Seite geworfen hatte, wandte er sich Leonora zu. Als sie seine Größe und die Handschuhe sah, war sie sicher, dass er der Mann war, der sie in der Gasse fast erwürgt hätte. Er schien entschlossen, an dem Punkt fortzufahren, an dem er von Lazaro Corner unterbrochen worden war. Die junge Frau stieß einen verzweifelten Pfiff aus, aber keiner der Wächter kam ihr zu Hilfe. Sie stürzte sich auf den Mann und riss ihm die Maske ab, die auf das Dach fiel. Was sie sah, erschreckte sie zu Tode. Der Mann hatte kein Gesicht. Sie sah nur zwei riesige weiße Augen, die sie wütend anstarrten. Sie suchte Flaminio. Der war an den Rand des Daches gerollt und wagte es nicht, sich zu bewegen. Das Einzige, was ihm einfiel, war, um Hilfe zu rufen.

»Rettet mich! Erbarmen! Im Namen des Dogen!«

Bei diesem Wort wandte sich der Mörder um, wie von einem Instinkt geleitet. Leonora nutzte den Moment, um ihm einen Stoß zu geben. Er strauchelte, konnte sich nicht fangen, fiel über den Rand des Daches und verschwand im unerbittlichen Dunkel der Nacht. Als sie das dumpfe Geräusch des auf dem Steinpflaster aufschlagenden Körpers hörte, zitterte sie. Noch nie zuvor hatte sie jemanden getötet. Sie setzte sich hin und glitt langsam nach unten, um Flaminio zu retten, der erstarrt war vor Angst, dasselbe Schicksal zu erleiden wie der Mann. Unten sah sie die Laternen der Wächter, die den Toten umringten. Sie blickten zu den jungen Leuten hinauf.

»Wer ist das?«, fragte sie.

Sie antworteten nicht, aber nach dem, was sie im Licht ihrer Lampen und der Straßenlaternen erkennen konnte, waren sie tief betroffen.

»Das ist Onorio«, sagte einer der Wächter.

»Schön, er ist identifiziert, da sind wir einen großen Schritt weiter.«

Sie näherte sich der Leiche und begriff, warum der Brandstifter ausgesehen hatte, als habe er kein Gesicht. Es war ein Mohr, und seine dunkle Haut war in der Nacht nicht zu erkennen gewesen. Alle waren tief erschrocken.

»Das wird doch wohl nicht einer der Mohren des Dogen sein«, mutmaßte sie.

Der Chef der Wächter zeigte ihr, was sie bei ihm gefunden hatten: eine Kupferplatte mit dem geflügelten Löwen, wie sie alle Bediensteten des Palastes bei sich trugen.

»Ich frage mich, ob der Inquisitor Barbaran sich wirklich freut, dass der Mörder keinen Schaden mehr anrichten kann«, murmelte dell'Oio.

Die Wächter hatten sich ihre Meinung bereits gebildet.

Eine Schockwelle ging vom San-Luca-Theater aus und rollte bis zum Dogenpalast, wo sie sich in ein Beben verwandelte und die Pfeiler zum Zittern brachte. Am stärksten war sie im Büro der Inquisitoren zu spüren, die sich nachts dort trafen, wenn alle anderen Institutionen der Republik ihre Sitzungen beendet hatten. Als es Tag wurde, ging das Beben auf den Senat, den Rat der Weisen, die Polizei, die Berater des Dogen und natürlich auch auf den Dogen selbst über, so gut er auch in seine Kissen gebettet war.

Marco Foscarini hörte, als er erwachte, ein seltsames Geräusch. Sobald sich einer der *cai* der Signoria der Aufgabe gewidmet hatte, ihm die furchtbare Nachricht zu überbringen, sprang der Doge so schnell aus dem Bett, als hätte ein Blitzschlag sein Haus getroffen. Plötzlich war er geheilt, verlangte nach seinem goldbestickten Gewand und lief zum Rat der Zehn, um dort wieder den Vorsitz zu übernehmen und nicht für die skandalöse Enthüllung zahlen zu müssen. Einer seiner Bediensteten war auf offener Straße ums Leben gekommen, als er den Wächtern entwischen wollte, nachdem er im Theater des ehrenwerten *nobiluomo* Ser Vendramin Feuer gelegt hatte.

Wie er gefürchtet hatte, stürzten sich die verschiedenen Kommissionen Venedigs, die sich zur selben Zeit in ihren Räumen versammelten, mit gespreizten Krallen auf das Ereignis. Hinter den Mauern des Dogenpalasts verborgen, zerfleischten sie sich gegenseitig. Cesare dalla Frascada hörte zu seinem Missvergnügen, dass sein Name den ganzen Morgen hindurch immer wieder fiel, und zwar nicht in einem positiven Sinn. Die Ermittlungen im Mordfall Pelizzioli waren nun kein Geheimnis mehr. Saverio Barbaran musste sich dafür rechtfertigen, dass er eine so delikate und vertrauliche Angelegenheit einem kleinen Mädchen überlassen hatte, das einen öffentlichen Skandal daraus gemacht hatte.

Die Regierungsstellen verabschiedeten Resolutionen, in denen sie sich gegenseitig Vorwürfe machten. Der Senat beschuldigte das *Collegio*, bei der Wahrung des öffentlichen Friedens versagt zu haben. Die Polizei warf dem Kleinen Rat vor, die Inquisitoren nicht gut genug kontrolliert zu haben. Jeder bekam etwas ab.

Die Peinlichkeit für die Signorina war am größten, da sie für den zu Tode gekommenen Mohr verantwortlich war. Der Doge wiederholte den ganzen Vormittag, er habe mit all dem nichts zu tun. Barbaran verkündete mit Freuden, dass jetzt alle Bediensteten einem harten Verhör unterzogen würden.

Der Rote Inquisitor verhielt sich wie ein Arzt, der die Wirkung eines Fiebers beobachtet. Er sah zu, wie die Krise sich entwickelte. Als die Gemüter verwirrt waren, ihre Lage ausweglos schien, ergriff er das Wort und präsentierte sich als der letzte Retter in der Not. Nur er sei fähig, der Lage Herr zu werden. Damit es zu keinen neuen Erdstößen komme, gebe es nur eine Lösung: Den Skandal im Keim zu ersticken und, falls notwendig, auch alle an ihm beteiligten Personen zu beseitigen. Das San-Luca-Theater sei dem Feuer entronnen, das sei beinahe zu bedauern, aber alle, die von der Sache erfahren hätten, müssten zu Staub und Asche werden.

Dieser Vorschlag wurde von seinen Kollegen einstimmig angenommen.

Leonora war immer noch im Theater, als sie den Lärm von zwanzig Stiefeln auf dem Pflaster hörte. Die Plakate an der Fassade wurden abgerissen. Die Garde der *arsenalotti* drang in den Saal ein, als befände sich dort das Nest einer Verschwörung. Die Oper wurde abgesagt, die Proben verboten. Hinter den Kulissen stritten sich Sängerinnen und Soprane mit den Eindringlingen, um ihre Kostüme zu retten, die man ihnen wegnehmen wollte.

»Ich bin ruiniert!«, stöhnte der Impresario und sah Leonora wütend an. »Ihr habt die Dichtkunst ruiniert!«

»Ja, die Muse Erato weint«, bemerkte Flaminio.

Er hatte seine fünfzig Zechinen erhalten, also war alles in Ordnung. Seine Exzellenz Vendramin erschien höchstpersönlich mitten im Tumult. Der Impresario glaubte, Mose zu sehen, wie er die Fluten des Roten Meeres teilt.

»Eure Exzellenz wird uns retten! Ich appelliere an Eure Gerechtigkeit!«

Ser Vendramin erklärte, er sei gekommen, um alles in Ordnung zu bringen. Die Truppe würde ein Engagement für Rom bekommen. Als guter Venezianer habe der Doge Verständnis für die Schwierigkeiten seiner Cousins am Canal Grande. In Wahrheit hätte man sie am liebsten nach Konstantinopel geschickt, wenn man mit dem Einverständnis der Türken hätte rechnen können.

»Und jetzt«, sagte Vendramin, »bitte ich alle diejenigen, die hier nicht hingehören, mein Theater auf der Stelle zu verlassen.«

Die Blicke der Sänger und der anderen Mitarbeiter richteten sich auf Leonora und Flaminio. Sie kamen sich vor wie zwei Ungläubige, die eine Moschee betreten hatten, ohne ihre Schuhe auszuziehen. Sie grüßten Seine Exzellenz und gingen so würdevoll wie irgend möglich zum Ausgang, um zu verhindern, dass man sie mit Fußtritten hinausbeförderte.

In der Gasse warteten bereits die Garden der Inquisitoren auf sie.

Kaum waren sie ins Freie getreten, da wurden sie gepackt und in eine geschlossene Gondel verfrachtet, in der sich Messer Grande befand. Dieser gab dell'Oio zu verstehen, es läge nicht in seinem Interesse, irgendjemanden von den Ereignissen der Nacht zu erzählen, im Übrigen hätten diese gar nicht stattgefunden.

»Wir bringen Euch jetzt nach Hause. Wo wohnt Ihr eigentlich im Moment?«

»Ich wohne hier!«, rief der venezianische Höfling und zeigte auf die nächste Anlegestelle.

Er sprang schleunigst aus der Gondel, als hätte das Feuer des Brands sein Gewand erfasst.

Leonora verstand nicht, was man von ihnen wollte.

»Man hatte mich beauftragt, einen Mörder zu finden. Ich bin sicher, dass nur wenig fehlt, um zu wissen, dass dieser Mohr der Mann war, den wir von Anfang an gesucht haben.«

»Welcher Mohr?«, fragte Messer Grande. »Wo habt Ihr einen Mohr gesehen? Ihr hattet keinerlei Auftrag, denn diese ganze Sache hat nie stattgefunden. Dankt dem Himmel, dass er Euch eine so einflussreiche Familie gegeben hat! Sonst würde ich Euch jetzt nicht zur Ca' Civran bringen!«

Inzwischen waren sie zum *portego* der dalla Frascada gelangt.

»Ihr werdet das Haus von nun an unter keinen Umständen verlassen. Euer Vater garantiert für Euch. Vergesst nicht, Eure nächste Adresse würde weniger angenehm sein, wenn es so weit käme.«

Wenn Ihr meine Familie besser kennen würdet, würdet Ihr so etwas nicht sagen, dachte sie.

Dann erkundigte sie sich, was nun mit Baldassare Galuppi geschehen würde. Um ihn zu entschädigen, gab die Signoria bei ihm eine Messe für San Marco in Auftrag. Wenn die Signorina bei ihren Eltern bliebe, brauche man wohl nicht zu befürchten, dass jemand die Basilika anzündete.

Dies war das Ende von Galuppis Opernkarriere. Leonora fühlte sich schuldig. Vielleicht hatte sie die Welt um einen exzellenten Opernkomponisten gebracht. Aber ihr Hauptproblem war jetzt, dass sie nicht mehr in Venedig herumlaufen konnte.

»Noch eine letzte Sache«, sagte Messer Grande und streckte die Hand aus.

Er nahm ihr den Freibrief weg, den sie vom Rat der Zehn erhalten hatte. Da sie nun unter Hausarrest stand, war es selbstverständlich, dass sie ihn zurückgeben musste.

Er setzte sie an der Anlegestelle ab, wo ihr Vater sie abholte, sobald der Polizeihauptmann verschwunden war. Er mochte Polizisten nicht. Sie brachten mehr Unglück als Raben auf einem Galgen.

»Ach, da ist ja mein Gefängniswärter«, sagte Leonora.

»Mein armes Kind!«, sagte er und küsste sie voller Mitleid auf die Stirn.

Er habe sich mit aller Kraft dafür eingesetzt, dass sie unter Hausarrest gestellt wurde, sagte er, damit nicht innerhalb eines Jahres eine zweite Person aus dem Hause dalla Frascada ins Gefängnis kam. Sie wäre beinahe ins Kloster von Murano gebracht worden, was seine Kollegen als Erstes vorgehabt hätten.

Auch Donna Soranza begegnete ihr mit Sympathie.

»Meine arme Kleine, hier eingesperrt zu sein! Was für ein hartes Los!«

Nachdem sie diese tröstenden Worte gesprochen hatte, begab sie sich in den Rosa Salon zu ihrem *piovan*, dem Perückenmacher. Sie hatte noch zwei Stunden Zeit, sich schön zu machen, bevor sie zum *ridotto* der Prokuratorin Venier ging, wo ihre Freunde und der Croupier schon ungeduldig auf sie warteten.

Nur Cornelia war schlechter Stimmung.

»Ja, armes Mädchen, du musst jetzt hier bleiben, genau wie ich.«

Leonora hatte das dumpfe Gefühl, dass es für sie angenehmer gewesen wäre, mit Freidenkern, Verführern, Skandalschreibern und Pamphletverfassern in den Bleikammern eingesperrt zu sein.

20

Leonora sagte sich, wenn sie schon nicht nach Venedig gehen könne, dann könne sie doch hoffen, dass Venedig zu ihr käme. Auf jeden Fall konnte sie die Empfänge und Einladungen nutzen, die ihre Eltern gaben. Es würden Höflichkeitsbesuche stattfinden, bei denen irgendwelche Matronen den neuesten Klatsch erzählten, Abendessen mit erlesenem Publikum, vielleicht auch einen Ball oder zwei, bis der Zorn Ihrer Exzellenzen des Großen Rats verraucht wäre.

Nichts von all dem geschah. Alle nahmen Rücksicht auf die Signoria und machten einen Bogen um die Ca' Civran. Seit das junge Mädchen dort unter Arrest stand, wurde das Haus ruhig, einsam und weitaus düsterer, als es je gewesen war. Das Leben zog sich zurück wie das Meer im Watt, und Leonora hatte nichts anderes vor Augen als einen endlosen Strand voll Schlamm, toter Algen und leerer Muscheln. Den Lärm und das wilde Treiben der Stadt, das ihr so absurd erschienen war – was hätte sie nicht darum gegeben, wieder mittendrin zu sein.

Menschen schienen den Weg zu ihrem Haus nicht mehr zu kennen, nur Lebensmittel wurden gebracht. Jeden Tag füllte sich die Küche wie ein Markt. Um die Langeweile zu vertreiben, wurde gegessen, gegessen und wieder gegessen. Man setzte sich zu Tisch, wie Pilger zur Messe gingen. Bei dem kleinsten Menu schon gab es *castradina* aus albanischem geräuchertem und getrocknetem Lammfleisch oder *fongadina* aus Schweinelunge, beides zusammen mit Kuttelsuppe oder *panimbruo*-Brot. Danach gab es leichteres weißes Fleisch, einen saftigen Kapaun, ein paar Täubchen, Rinderragout oder gefüllte Kalbsröllchen, danach Minestra oder Reis und hinterher Käse und Früchte, um den Magen nicht zu sehr zu beschweren.

Diese Art von Essen hätte die Frascadina in den Zeiten vertragen, als sie durch Venedig streifte, auf Dächern herumkletterte oder durch Gassen eilte und meistens außer Haus aß. Jetzt aber war ihr Appetit durch Nichtstun zehnmal so groß, und die Gefangene interessierte sich so sehr für die Essensvorbereitung, dass es ihr peinlich war. Bald würde der Rat der Zehn nicht mehr auf die Einhaltung der Vorschriften pochen müssen. Sie würde gar nicht mehr durch die Tür passen.

Das mangelnde Vertrauen ihrer Eltern war für sie demütigender als die Bestrafung durch die Zehn. Wenn alle außer Haus gingen – und oft waren alle weg –, vertraute man sie Cornelia an, die schlecht gelaunt war und Hausarbeit erledigte, oder Loreta, die immer gern alles tat, was nicht zu anstrengend war.

»Beruhigt Euch«, sagte Loreta eines Tages, als sich die Gefangene beschwerte und den Kopf hängen ließ. »Erzählt mir nicht, Ihr wäret im Gefängnis. Kennt Ihr viele Gefängnisse am Canal Grande von Venedig? Richtig eingesperrt seid Ihr erst, wenn man Euch verbietet, ans

Fenster zu treten. Ihr habt doch das schönste Theater der Welt vor Augen!«

Die Händler waren mit ihren *caorline* zur Erbaria unterwegs und hatten Öl aus Korfu, Wachs, Seife, Weinfässer, Ziegenfelle geladen. In beide Richtungen herrschte reger Verkehr. Manche Barken dienten als schwimmende Läden, in denen Bäcker Brot, Gebäck, Kuchen und noch lauwarme Kekse verkauften, die in Weidenkörben lagen.

»Seht nur, da ist ein fliegender Händler, der seine Sachen in aller Eile verkauft, um keine Steuern zahlen zu müssen. Seht, wie schnell er ist! Und die Frauen, die die Porreestangen in ihre Einkaufstaschen stecken, als hinge ihr Leben davon ab! Es sieht aus, als ob er Goldbarren schmuggelte. Seht Ihr da die *vipera* mit zwei Hecks, die auf ihn zufährt? Die drei Leute in grünen Capes sind von der *dogana del mar*. Sie haben keinen Bug, damit sie schnell wenden können. Dem Schmuggler wird es übel ergehen!«

Dieser hatte die drei nun auch entdeckt. Er stieß die Gondel seiner letzten Kundin von sich weg und packte seine Ruder, die er handhabte wie jemand, der zwischen zwei Inseln großgeworden war. Die beiden Frauen beobachteten die Verfolgungsjagd auf dem Canal Grande. Das kleine Boot mit dem Gemüse verschwand in einem schmalen Kanal wie ein kleiner Fisch zwischen zwei Felsen. Auch die Zöllner verschwanden dort. »Wenn der Händler geschickt ist, erwischen sie ihn nicht. Welches Pantomimentheater könnte für mehr Abwechslung sorgen? Hier hört es nie auf, nicht einmal nachts, nicht einmal an Fastentagen!«

Leonora gab zu, dass nicht alle Gefangenen Italiens solche Schauspiele genießen konnten, auch wenn sie selbst nur zu gern mit aneinandergeknoteten Bettlaken über die Balustrade geklettert wäre, um auf dem dunklen Wasser der Lagune Boot zu fahren.

Sie verbrachte ihre Zeit damit, mit aufgestützten Ellbogen oder auf einem Klappsessel das Kommen und Gehen der Venezianer zu beobachten. Das beste Theaterstück hätte im Vergleich mit diesem Volksschauspiel, das kein Ende nahm und immer neue Szenen erfand, nur verlieren können.

Oft ging es darum, wer sich den überhöhten Steuern der *dogana* am besten entzog. Die Zöllner ruderten, um die Barken anzuhalten und ihre Ladungen zu prüfen. Unter den Fässern mit Sardinen fanden sie oft Päckchen mit Zucker aus Portugal oder Frankreich, die über Livorno, Ancona oder Triest hierhergekommen waren, Städte, in denen die Verwaltung weniger streng war. Leonora stellte fest, dass täglich vor ihren Augen Handel mit falschen Perlen und Glasschmuck aus Lissabon betrieben wurde. Die schönsten Schiffe waren die *peate* reicher Tuchhändler, die auf dem Weg nach Konstantinopel waren, um Stoffe aus Amsterdam zu verkaufen. Von ihrem Platz aus durchschaute Leonora verschiedene stille Intrigen – im Grunde nicht so still, weil die Italiener laut und temperamentvoll waren. Oft drangen die Rufe bis an ihre Ohren, trotz des Rauschens des Meeres, des Klatschens der Ruder und der Gesänge der Schiffer. Auf diese Weise lernte sie perfekt Venezianisch und auch frivole Lieder. Nach ein paar Tagen wäre sie in der Lage gewesen, sich beim Zoll zu verdingen.

Oft setzte sich Cornelia mit einer Handarbeit neben sie. Sie nähte Spitzen an Ärmel und Ausschnitte von Donna

Soranzas Kleider. Leonora war froh, dass sie sich bei den Ursulinen stets geweigert hatte, nähen zu lernen.

Die beiden Frauen sahen gegenüber die Fenster der Ca' Mocenigo.

»Ist dir schon der Junge aufgefallen, der oft zu uns herübersieht?«, fragte die Näherin eines Tages.

»Es liegt nur an dir, ihn auf dich aufmerksam zu machen«, antwortete die Gefangene.

Lunardo Mocenigo war weder eine geistige Leuchte, noch sah er aus wie Apoll, aber für ein junges Mädchen, das in einem Turm sitzen und Arbeiten verrichten musste, war eine Verlobung mit einem hoffnungsvollen Adeligen ein Geschenk des Himmels. Leonora war der Meinung, sie müsse nur seine Aufmerksamkeit auf sich ziehen, indem sie ihn anlächelte und ihm einvernehmliche Blicke zuwarf, dann würde der Junge schon alles tun, was die Jungen aus guter Familie mit Vorliebe taten: den Mädchen nachsteigen.

Tatsächlich verbrachte der junge Mocenigo bald sehr viel Zeit unter ihrem Fenster. Cornelia ließ kleine Briefe von der Loggia herunterfallen, er schickte ihr Modehändlerinnen vorbei, die die Beute prüfen und zwischen ihnen vermitteln sollten.

»Siehst du, man kann sich ganz gut amüsieren, auch wenn man zu Hause hocken muss«, sagte Leonora.

Cornelia erwiderte, sie könne es doch genauso machen wie sie.

»Ach nein, ich habe, glaube ich, wenig Sinn für Männer aus gutem Hause«, antwortete die Gefangene des Rates der Zehn. »Und andere lassen sich bei mir nicht blicken.«

Um dem Haus gegenüber Signale zu senden, war es günstiger, oben in die Schlafzimmer zu gehen, deren Fenster weiter zurücklagen. Der weiße Marmorbalkon war diskret wie die Bühne im San-Luca-Theater, und sie zeigten sich nun allen Passanten des Canal Grande und allen Nachbarinnen, die ebenso neugierig waren wie sie selbst.

Nachdem die beiden jungen Leute Gefallen aneinander gefunden hatten, mussten noch die Mocenigos überzeugt werden, dass es von Nutzen sei, eine Waise ohne jede Mitgift in ihre Familie aufzunehmen. Dies war schwieriger, als einem Karpfen im Goldenen Buch Hufeisen zu verpassen. Als die Frascadina vom schönsten Schauspiel der Welt genug hatte, blieb ihr noch die Möglichkeit, sich im Garten zu erfrischen, unter der träumerischen Beobachtung Cornelias, die eigentlich lieber Donna Soranzas Kleider ausbesserte, um auf den Kanal blicken zu können. Die Tür zur Gasse war versperrt und die Leiter versteckt worden. Offenbar hatte Loreta von der Klettertour berichtet, die Leonora in die Arme von Dario Dandolo geführt hatte. So war sie für weitere Fluchtversuche nicht die vertrauenswürdigste Komplizin.

Leonora sagte sich, ihre Strafe werde sicher aufgehoben, sobald die Inquisitoren ihre Untersuchungen beendet hätten. Als sie ihren Vater danach fragte, weigerte er sich, ihr auch nur ein Sterbenswörtchen zu verraten.

Sie gab sich beleidigt, und da stellte er das Kamingitter zwischen sie – als Zeichen des Beichtstuhls im Kloster oder wies auf einen Dachbalken – als Zeichen des Daches der Bleikammern, um sie daran zu erinnern, dass es ihr noch viel schlechter hätte ergehen können. Wie sollte sie reagieren, als darauf hinzuweisen, sie sei das unschuldige Opfer von Machenschaften, denen sie nicht gewachsen sei?

»Du lernst gerade einen wesentlichen Teil des Lebens in einer zivilisierten Gesellschaft kennen, mein Kind.«

Der Rat der Zehn erteilte seine Lehren offensichtlich, indem er Schmerz zufügte.

Außer dem regen Treiben der Venezianer waren die Sitzungen der Maura eine bliebte Abwechslung für Leonora. Sie war ja keineswegs die einzige Gefangene im Haus. Die Mohrin musste den ganzen Tag über Donna Soranza zur Verfügung stehen, um deren Fragen zu beantworten. Bei Sonnenaufgang öffnete sie ihren Magiesalon und empfing ihre Kundschaft im Erdgeschoss. Vermutlich wussten die Inquisitoren genau, ebenso wie halb Venedig, wo sich die Wahrsagerin, die ihrer Razzia entgangen war, aufhielt. Es war jedoch nicht üblich, das Haus eines Patriziers aus altem Geschlecht zu durchsuchen. Leonora und die Brandstifter hatten dafür gesorgt, dass sie jetzt ganz andere Probleme lösen mussten. Das bot Leonora die Gelegenheit, klagende Witwen zu beobachten, unverheiratete Mädchen, vernachlässigte Ehefrauen und viele abergläubische Leute, die an der Gartentür klingelten.

Eines Abends öffnete Loreta einem großen Mann, der eine Kapuze trug. Die neugierige Gefangene war überrascht, als sie den Besucher erkannte, nachdem er die Kapuze zurückgeschlagen hatte. Er war einer der schwarzen Diener des Palasts, der offenbar dem schlimmen Schicksal entgangen war, das der Rat der Zehn für sie vorgesehen hatte. Die Kapuze signalisierte, dass er unerkannt bleiben wollte. Sie fragte sich, ob er vielleicht auf der Flucht war. Ihr Haus erinnerte immer mehr an ein Kloster, das Asyl gewährte.

Der Mohr zog aus einer Tasche einen Turban, den er sich auf den Kopf setzte. Damit sah der große Mann mit der dunklen Haut beeindruckend aus. Bald hörte man das Tam-tam seltsamer Rituale durch die Ca' Civran hallen. Alle hatten plötzlich das Gefühl, auf der anderen Seite des Meeres mitten in Afrika zu sein. Leonora nahm an der Sitzung teil. Sie war verblüfft, dass ein Komplize ihres Mörders den Abend in ihrem Haus verbrachte. Die Wahrsagerin fand dies nicht ungewöhnlich und unterhielt sich mit ihrem Kunden in einer fremden Sprache.

»Ist das Mohrendialekt?«, fragte Leonora.

Sie erhielt keine Antwort. Manche Geheimnisse waren dazu bestimmt, von ihr nicht entschlüsselt zu werden.

Als Erstes verstand sie, dass der Besucher Odoardo hieß, denn die Mohrin wiederholte diesen Namen immer wieder. Während sie mit einem Auge ihre Karten und mit dem anderen das Innere eines Huhns betrachtete, redete Odoardo ununterbrochen weiter. Schließlich hob sie die Hand und unterbrach ihn.

»Onorio sagt, du sollst das verfluchte Haus verlassen, oder du endest wie er«, sagte sie auf Venezianisch zu ihm.

Der Mohr begann zu weinen.

»Der rote Teufel hat seine Augen überall«, klagte er.

An diesem Punkt war Leonora ganz seiner Meinung. Der Inquisitor Barbaran hatte seine Spitzel an jeder Straßenecke, in allen Häusern, in denen es Bedienstete gab, und sogar in den Klöstern. Sie begriff, wie die Wahrsagerin arbeitete. Sie untersuchte die Zeichen und entlockte ihm alles mögliche Wissen, vielleicht, ohne sich dessen richtig bewusst zu sein. Dieser Mann redete wie ein Wasserfall.

»Ich sehe, dass du den Mauerkletterer wiedergesehen hast«, sagte die Mohrin und betrachtete ein Stück Entenknochen. »Dein Bruder sagt dir, du sollst aufpassen!«

Diese Bemerkung löste bei dem armen Mann größte Zerknirschung aus. Während er sich schnäuzte und die rotgeweinten Augen trocknete, setzte sich Leonora neben die Wahrsagerin.

»Woher wisst Ihr, dass Onorio sein Bruder ist?«

»Die Geister haben es mir gesagt.«

»Ich glaube eher, das hat er Euch bei seinem letzten Besuch verraten.«

»Dann haben die Geister ihm aufgetragen, es mir zu sagen.«

Sie war ebenso schlagfertig wie ein Katechismuslehrer. Leonora hatte den Eindruck, es mit einer Art Voodoo-Jesuitin zu tun zu haben. Als sich Odoardo ein wenig beruhigt hatte, erklärte Leonora, auch sie habe ihm etwas zu erzählen.

»Du und deine Freunde, ihr versteckt euch in Cannaregio im Hinterzimmer einer Färberei.«

Der Mohr riss die Augen auf und hob die Arme gen Himmel.

»Das weiße Mädchen spricht auch mit den Geistern!«

Er war in ein Netz von Magierinnen geraten.

Er wäre weniger überrascht gewesen, wenn er gewusst hätte, dass unter seiner rechten Sohle gelbe und unter der linken blaue Farbe zu erkennen war. Leonora hatte dies gleich gesehen, da er im Schneidersitz dasaß. Die *tentori*, die Färber, arbeiteten in Cannaregio, weitab von reichen venezianischen Häusern, so konnte der Geruch der Farbzubereitung die feinen Leute nicht stören. Sie nutzte seine Verwirrung und fragte ihn trotz des wütenden Blicks der Mohrin, wer dieser Mauerkletterer sei. Die Hexe antwortete an seiner Stelle:

»Es ist eine Figur, die die Bediensteten des Palastes in größte Verlegenheit bringt. Ich habe schon öfter versucht, sie mit Ritualen in die Hölle zu verbannen, aber sie lässt sich nicht vertreiben.«

Die Mohren hatten Angst, in »das große Haus« zurückzukehren, weil einer von ihnen vom »Fluch der toten Dogen« vernichtet worden war. Leonora beglückwünschte sich, dass der »Fluch« den Brandstifter in dem Augenblick geschlagen hatte, als er sie vom Dach hatte werfen wollen. Hätte sie ihn ein paar Tage später besiegt, als er versuchte, sie in einer düsteren Straße zu erdrosseln, hätte sie das keineswegs bedauert.

»Mein Lieber, erzählt mir doch ein wenig von dem Gespenst, das Euch plagt.«

»Es ist der große Seelenfresser«, rief der Schwarze. »Er hat die Seele des Dogen gefressen! Er sucht nach einem anderen Körper, weil der jetzt ganz verfault ist! Wer ihm nicht gehorcht, den bringt er um!«

Die Frascadina fragte sich, ob der Mann nicht irgendwelche Märchen erzählte. Wenn man ihm glaubte, dann verhexte der »Seelenfresser« die Flure des Dogenpalasts, trug das goldene Gewand und den *corno*, aber darunter existierte ein wandelndes Skelett, das Mauern durchdringen konnte. Der Blick der jungen Frau fiel auf eines der Amulette, das die Mohrin auf den Boden geworfen hatte. Darauf war ein seltsamer Tiger mit Adlerkopf zu sehen. Wo hatte sie dieses Emblem schon einmal gesehen? Plötzlich begriff sie, warum Zan Pelizzioli auf so tragische Weise umgekommen war.

Im Zwischengeschoss schlug eine Tür. Der Mohr sprang auf und warf einen ängstlichen Blick zum Ausgang, wie er es schon mehrfach während der Sitzung getan hatte. Leonora empfahl ihm, sich bei den Glasbläsern von Murano zu verstecken. Dort sei es ruhig, die Agenten des obersten Gerichts hätten wenig Einfluss auf diese Berufsgruppe, und die Glasbläserei hinterlasse keine Spuren an seinen Sohlen. Sie blieb mit der Magierin allein, die ihre Kultgegenstände aufräumte und die Reste des Hähnchens einsammelte, um sich Suppe zu kochen. Leonora entdeckte eine Figurine, auf der eine Schimäre eingraviert war. Sie sah genauso aus wie das Siegel auf der anonymen Botschaft, die eine Seherin den Inquisitoren gesandt hatte.

»Ihr wart es also, die die Signoria durch die *bocca di leone* wissen ließ, dass während des Großen Rats ein Patrizier umkommen würde!«

Statt einer Antwort warf die Mohrin eine Handvoll Knochen auf ihren kunterbunten Teppich.

»Ich sehe eine große Gefahr, die Euch bedroht, wenn Ihr Euch weiter um diese Angelegenheit kümmert«, sagte sie warnend.

Die Frascadina schob die Knöchelchen mit der Hand beiseite.

»Man hat schon versucht, mich zu erwürgen, zu verbrennen und von einem Dach zu werfen. Außerdem muss ich den Zorn des höchsten Gerichts erdulden. Eine Handvoll Knochen macht mir keine Angst.«

Sie hatte endlich erkannt, welcher Zusammenhang zwischen den Intrigen des Dogenpalasts und dem *barnabotto* Zan Pelizzioli bestand. Seine Frau war die Schlüsselfigur. Die Mohrin erhielt vertrauliche Mitteilungen von den Mohren, und die verarbeitete sie zu Weissagungen, die umso furchterregender waren, da sie sich als wahr erwiesen. Donna Pelizzioli hatte die Wahrsagerin ihrem Mann gegenüber gelobt, und er hatte geglaubt, er könne der Signoria diese Indiskretionen verkaufen. Über seinen Tod war in den Fluren des Palasts entschieden worden. Und diese Information war mit Hilfe der Mohren bei der Seherin gelandet. Zwischen ihrem Herd und dem Palast war ein Informationsfluss entstanden, und irgendwann musste Zan Pelizzioli dafür bezahlen, dass er davon profitieren wollte. Die Wahrsagerin wusste, dass jemand getötet werden sollte, aber wer das Opfer sein würde, war ihr nicht bekannt. Sie hatte die Inquisitoren warnen wollen, ohne dessen Identität preiszugeben, und das war ihm zum Verhängnis geworden.

»In dieser verfluchten Stadt wird das Gute selten belohnt«, murmelte die Wahrsagerim.

»Das ist mir auch schon aufgefallen«, antwortete Leonora.

Jeder Tag, den sie in ihrem goldenen Käfig verbrachte, bestätigte die Richtigkeit dieser Bemerkung. Sie war eingesperrt worden, weil sie zu viel wusste. Und jetzt, wo sie noch mehr wusste, würde sie ihre Freilassung erwirken. Venedig war ein Ort, an dem man entweder viel oder gar nichts wissen sollte. Alles, was dazwischenlag, war gefährlich. Das hatte Zan Pelizzioli gelernt und teuer dafür bezahlt.

»Manchmal«, sagte die Wahrsagerin, »sehne ich mich nach dem ruhigen Leben in meiner Heimat.«

»In Murano?«

»In Murano.«

In dieser Welt waren ein paar Seemeilen breit wie ein Ozean.

Als Cesare dalla Frascada nach dem Rat der Zehn zum Abendessen nach Hause kam, konnte er seine Verwirrung nicht verbergen. Er setzte sich zu Tisch, ohne vorher seine rote Robe abzulegen. Im Dogenpalast hatte es einen neuen Skandal gegeben: Die Mohren waren verschwunden. Alle schwiegen betreten, auch die Diener.

»Was ist denn los?«, rief der Patrizier, den das Schweigen irritierte.

Leonora verriet ihm deshalb, dass einer der Mohren mit Namen Odoardo gerade ihr Haus verlassen habe. Ser Cesare wäre beinahe an seiner friaulischen Kohlsuppe erstickt.

»In meinem Haus verstecken sich Banditen!«

Es war überraschend, dass er sich darüber so aufregte. Leonora bat einen Diener, Seiner Exzellenz das Salzgefäß zu reichen.

»Möchtet Ihr etwas mehr Salz? Ich habe den Eindruck, es fehlt in der Suppe.«

Die kleinen weißen Körner beruhigten den Berater des Dogen, auch ohne den Salzstreuer, der vor ihm stand, angerührt zu haben.

Die Bedienung des Dogen wurde von den Palastgarden übernommen. Sie waren dazu allerdings kaum in der Lage, denn sie wussten nichts von seinen Gewohnheiten, kannten seine kleinen Vorlieben nicht. Der Herrscher der Serenissima war missgelaunt wie ein Türke, der keinen Raki bekommen hat.

»Ich danke dir, meine Tochter. Ich hatte gehofft, ich könnte Befehlshaber der Armee werden. Aber nach diesem Abenteuer habe ich Glück, wenn man mich nicht als Consul auf einen bewachsenen Felsen an der albanischen Küste schickt.«

Leonora blickte auf ihren Teller. Es war schließlich nicht ihre Schuld, dass es in den Straßen Venedigs von Mohren wimmelte. Die Regierung hatte nicht lange nach einem Sündenbock gesucht. In dieser Stadt, die durch eine Clique miteinander verwandter Adeliger regiert wurde, war die Anwesenheit eines wehrlosen jungen Mädchens ein wahrer Segen.

Wenn es keine Belohnung für das Gute gab, musste man herausfinden, wie mit dem Schlechten verfahren wurde.

21

Blond war die modische Haarfarbe schlechthin, und so stieg Donna Soranza an den sonnigen Nachmittagsstunden auf den Altan, um ihre Haare zu bleichen. Sie wurden mit Safran-Zitronencreme eingestrichen und dann über einem durchlöcherten Strohhut ausgebreitet, dessen Krempe dafür sorgte, dass ihr Teint seine vornehme Blässe nicht verlor. Cornelia leistete ihr Gesellschaft, redete mit ihr und ließ auch ihr Haar behandeln. Die Hausherrin wollte Leonora ermuntern, dasselbe zu tun.

»Eine Frau mit dunklem Haar ist keine richtige Venezianerin. Wie sieht man sonst aus! Wie eine Italienerin! Der Himmel soll uns davor bewahren!«

Im Lauf der Jahrhunderte gab es in Venedig durch slawische und germanische Einwanderer eine ziemlich große Anzahl blonder Menschen, deren goldene Locken manchmal sogar natürlich waren. Die Venezianer bildeten sich auf diese Besonderheit etwas ein, ebenso wie sie sich vieler anderer Dinge rühmten.

Manchmal erschien Leonora auch auf dem Belvedere, aber nur, um mit einem Fernglas die Stadt zu beobachten. Es gab keinen besseren Aussichtspunkt.

Cornelia fragte sie, ob sie die Milchfrau sähe.

»Natürlich«, sagte Donna Soranza, »siehst du nicht den kleinen Mocenigo, der euch auf höchst ungezieme Weise zuwinkt?«

Da die Signorine nichts erwiderten, erklärte sie, dass am Canal Grande längst alle ihr Techtelmechtel entdeckt hätten.

»So viel hat man von diesem Geck früher nie zu sehen gekriegt, erst seit ihr beide euch dauernd auf unserer Loggia zeigt.«

Im Grunde interessierte sie sich kaum für das Getue der Ursulinenschülerinnen. Leonora bemerkte Bauarbeiten auf der Giudecca.

»Da wird das Fest des *Redentore*, des Heilands, vorbereitet«, erklärte Donna Soranza ihr.

Keine der beiden Schülerinnen aus Vicenza wusste, wovon sie sprach. Da fiel ihr ein, dass die beiden ja gerade erst aus einem Kloster vom Festland kamen.

»Ach, natürlich, in Vicenza baut man ja keine Brücken. Gibt es dort überhaupt Kanäle?«

Sie erklärte ihnen, was das Fest des *Redentore* war. Cornelia entging nicht, dass Leonora tief in Gedanken versunken war.

»Du hast bestimmt eine Idee, wie du fliehen kannst«, sagte sie, als sie vom Altan herabgestiegen waren.

»Ich habe eine Idee, mit der ich viel mehr tun kann als fliehen«, antwortete die Freundin.

Loreta stand an der Tür des Salons und sah in den Raum, als sie die Modehändlerin zum dritten Mal in dieser Woche empfingen. Die gute Frau hatte Dinge mitgebracht, die wesentlich begehrter waren als die Accessoires aus Genua, die angeblich aus Paris stammten.

»Hier habe ich sehr schöne goldbraune Seidenbänder.«

Sie schob Cornelia ein Briefchen von Ser Lunardo hin.

»Seht, wie fein und weich dieser Stoff ist.«

Darunter war ein kleiner Elfenbeinkamm, ein Geschenk von Ser Lunardo.

»Und dies hier kommt aus London, meine lieben Prinzessinnen.«

Sie fanden ein Gedicht von Ser Lunardo.

Cornelia steckte alles nacheinander in ihren Gürtel, aber erst, nachdem sie jeden kostbaren Liebesbeweis mit Küssen bedeckt hatte. Die Kupplerin wandte sich von diesem bedauernswerten Schauspiel ab und blickte auf die andere, deren Kopf noch an der rechten Stelle zu sitzen schien.

»Übrigens, neulich hat mich ein anderer Schönling angesprochen, zwei Straßen von hier entfernt. Er hatte eine Nachricht für Euch.«

Es sah ganz so aus, als hätten alle Frauen des Hauses irgendwelche verbotenen Beziehungen nach draußen, mit Ausnahme der Köchin vielleicht, die schon sechzig Jahre alt war. Die Überbringerin der Nachricht wiederholte die Worte, die ihr gesagt worden waren und keinerlei Sinn ergaben. »Am Soccorso, bei Tagesanbruch.« Leonora verstand sofort, worum es ging, sie hätte nur gern gewusst, wie sie dorthin kommen sollte.

Sobald die Kupplerin fort war, zogen sich die Mädchen in Cornelias Zimmer zurück, um die Briefe des Verehrers zu lesen. Lunardo hatte eine ganz einfache und sehr geschmackvolle Idee: Er schlug Cornelia vor, mit ihm zu fliehen. Leonora stellte fest, dass in dem freundlichen Angebot von Heirat keine Rede sei.

»Das steht zwischen den Zeilen«, antwortete Cornelia. »Er ist ein Edelmann, und er würde mich nie entführen, wenn er nicht die Absicht hätte, mich zu seiner ehrenwerten Gattin zu machen.«

Das musste man erst mal sehen. Leonora hatte gehört, dass viele Söhne aus gutem Hause ohne Skrupel den Ruf vertrauensseliger junger Mädchen zerstörten.

»Ich weiß nicht, ob ich meine Tugend bei so einer unsicheren Sache aufs Spiel setzen würde.«

Ihre Freundin entgegnete ihr, sie sei schon ganz andere Risiken eingegangen, zum Beispiel Spaziergänge auf Dächern und nächtliche Kämpfe mit Verbrechern. Die Frascadina behielt ihre Antwort für sich. Sie wäre zu verletzend gewesen. Es sah aus, als seien die Machenschaften des jungen Mocenigo ein Geschenk des Himmels. Sie ermutigte also ihre Freundin, seinen interessanten Vorschlag anzunehmen, und wusste auch einen idealen Zeitpunkt, damit der Plan gelang: Samstagabend, zu Beginn des Heilandsfestes. Niemand würde sich mit ihnen beschäftigen, weil alle auf der Uferstraße Zattere oder der Piazza waren.

Cornelia, übergücklich, umarmte Leonora dankbar.

»Was für ein Glück ich habe mit einer Freundin wie dir.«

»Und ich erst«, antwortete Leonora.

Die nächsten Tage nutzten sie, um die Flucht der Verliebten vorzubereiten. Am Abend der Entführung war alles bereit. Cornelia hatte ihre wichtigsten Sachen zusammengepackt und wollte gerade losgehen, ihre Kapuze zusammengefaltet unter dem Arm.

»Hast du Donna Soranza einen Brief geschrieben, um ihr alles zu erklären und dich für ihre Gastfreundschaft zu bedanken?«, fragte Leonora.

Cornelia hielt dies nicht für notwendig, denn die Gastfreundschaft war nichts anderes gewesen als Hausarbeit, schlimmer als alles, was sie im Kloster je hatte tun müssen. Ihre Freundin erklärte ihr, sie müsse es dennoch tun. Wenn sie den dalla Frascada nicht sagte, was sie tue, würden sie nach ihr suchen. Die Polizei auf dem Festland würde alarmiert, und dann wäre ihr romantisches Abenteuer bald zu Ende. Cornelia gab ihr recht. Sie ging wieder in ihr Zimmer und schrieb einen Brief, in dem sie sich herzlich bedankte, um die Gefängnisaufseher von Ca' Civran zu beruhigen.

Während sie, die Feder in der Hand, nach den passenden Worten suchte, drehte Leonora von außen zweimal den Schlüssel um. Die unglückliche Verlobte schlug mit den Fäusten gegen die Tür, aber nicht allzu laut, um nicht das ganze Haus zu alarmieren.

»Es ist zu deinem Besten«, sagte Leonora durch die Tür.

»Ich hasse dich, ich hasse dich!«

Das Liebchen würde nicht zum Rendezvous kommen, aber Lunardo musste vorgewarnt werden. Leonora ging in den Garten. Wie geplant hatte der »Verlobte«

seine Diener eingeweiht. Sie waren verschwunden und hatten die Tür entriegelt. Leonora verließ, eine Kapuze auf dem Kopf, ihren Garten in dem Moment, als das Feuerwerk am schwarzen Himmel der Sommernacht begann.

Die wenigen Passanten rührten sich nicht, denn sie schauten nach oben. Schnellen Schrittes ging Leonora bis zu der Gondel, die am Kai des schmalen Kanals auf sie wartete. Sie zog ihre Kapuze tief ins Gesicht. Zum Glück hatte der eilige Liebhaber seine Freundin stets nur aus der Ferne gesehen und sich auf die Beschreibung der Kupplerin verlassen. Sie ging die Stufen zur Anlegestelle hinunter, der *baracarol* mit der roten Mütze reichte ihr die Hand, und Lunardo empfing sie hinter geschlossenen Vorhängen in seinem *felze*.

»Endlich sind wir zusammen!«, rief er aus. »Fahren wir in die Freiheit.«

Du meinst wohl Freizügigkeit, dachte seine schöne Komplizin.

Sie fuhren zu den Kais der *fondamente*, der letzten Station vor dem Kontinent, der Desillusionierung und Entehrung naiver Mädchen. Die wenigen Gondeln, die ihnen begegneten, sahen aus wie große schwarze, von Lichtern geleitete Schwäne. Lunardo bedeckte die Hand seiner »süßen, kleinen Taube« mit Küssen. Ihre Schüchternheit fand er bezaubernd. Diese Zurückhaltung, Unschuld und Frische waren etwas ganz anderes als das, was er bei den Dirnen erlebte, mit denen er sonst zu tun hatte.

»Zu welcher Kapelle fahren wir?«, fragte die kleine Taube.

»Wir heiraten in Bologna«, antwortete der Verlobte, der solch praktischen Fragen mit ein wenig künstlerischer Freiheit begegnen wollte. »Bis dahin, meine liebe Seele, ist es wichtig, uns so schnell wie möglich aus Venedig zu entfernen!«

Bis Bologna muss man ein paar Nächte in der Herberge verbringen, dachte Leonora. Außer der Hochzeit hatte der Verehrer für alles gesorgt, aber sie zum Glück auch. Sie beglückwünschte sich, Cornelia diese Prüfung erspart zu haben. Sicher hatte der Verführer keinen Priester in Bologna bestellt, der die Ehe zelebriert hätte, nachdem Lunardo alles bekommen hatte, was er wollte.

»Hört auf, meine Hand abzulecken!«, rief sie dem hingebungsvollen Liebhaber zu und zog diese brüsk zurück.

Dann schob sie ihre Kapuze nach hinten.

»Ihr seid es!«, rief Lunardo so erschrocken, als erschiene ihm ein bärtiger Satan in seiner Gondel. »Wo ist meine süße Cornelia?«

»An einem sicheren Ort.«

Sie klopfte gegen die Wand des Schiffes. Als der *barcarol* sich umdrehte, wies sie ihn an, sie zum Ponte del Soccorso im Dorsoduro-Viertel zu bringen. Sie bogen rechter Hand in den ersten Kanal ein.

Nachdem er sich von der furchtbaren Überraschung erholt hatte, begriff Lunardo, dass die Entführung fehlgeschlagen war, und war beleidigt.

»Ihr habt Euer Vergnügen daran, uns ins Unglück zu stürzen!«, klagte er.

»Lieber bin ich für Euer Unglück verantwortlich, als dass Ihr meine Freundin ins Verderben führt.«

Sie hatte sich überlegt, wenn jemand sie aus der Ca' Civran herausholen könnte, dann sei er es. Sein Vater war ein einflussreicher Mann, und die Inquisitoren würden sich nicht so einfach an den Sohn des Prokurators Alvise Mocenigo heranwagen.

Plötzlich durchfuhr ein furchtbarer Gedanke Lunardos leeres Hirn: »Sagt mal, standet Ihr nicht bei Euren Eltern unter Hausarrest? Weil Ihr gegen die Sitten verstoßen habt? Es heißt, Ihr hättet auf der Piazza vor aller Augen einen Senator geküsst!«

Dies also behaupteten die hohen Herren, um die Wahrheit zu verschleiern. Leonora war zutiefst empört. Ihr Retter erstarrte bei dem Gedanken, wie der Prokurator reagieren würde, wenn er aus dem Mund des schrecklichen Barbaran von seinem Vergehen hören würde. Waisenkinder zu entehren war eine lässliche Sünde, aber gegen die Dekrete des Hohen Tribunals zu verstoßen, das war ein Verbrechen. Lunardo überlegte kurz, ob er seine Mitfahrerin in einem kleinen Kanal ersäufen sollte. Aber da kamen sie schon beim Ponte del Soccorso an, und das war ihr Glück.

An diesem Ort waren weder ein Adeliger noch ein Bürger und nicht mal eine Katze zu sehen. Alle waren fortgegangen, um das Feuerwerk zu bewundern. Einen Moment lang fragte sie sich, ob sie die Nachricht vielleicht falsch verstanden hätte.

Endlich trat vorsichtigen Schritts ein Mann aus dem Dunkel. Er trug einen Hut mit breiter Krempe, den er nachts nicht gebraucht hätte, und so wirkte er übermäßig verkleidet. Dennoch erkannte sie ihren Höfling sofort. Nachdem er mehrfach nach rechts und links, hinter sich und zu den erleuchteten Fenstern geschaut hatte, ging er auf sie zu, um ihr beim Aussteigen zu helfen. Kaum hatte Leonora einen Fuß auf den Kai gesetzt, da verschwand die Gondel mit heftigen Ruderschlägen im Dunkel, um dem Zorn der Inquisitoren, dem Teufel und schlauen jungen Mädchen zu entfliehen.

Dell'Oio zog seine Auftraggeberin ins Dunkel, dabei warf er ihr vor, dass sie sich nicht gut genug verkleidet hätte.

»Ich beglückwünsche Euch, dass Ihr Euch endlich den Drohungen von Messer Grande widersetzt«, sagte sie.

»Es gibt etwas, das noch schlimmer ist als die Hand unserer Polizei«, sagte er, »und das ist Langeweile! Seit ich Euch kenne, kommt mir das Leben ohne Euch so eintönig vor.«

Er würde zufrieden sein, denn sie hatte Zeit gehabt, sich ein paar neue Abenteuer auszudenken, die sogar das verschlafenste Murmeltier aufwecken würden.

Sie musste nur noch einen Ort finden, an dem sie übernachten konnte.

»Wer redet hier von schlafen?«, fragte Flaminio. »In der Nacht des *Redentore* schlafen nur die Toten! Selbst Kranke und Schwache gehen tanzen, sogar die Nonnen feiern in ihren Klöstern.«

Auf allen wichtigen Plätzen wurde getanzt, Gaukler führten Kunststücke vor, Puppenspiele und Straßentheater. Als sie Zattere erreichten, sah Leonora in der Bucht Gondeln und Barken jeglicher Art, Größe und

Form. Sie nutzten alle diese Schiffe als Brücke und liefen darüber bis zur Giudecca. Die Heilandskirche war erleuchtet und mit rotem Samt geschmückt, darauf die Waffen des Patriarchats von Venedig. Die Menge drängte sich auf der Insel, um zum Klang des Orchesters gebratene Seezungen zu essen. In den künstlichen Gärten auf riesigen Flößen gab es Rasen, Blumen, Bäume in Blumentöpfen, dazwischen promenierten Adelige und Bauern in fröhlichem Durcheinander. Ganz Venedig dachte an nichts anderes als an Trinken, Essen, Tanzen und Sichamüsieren.

Gegen Ende der Nacht fuhren Leonora und Flaminio zum Lido, um sich die ersten Sonnenstrahlen auf den Dächern, Kuppeln und Kirchtürmen anzusehen. Als das Morgenlicht das Ende der nächtlichen *sagra* ankündigte, gingen sie zur Locanda der Signora Pauli, um sich ein paar Stunden auszuruhen.

22

Sonntags drängten sich die Leute auf der improvisierten Brücke, um den Segen des Patriarchen zu empfangen. Sie aßen *pescetti marinati* aus kleinen Tüten, winzige Fische mit Essig und Olivenöl. Leonora erzählte Flaminio, wie weit sie mit ihren Ermittlungen gekommen war.

»Ihr habt weitergemacht, von Eurem Gefängnis in Ca' Civran aus?«, fragte er erstaunt.

Auch wenn der Mohr Onorio, der vom Dach gestürzt sei, Zan Pelizzioli und den Drucker Pezzana umgebracht habe, müsse sie noch herausfinden, weshalb die Mohren solche Angst hatten und was sie veranlasst hatte, aus dem Dogenpalast zu fliehen und sich zu verstecken. Immer wieder müsse sie an die Geschichte mit dem als Doge verkleideten Gespenst denken, die Odoardo ihr erzählt hatte. Vielleicht stecke der Doge der Serenissima, Foscarini, dahinter. Dann müsste man ihn daran hindern, weiter Schaden anzurichten …

»Ich glaube nicht, dass die Signoria Euch beauftragt hat, Ordnung und Gerechtigkeit in der Dominante zu schaffen«, wandte Flaminio ein, der dieses Ziel ebenso übertrieben wie kühn fand.

»… oder jemand hat ein makaberes Schauspiel aufgeführt, ist nachts durch den Palast geschlichen, hat Komplotte geschmiedet und wegen der Leichtgläubigkeit des Personals Morde verübt.«

Was würde geschehen, wenn dieser Unbekannte auf einen abergläubischen hohen Magistrat Einfluss ausüben würde. War das nicht bereits geschehen? Wer würde all diese Verbrechen verfolgen, wenn sie sich nicht einmischte?

»Ich teile Eure Meinung«, sagte der venezianische Höfling mit vollem Mund. »Darf man erfahren, wie Ihr in unserer schönen tausendjährigen Republik Gerechtigkeit wiederherstellen wollt?«

Der Plan der Frascadina war einfach. Man brauchte nur nachts in diese Bastion der Macht einzudringen, um herauszufinden, ob sie verhext war oder nicht.

Flaminio dell'Oio wusste nicht, welcher Teil das Plans ihm lieber war, in das bestbewachte Gebäude Venedigs einzudringen oder dem todbringenden Gespenst nachzujagen. Er sollte mit einer Flüchtigen bei ihrem Fürsten einbrechen. Warum sollte er sich Sorgen machen? Wenn sie verhaftet würden, brauchte er nur das Ziel ihrer Mission preiszugeben: ein Treffen mit einem Geist aus dem Totenreich, der angezogen war wie der Doge.

»Und wie wollt Ihr nach Schließen der Türen in den Palast eindringen?«, fragte Flaminio. »Gehen wir in eine Dienststelle der Republik und fragen, wie wir an einen Ort gelangen sollen, den niemand betreten darf?«

»Fragen wir die reizenden Diebe, die im Auftrag meines Vaters arbeiten.«

»Ich glaube, es wäre nicht klug, in die Ca' Civran zurückzukehren.«

»Das ist auch gar nicht notwendig, sie sind dort!«

Er wandte sich in die Richtung, in die sie gezeigt hatte, und sah, wie die Krempe eines Hutes eilig hinter einer Kirche verschwand. Er war verwirrt, als er erfuhr, dass sie von Anfang an verfolgt worden waren und Leonora es wusste.

»Warum habt Ihr sie nicht abgeschüttelt, als Ihr die Ca' Civran verlassen habt?«

»Weil ich nicht wusste, wie. Ich war in einer Gondel mit einem sabbernden Mistkerl eingesperrt. Außerdem gibt es zu viele davon!«

»Wieso zu viele?«, fragte dell'Oio.

Da zählte sie ihm auf, wie viele Neugierige um sie herumstanden.

»Der hagere, steife Mann dahinten, der seit einer Stunde so tut, als schnappe er auf der Brücke frische Luft, sieht aus wie ein Offizier von Messer Grande. Und siehst du hinter den Gesuati die drei Neugierigen, die uns dauernd anglotzen? Sie arbeiten für meinen Vater. Und in der Gondel da, die nicht weiterfährt, das müssen Agenten der Dogaressa sein. Sie halten sich für zu fein, um zu Fuß zu gehen. Ja, so ist das, wenn man viele Feinde hat. Wenn sie sich gegenseitig Konkurrenz machen, bewirken sie gar nichts mehr.«

»Wem sollen wir Fragen stellen?«, fragte Flaminio, der sich bemühte, aufs Meer zu blicken.

»Den Leuten meines lieben Vaters. Erstens werden sie sich etwas darauf einbilden, dass sie die Ersten sind. Außerdem kann ich ihnen damit drohen, ihm zu verraten, wie unfähig sie sind.«

Sie gingen auf die Gesuati zu, blieben vor dem ersten Gasthaus stehen und gaben den drei Männern ein Zeichen, ihnen ins Innere zu folgen. Die Sekretäre von Ser Cesare gingen auch hinein, sichtlich erschüttert, weil sie erkannt worden waren. Flaminio forderte sie auf, ein paar *cichetti* zu knabbern, und Leonora stellte ihnen unverhohlen die wichtigste Frage: Wie konnte man nachts in den Dogenpalast gelangen, wenn man nicht der Doge in Person und auch von niemandem eingeladen war?

Sie antworteten ihr, selbst wenn es eine Antwort gäbe, dann würde Ser Cesare sehr wütend sein, zu erfahren, dass sie ihr den Weg verraten hätten. Leonora seufzte. Sie hatte die Höflicheitsfloskeln vergessen. Sie zog drei Zechinen aus ihrem Portemonnaie, und man hatte ganz den Eindruck, als würde das Geld die Treue von Bon, Tron und Zen ein wenig ins Wanken bringen.

»Es war richtig von mir, wahrhaftig und aufrichtig zu sein«, sagte sie, nachdem jeder von ihnen ein Goldstück eingesteckt hatte.

»Es ist wirklich sehr einfach, nachts in den Palast zu kommen«, sagte Benvenuto Tron, während Zen und Bon nickten und genussvoll ihr *tocio* tranken.

Es gäbe nur einen Weg: zwischen zwei Wachen, um auf Befehl der Inquisitoren in die Bleikammern geführt zu werden. Das Problem sei dann nicht mehr, wie man hineinkäme, sondern nur noch, wie man es wieder nach draußen schaffte, und eine Antwort darauf sei nicht mit Geld zu bezahlen.

Leonora dankte ihnen für ihre Hilfe. Ihre Entscheidung war getroffen. Der Weg auf die Flure des Dogenpalastes führte über die Ca' Civran.

Eine Stunde später erschien sie dort mit Flaminio, unter Bewachung der drei Sekretäre. Zen, Bon und Tron gaben sich ihrem Chef zu erkennen und verkündeten, sie hätten die Flüchtige erwischt. Ser Cesare war so wütend, dass er sie vor aller Augen ausschimpfte.

»Deine Achtlosigkeit hat unsere ganze Familie in Gefahr gebracht.«

Leonora machte das reumütige Gesicht, das ihr im Kloster immer geholfen hatte, senkte den Kopf und kreuzte die Arme über der Brust.

»Mein Vater, ich bitte dich, mir meinen Übermut zu verzeihen. Mein Betragen war einer guten und gehorsamen Tochter unwürdig.«

Der Patrizier war ein wenig erstaunt, dass sie sich so demütig zeigte. Er hatte noch keine Zeit gehabt, sich zu fragen, wo der Pferdefuß lag, als sie den Kopf hob und erklärte:

»Gut, und jetzt reden wir über unsere Angelegenheiten.«

Er musste sich setzen, und sie erläuterte ihm ihren Plan, in das Allerheiligste der venezianischen Institutionen zu gelangen. Sie sei entschlossen, aufs Ganze zu gehen, und sogar bereit, sich verhaften zu lassen.

Dieses Mädchen ist verrückt, dachte er.

»Wenn du dich den Inquisitoren auslieferst, brauchst du meine Hilfe nicht.«

»Und wenn sie sich weigern, mich einzusperren? Wenn sie plötzlich Milde walten lassen oder von anderen unerklärlichen Gefühlen geleitet werden? Ich will sicher sein, dass ich sie aus der Fassung bringe, und deshalb musst du mitkommen.«

Er fragte sich, wie er damit umgehen sollte. Er hatte ja selbst ein paar Wochen in dem furchtbaren Gefängnis verbracht und war sich vorgekommen wie eine in einem Sack gefangene Ratte. In den Bleikammern gab es keinen Besuchsraum, niemand durfte kommen, und seit ein Abenteurer mit Namen Casanova vor sechs Jahren geflohen war, hatten sich die Verhältnisse nicht verbessert. Glaubte sie, ihr würde es dort besser ergehen als ihm, Ser Cesare, einem bekannten und angesehen Adeligen?

Sie lächelte.

»Ich ziehe Nutzen aus deiner Erfahrung, Vater.«

Sie hatte einen kühnen Plan erdacht, der, wenn er gelang, dem Berater des Dogen brillante Zukunftsaussichten versprach, wenn er aber scheiterte, seinen Ruin bedeuten konnte. Sie bat ihn, ihr die Details zu überlassen und sich wie ein guter Bürger, ein guter Magistrat und ein guter Vater zu benehmen, wenn er seine Tochter der Gewalt der unerbittlichen staatlichen Inquisition aussetze.

Als es dunkel wurde, erschienen der Patrizier und seine Tochter am Palast, zu der Zeit, in der sich die drei Inquisitoren in ihrem Büro trafen. Vorher wäre vermutlich niemand da, um die Gefangennahme des Mädchens zu verfügen.

Man führte sie in einen Saal mit einem prächtigen *trompe-l'œil*-Muster auf dem Fußboden, einer bemalten

Kassettendecke, dunklem Mobiliar und einem riesigen Kamin, der von Atlasfiguren gestützt wurde. Ihre Exzellenzen saßen in drei Sesseln an einem langen Tisch voller Akten. Ser Cesare schob die widerspenstige Gefangene in ihre Richtung.

»Ich bringe Euch meine unwürdige Tochter, die es gewagt hat, sich den Anweisungen Eurer Exzellenzen zu widersetzen.«

Die Beschuldigte sah, dass er den Ton eines beleidigten Vaters hervorragend nachmachen konnte.

»Das ist sehr freundlich von Euch«, antwortete Saverio Barbaran trocken. Er war gerade in einem Redebeitrag unterbrochen worden, bei dem es darum ging, wie man der Unruhen in den Handelsniederlassungen, die sie noch am Mittelmeer besaßen, Herr werden konnte.

Er hatte kein Interesse daran, sich wieder mit dieser leidigen Affäre zu beschäftigen. Er wollte gerade die ungehorsame Person ermahnen und Vater und Tochter nach Hause schicken, als dalla Frascada um eine Bestrafung bat »im Interesse der Familien«.

»Meine Tochter ist mit der Hilfe eines Mannes geflohen.« Er sagte dies in einem Ton, als sei sein Name in einer Weise beleidigt worden, die in der Geschichte Venedigs ihresgleichen suchte.

»Der Jüngste der Mocenigo«, sagte der Rote Inquisitor, der mehr über die Sache wusste, als ihm lieb war.

Er war bereit zu vergeben, vor allem, um den Prokurator nicht zu verärgern, der empfindlich war und im Rat der Zehn saß. Nach dem Bericht ihrer Agenten hatte die Flüchtende nicht genug Zeit in der Gondel verbracht, um eine Wiedergutmachung auf dem Weg der Heirat verlangen zu können. Offenbar gab es einen Straftarif für Verführer hohen Ranges.

Dalla Frascada trat dicht an die Inquisitoren heran. Da Musketenschüsse nicht gefruchtet hatten, musste er nun zur Donnerbüchse greifen.

»Sie hat gesagt, Ihr wäret ein ...«, flüsterte er dem mächtigen Magistrat ins Ohr.

Barbaran wurde scharlachrot wie seine Robe, seine Kollegen erstickten ihr Lachen in ihren weiten schwarzen Ärmeln.

»Einen Monat ins Verlies!«, brüllte Barbaran und drückte mit Wucht einen Stempel auf das Papier, welches das Schicksal der unverschämten Person besiegelte.

Vater und Tochter hatten nur einen kurzen Moment Zeit, sich zu verabschieden. Offensichtlich bestand jetzt größte Dringlichkeit für einen Aufenthalt in der Mansarde.

»Was habt Ihr ihm gesagt?«, frage sie leise.

»Wenn ich es wiederholen würde, mein Kind, dann müsste ich ebenfalls dort oben schlafen.«

Der Sekretär des Tribunals, ein bedächtiger Mann in schwarzer Toga, brachte Leonora zu der schmalen Treppe, die zu den Bleikammern führte, zwischen dem Geschoss mit den Büros und dem Dachboden. Dort empfing sie der Wärter mit seinem riesigen Schlüsselbund.

Sie wurde in eine Zelle mit niedriger Decke geführt, in der kein einziges Möbelstück stand. Normalerweise ließen sich die Gefangenen alles Notwendige von zu Hause bringen, Tisch, Sessel, Matratze. Um einzutreten, musste man sich tief bücken, die Tür war nur einen Meter hoch. Die Zellen sahen aus wie Büchsen auf einem Dachboden. Es starrte dort vor Schmutz, alles war tiefschwarz, und die Sonne, die den ganzen Tag auf das Zinkdach schien, erhitzte die Zellen wie Öfen. Frische Luft gab es nicht.

»Ich vermute, mit einem Abendessen kann ich nicht rechnen«, sagte Leonora, dabei wusste sie genau, dass Gefangene erst am Tag nach ihrer Ankunft verpflegt wurden.

»Kein Essen vor morgen! Bevor man die Macht der Serenissima herausfordert, sollte man sich erkundigen, wie es im Gefängnis zugeht!«

Leonora wusste es bis in alle Einzelheiten. Sie wusste auch, dass der Mann erst frühmorgens wiederkommen würde. Bis dahin war sie ohne Licht, denn Feuer machen war verboten. Manche, die dies im Winter versucht hatten, weil sie froren, waren erstickt.

Das erste Problem tauchte auf, nachdem der Wärter gegangen war. Das Fenster zum Flur war mit einem Laden geschlossen, sodass tiefe Dunkelheit herrschte. Leonora nahm aus ihrem Rocksaum das Feuerzeug und die Kerze, die sie vorsichtshalber mitgebracht hatte, in der Überzeugung, dass man die geistesgestörte Tochter eines Patriziers nicht durchsuchen würde.

Sie hörte leichtes Kratzen. Im Flur liefen Ratten herum. Der Ort war so angelegt, dass die hier festgehaltenen Gäste einander nicht sehen, hören oder sich unterhalten konnten und nicht wussten, ob sie allein waren oder nicht. Die Türen lagen weit auseinander, und die Mauern waren dick. Die Gefangenen waren völlig isoliert.

Von ihrem Vater wusste Leonora auch, dass in der Nacht kein Wächter da war, um die Inquisitoren unten nicht zu stören, denn man musste durch ihr Kabinett gehen, um in diese Etage zu gelangen. So hatte sie eine Weile Ruhe.

Sie hatte einen Vorteil vor all jenen, die bisher hier eingesperrt gewesen waren. Sie hatte die Zeit und die Mittel gehabt, ihre Ankunft vorzubereiten. Auch hatte sie den Ort bereits gesehen, und sie war klug.

Die Wand, an der sich die niedrige Tür befand, hatte ein vergittertes Fenster, durch das man von außen einen Blick in die Zelle werfen konnte, ohne hineingehen zu müssen. Aus ihren Röcken zog sie ein Brecheisen hervor, das in der Ca' Civran hergestellt worden war. Damit wollte sie die beiden fünfzig Zentimeter langen Gitterstäbe, die das Fenster blockierten, heraushebeln. Da sie die richtige Stelle nicht sehen konnte, hatte sie einen kleinen Spiegel mitgebracht, den sie an den Gitterstäben befestigte.

Die Übung erwies sich als schwieriger als gedacht. Sie merkte, dass es nicht reichte, schlau und voller Ideen zu sein, man musste sich auch wie ein Akrobat bewegen können und stark sein wie ein Ringer, um das Gerät halten zu können, geschickt und genau sein wie ein Messerwerfer, und zwar in einem Spiegel, der alles seitenverkehrt zeigte.

Eigentlich hätte sie eine ganze Zirkusmannschaft gebraucht. Es war in dieser großen Hitze sehr anstrengend und machte außerdem Lärm. Die anderen Gefangenen, die glücklicherweise in weit entfernten Zellen saßen, mussten sich fragen, was das für nächtliche Handwerkerarbeiten waren.

Schon fast eine Stunde rackerte sie sich ab, da hörte sie, wie sich eine Tür öffnete. Stimmen erklangen auf dem Flur. Sie konnte gerade noch ihre Vorrichtung beiseiteräumen und ihre Kerze ausblasen. Eine Laterne kam näher, dann stand eine gespenstische Gestalt vor ihrer Zelle. Es war der Rote Inquisitor, der in seiner langen blutroten Robe strenger aussah denn je. Sie näherte sich den Gitterstäben, um zu hören, was er wollte.

»Ich weiß nicht, was Ihr im Sinn habt«, sagte Saverio Barbaran. »Ihr habt nichts zu hoffen, wenn es misslingt. Ich werde leugnen, je etwas mit Euren Aktivitäten zu tun gehabt zu haben. Meine Kollegen und ich haben unsere Beratungen abgeschlossen. Ich wünsche Euch eine gute Nacht.«

Er entfernte sich wie ein Schatten, fast glitt er über die knarrenden Dielen. Offenbar hatte er etwas geahnt. Erstaunlich war nicht, was er gesagt hatte, sondern dass er sich die Mühe gemacht hatte, heraufzukommen und es ihr mitzuteilen. Die Inquisitoren kamen nie zu den Gefangenen. Wenn es notwendig war, ließen sie sie zu sich bringen, um sie zu verhören. Leonora zündete ihre Kerze erst wieder an, als sie sicher sein konnte, dass er fort war. Sie klappte ihr Werkzeug auseinander, befestigte den Spiegel und setzte ihre Übung fort, ohne die Riegel zu erreichen. Irgendetwas war anders, oder sie hatte sich zu sehr aufgeregt, um etwas zustande zu bringen. Vor Wut trat sie gegen die Tür und fuhr vor Schreck hoch. Die Tür ging auf, als stünde jemand auf der anderen Seite. Leonora wartete ein paar Minuten, ohne sich zu bewegen. Als sie sicher war, allein zu sein, begriff sie. Der Rote Inquisitor war gekommen, um den Riegel zu öffnen.

23

Die Kerze in der Hand, überquerte Leonora den Dachboden, ein wahres Labyrinth, das von Zelle zu Zelle führte. Nur an eines hatte sie nicht gedacht: In einem Gefängnis gibt es Gefangene, und ihre Mitgefangenen sahen aus der Dunkelheit ihrer Zellen, wie ein junges Mädchen draußen herumlief.

»He, Signorina!«

Die Bleikammern waren das Elitegefängnis, im Allgemeinen saßen hier wohlerzogene Leute ein: Abbés, die Schäfchen ihrer Gemeinden geschwängert hatten; Pamphletautoren, die die Kirche verabscheute; Anwälte, die sich bei der Dominante um die Belange armer Bauern kümmerten; Adelige, die man verdächtigte, mit dem Ausland zu konspirieren; jüdische Geldverleiher, deren Forderungen verarmten Adeligen zu hoch erschienen waren; Männer, die der Libertinage verdächtig waren; oder Anhänger der Freimaurer. Es war eigentlich der geeignete Ort, um Leute kennenzulernen. Die Spaziergängerin wusste allerdings nicht, welcher Kategorie ihr unsichtbarer Gesprächspartner angehörte.

»Entschuldigung, werte Signorina … flieht Ihr gerade?«

»Ich? Nein, ganz und gar nicht, Signore.«

Sie hatte Mühe zu erklären, was sie machte.

»Nehmt mich mit!«, sagte er und zeigte mit einer Hand, die er durch die Gitterstäbe streckte, auf den schweren Riegel vor seiner Tür.

In ihrem Plan war es nicht vorgesehen, Unbekannte auf ihre Tour durch den Palast mitzunehmen. Sie näherte sich seinem Fenster und erklärte mit leiser Stimme, sie sei die Tochter des Roten Inquisitors. Da erstarrte der Gefangene, ganz so, als sei Seine Exzellenz persönlich vor seiner Zelle erschienen. Seine Hand verschwand im Inneren, während er seine Besucherin zum Teufel oder zu ihrem Vater schickte, was auf dasselbe hinauslief.

Sie ging weiter, ohne dass es zu neuen Zwischenfällen kam, bis sie zu einer verschlossenen Tür gelangte. Jetzt war der Augenblick gekommen, sich zunutze zu machen, dass niemand sie durchsucht hatte. Wenn Leute verhaftet wurden, filzte man sie bei ihrer Ankunft gründlich. Da sie sich im Schutz dessen, der sie beschuldigte, in Haft begeben hatte, war bei ihr auf die Kontrolle verzichtet worden. Der Wachmann hatte umso weniger daran gedacht, als sie eine harmlose adelige Signorina war. Sie hob ihre Röcke hoch, um den langen Schlüssel, der um ihren Schenkel gebunden war, zur Hand zu nehmen. Tommaso Zen, der offenbar noch andere Begabungen hatte, als seinem Vater die Buchhaltung zu machen, hatte ihr versichert, dass dieser Passepartout sämtliche Schlösser in diesem Bereich des Palasts öffnen könnte.

Tatsächlich klickte es. Die einzige Gefahr bestand nun darin, dass sie auf der Treppe einem Diener begegnen könnte, der die Büros aufräumte. Da sie sich aber vorsichtshalber an einem Feiertag hatte einsperren lassen, waren die Räume jetzt wahrscheinlich leer. Das hoffte sie zumindest, denn ihre Schritte knarrten auf den Stufen, so sehr sie sich auch bemühte, leise zu gehen. Von den Räumen der Kanzlei führte eine weitere Treppe zur Etage der Ratssäle.

Alles war abgeschlossen und wartete auf den nächsten Tag. Ein leerer Versammlungsraum lag vor ihr. Plötzlich hörte sie Stimmen, blies ihre Kerze aus und versteckte sich hinter einem der Holzsessel mit hoher Lehne.

Im Mondschein, der durch die großen Fenster drang, sah sie eine Gestalt, die leise sprechend eintrat. Dieser Mann war klein und wie der Doge in ein Gewand gekleidet, das bis zum Boden reichte. Er durchquerte das Zimmer und murmelte mit rauer Stimme Flüche vor sich hin. Aus dem goldenen Mantel ragte ein hagerer Arm, mit dem er seine Rede heftig gestikulierend unterstrich, als gebe er Anweisungen oder verteile Tadel an unsichtbare Diener. Seine bestickten Schuhe glitten über den Marmorboden. Zuerst glaubte sie, den Dogen vor sich zu haben. Plötzlich blieb der Mann stehen und wandte sich in ihre Richtung, als habe er etwas gehört oder ihre Anwesenheit gespürt. Leonora sah unter dem *corno* des Dogen ein faltiges Antlitz mit hohlen Wangen, das wirkte wie das Gesicht einer Mumie oder einer ausgegrabenen Leiche, ganz ähnlich wie der Maure Odoardo es beschrieben hatte. Der Blick des Mannes glitt in ihre

Richtung, doch er verharrte nicht auf einer Stelle. Vermutlich konnte er sie in dieser Entfernung im Schatten des Sessels nicht sehen. Er ging weiter und betrat den Nebenraum.

Leonora schlich ihm nach, trotz der Angst, die sie verspürte. Die Tür führte in die Palastkapelle. Diese war leer. Leonora ging mit leisen Schritten in die anschließende Nebenkapelle. Dort war der Mann im Dogengewand ebenfalls nicht. Eine weitere Tür führte in den Senatssaal, aber sie war verschlossen. Unter den bunten Fenstern, den Kreuzen und den Standbildern der Seligen konnte sie nicht umhin, zu glauben, es mit einer verdammten Seele zu tun zu haben, deren Körper sich auf dem Weg zu diesem heiligen Ort vor ihren Augen in nichts aufgelöst hatte.

In die Etage darunter zu gehen, in der die Gemächer des Dogen lagen, kam nicht infrage. Dort wachten dessen Diener über den Schlaf ihres Herrn – oder des Dämons, der sein Aussehen angenommen hatte. Der Ausflug war zu Ende. Sie musste in ihre Zelle zurückkehren.

Sie zündete wieder ihre Kerze an und ging zum Kabinett der Inquisitoren, von wo aus die Treppe nach oben führte. Als sie an dem langen Tisch vorbeikam, fiel ihr ein Papier auf, das zwischen den Akten lag und das ihr kurz zuvor nicht aufgefallen war. Darauf stand eine lange irrwitzige Erörterung, gespickt mit Flüchen gegen die drei hohen Beamten. Der Autor warf ihnen vor, die Ordnung in Venedig zu vernachlässigen, die Aufführung einer Oper gestattet zu haben, die wider die guten Sitten verstoße, außerdem hätten sie einem Drucker erlaubt, Werke zu verunstalten, die zum Ruhm der Serenissima beitrügen, und ihre Pflicht so sehr verletzt, dass sogar ein *barnabotto* in der Lage sei, Staatsgeheimnisse zu erfahren. Er drohte ihnen einen schrecklichen Tod an, wenn sie noch mehr Fehler begehen würden. Das Schlimmste an diesen Drohungen war, dass der Autor des Textes verrückt genug zu sein schien, sie auch in die Tat umzusetzen.

Ruhigen Herzens stieg sie wieder hinauf in ihre Zelle. Sie wusste, dass man sie bald befreien würde.

Sorgfältig schloss sie hinter sich alle Türen. Als sie im Flur vor den Büroräumen stand, ein Ort, der fast ebenso undurchdringlich war wie die Zellen eine Etage höher, geriet sie in die Versuchung, dort einen Besuch zu machen, doch sie verzichtete darauf, denn ein Wächter, der wachsam war und nicht schlief, hätte vom Hof aus den Schein ihrer Kerze erkennen können.

Die Archive hingegen führten auf den Rio del Palazzo hinaus, wo es kein Gegenüber gab als die grauen Mauern des Gefängnisses der *pozzi*. Es war ein Saal voller Wandschränke, in denen Akten aufbewahrt wurden. Eine Akte, welche die Sicherheit des Palasts zum Inhalt hatte, enthielt mehrere Berichte über den *nobiluomo* Ser Pelizzioli. Leonora fand darin eine Korrespondenz mit dem hohen Gericht, die erst mit dem Tod des *barnabotto* endete. In seinem ersten Brief lockte Zan Pelizzioli seine Briefpartner mit ein, zwei Indiskretionen, die mit der Geheimpolitik der Räte zu tun hatten. Er versprach ihnen, Dinge zu verraten, die sie nicht wussten, im Austausch gegen einen guten Posten in der Verwaltung, der Bereinigung seiner Schulden und einer von der Zecca garantierten Pension. Der Arme hätte mehr Chancen gehabt, in den *pozzi* zu landen, als seine Belohnung zu erhalten, aber vielleicht hatte er nicht geahnt, was für ein trauriges Ende seine Erpressung nehmen würde.

Leonora fand diese Lektüre so spannend, dass sie ganz vergaß, auf ihre Kerze achten. Plötzlich begann die Flamme zu flackern, und dann erlosch sie, ohne dass man den Docht noch einmal anzünden konnte. Der Mond war verschwunden, und das Mädchen stand nun völlig im Dunkeln. Wie sollte sie in diesem Durcheinander den Weg zu ihrer Zelle finden? Sie hatte immer noch ihr Feuerzeug, aber was sollte sie damit anzünden? Sie wollte die Akte Pelizzioli, die sie in Händen hatte, nicht verbrennen. Wenn sie nur hätte sehen können, was an Papieren herumlag, hätte sie eines nehmen können, das der Republik nicht allzu sehr fehlen würde.

Sie schloss die Augen, um sich zu konzentrieren, auch wenn sich dadurch nicht viel änderte, und versuchte, in Gedanken die Reihenfolge der Akten an den beiden Wänden nachzuvollziehen. Sie erinnerte sich, irgendwo den Buchstaben »C« gesehen zu haben. Da mussten sich die Ordner befinden, welche die *cittadini originari* betrafen, also die Venezianer aus alten nichtadeligen Familien wie zum Beispiel die dell'Oio. Dort gab es sicher viele Papiere von geringerer Bedeutung, da diese Leute nicht zur Oberschicht gehörten.

In Gedanken sah sie die Stelle mit den Akten unter »C«, wählte eine Schublade, zog einen Stapel Papiere heraus, zögerte einen Moment. Bald würde die Morgendämmerung hereinbrechen und mit ihr die Angestellten, die Büttel und der Gefängniswärter. Sie knüllte ein paar Papiere zusammen, machte eine kleine Fackel daraus und zündete sie an.

Sobald sie wieder etwas sah, eilte sie zu ihrer Zelle, einen Vorrat an Papieren unter dem Arm. Auf dem Weg verstreute sie die Asche der verbrannten Fackeln, damit die Serenissima nicht zu viel Zeit damit verlor, sie aufzusammeln. Sie war zu einer Art wütendem Däumling geworden. Als sie wieder in ihrer Kammer war, ließ sie, ein Erostratos von heute, das letzte angezündete Dokument auf dem Fußboden ausbrennen. Die zwei oder drei zerknüllten Papiere, die noch nicht verbrannt waren, versteckte sie in ihren Kleidern.

Nachdem ihre Panik vorbei war, begann sie über ihr eigenes Tun zu erschrecken. »Ich bin unschuldig in dieses Gefängnis gekommen, und als Kriminelle komme ich wieder heraus«, klagte sie.

Jetzt musste sie noch zusehen, wie sie den Riegel wieder schließen konnte. Vorsichtig zog sie die Tür hinter sich zu und schaffte es, die Eisenstange in den Ring zu schieben. Den zweiten Riegel konnte sie nicht schließen, aber vielleicht würde der Wärter glauben, dass er seine Arbeit nur zur Hälfte erledigt hatte.

Eine halbe Stunde später wurde der Himmel in der Morgendämmerung weiß. Mit dem Tag kam auch der Wärter zurück. Da sich die Gefangene nicht gerührt hatte, fluchte er über seine eigene Vergesslichkeit, als er den einen offenen Riegel sah, und fragte sie, was sie zum Frühstück haben wolle. Als sie Schritte hörte, glaubte sie, das bestellte Essen zu erhalten. Stattdessen erschienen zwei Büttel, die sie aus der Zelle führten, um sie zu Ihren Exzellenzen zu bringen.

Die drei Magistrate der Inquisition empfingen sie stehend. Mit sorgenvoller Miene schritten sie in ihrem Kabinett auf und ab. Als Saverio Barbaran sagte, ein schwerwiegendes Ereignis sei eingetreten, glaubte Leonora, er spiele auf ihren nächtlichen Spaziergang an. Aber sie war beruhigt, als sie hörte, dass es ein Brief voller Drohungen war, von unbekannter Hand auf ihrem Tisch hinterlegt, mitten in der Nacht, obwohl die Türen geschlossen gewesen waren.

»Dabei kann sich niemand ohne Erlaubnis nachts im Palast bewegen, wie Ihr Euch wohl denken könnt«, sagte Barbaran.

»Ich weiß, Euer Exzellenz«, antwortete die Frascadina. »So ein Wunder kann man nur vollbringen, wenn man ein Gespenst im Dogenkostüm ist.«

An Saverio Barbarans Blick erkannte sie, dass er den Sinn ihrer Antwort begriffen hatte, und auch, dass sie das Problem verstand.

Die Inquisitoren konnten ihr den Inhalt des Briefes nicht kundtun, da er, so sagten sie, Staatsgeheimnisse enthalte. Dabei waren es nur Flüche und Verwünschungen, was sie da gelesen hatte. Es musste ihr genügen, zu wissen, dass es sich um einen Anschlag auf hohe Staatsbedienstete handelte, also auf sie selbst. »Gewisse Umstände« hinderten sie daran, dieses Problem zu erhellen.

»Umstände, die sich in den umliegenden Räumen aufhalten«, ergänzte die Frascadina.

Die Schwarzen Inquisitoren tauschten erstaunt einen Blick.

»Euer Schützling ist besser informiert als die meisten unserer Agenten«, sagte einer von Barbarans Kollegen.

Der Rote Inquisitor erklärte, sie hätten beschlossen, Leonoras Ungehorsam von gestern und von den letzten Tagen zu vergessen. Es gehe nun aber darum, um jeden Preis den Schuldigen dingfest zu machen. Da sie früher als ihre Mitarbeiter den Mohr Onorio entdeckt habe, werde sie nun mit dieser Aufgabe betraut. Man bat sie jedoch, sie solle den Schuldigen finden, bevor er von einem Theaterdach falle, in einem Viertel, indem es unmöglich sei, Dinge diskret zu handhaben.

Als Barbaran sich im Vorraum des Heiligtums unter vier Augen von ihr verabschiedete, teilte er ihr noch eine andere besorgniserregende Tatsache mit. Der Kanzler habe in einem Aktenvermerk das Verschwinden von Dokumenten gemeldet, die im Archivraum aufbewahrt worden seien. Es fehle zum Beispiel das Original des Dekrets, mit dem die Rechte der *cittadini originari* bekräftigt und erweitert würden. Ihre Vertreter würden darin mit Sicherheit ein hinterhältiges Manöver des Adels vermuten, um ihnen die kleinen Vorteile wieder abzuerkennen. Der Kanzler sei besonders beunruhigt, weil man überall am Boden Asche gefunden habe.

Auf seine Wort folgte bleiernes Schweigen.

»Ich glaube, Euer Exzellenz, in dieser Sache müssen wohl Eure Agenten ermitteln«, sagte sie und bewegte dabei kaum die Lippen.

»Das ist auch unsere Meinung«, erwiderte der Rote Inquisitor.

Diskret zog sie das aus ihrem Ausschnitt, was noch von dem Dossier übrig war, und reichte es ihm.

»Ich habe es geschafft, dies den Händen des Schuldigen zu entreißen«, murmelte sie. »Ich hoffe, dass es seinetwegen nicht zum Bürgerkrieg kommen wird.«

Saverios gerunzelte Stirn war ein wenig gerötet, doch er versicherte ihr, dass es keinen Bürgerkrieg geben werde, schließlich sei man in Venedig, einer friedliebenden Stadt mit einer guten Polizei. Es würde sicher Ärger geben, Proteste und mehr Arbeit für jene, die diese verdammten Dekrete erneut abschreiben müssten.

»Der Missetäter hat das Glück, dass wir ihn noch brauchen«, sagte er und schob die improvisierten Fackeln in die weiten Ärmel seiner roten Robe. »Im Übrigen sollt Ihr wissen, dass meine Töchter weder tags noch nachts in den Fluren der Bleikammern herumlaufen.«

Sie verstand, dass die Dicke der Mauern Neuigkeiten nicht daran hinderte, sich in Windeseile zu verbreiten, selbst auf dieser Etage voller Riegel und Gitterfenster.

24

Die Inquisitoren hatten einen Hauptmann beauftragt, Leonora zur Anlegestelle der Piazzetta zu bringen. Am Fuß der Treppe der Riesen sah sie ihren venezianischen Höfling unter dem Vordach der Carta warten, doch er wagte es nicht näher zu kommen. Sie dankte dem Offizier und überquerte den Hof.

»Ihr seid eine halbe Stunde später hier als vorhergesagt«, erklärte ihr Mitarbeiter, sobald die Luft rein war. »Ich dachte schon, dass Ihr den Klauen unserer ruhmreichen Institutionen doch nicht entkommt.«

»Seine Exzellenz Barbaran wollte, dass mir eine besondere Behandlung zuteil wird. Wer hat bloß gesagt, dass man nicht aus den Bleikammern herauskommt, wenn man will? Ich hätte sogar noch Leute mitnehmen können!«

»Da oben sitzen nur Übeltäter. Ihr wäret in schlechter Gesellschaft.«

»Aber bitte, Flaminio, ich bin sicher, dass die meisten dort nichts Schlimmeres getan haben als Ihr.«

Sie wollte schnell in die Ca' Civran zurückkehren, um sich zu erfrischen, umzuziehen und zu erholen. Während der Gondelfahrt in der sanften Morgenluft zog sie Bilanz.

Zan Pelizzioli hatte Geheimnisse, die er nie hätte wissen dürfen, zu Geld machen wollen. Fünf Tage später war er in der Sitzung des Großen Rats erstochen worden.

»Einer der hohen Beamten des Palasts muss es gewesen sein!«, rief Flaminio. »Es gibt viele davon.«

Leonora war von der Vision des Gespenstes wie verhext.

»Diese Herren hätten ihn an tausend Stellen ermorden lassen können. Der Mörder muss jemand sein, der den Ort nicht verlässt.«

»Der Doge?«

»Der Doge, ja irgend so was…«

Dell'Oio fragte sich, was sie unter »irgend so was« verstand. Es gab nur einen Dogen, und niemand sah ihm ähnlich, außer vielleicht die Erleuchteten, die sich nachts mit dem *corno* auf dem Kopf in mondbeschienenen Räumen ergingen.

Sie erreichten die Landebrücke der Ca' Civran im selben Moment wie Donna Soranza und Roberto. Der Cicisbeo ließ seine Padrona in den *portego* treten und verabschiedete sich dann, um sich zu Hause von einer mit Spielen, Essen und Trinken verbrachten Nacht zu erholen. Die Hausherrin zog gerade Hut und Handschuhe aus, als die beiden jungen Leute sie unten auf der Treppe einholten.

»Wo hast du dich denn zu dieser Unzeit herumgetrieben, Mädchen?«, fragte Donna Soranza und sah den venezianischen Höfling von der Seite an, der ein wenig zu jung und viel zu charmant war, um als Aufpasser fungieren zu können.

Leonora hätte sie am liebsten dasselbe gefragt, begnügte sich aber damit, zu antworten, sie habe in den Bleikammern übernachtet. Diese Vorstellung war so verblüffend, dass die Herrin des Hauses für einen Moment irritiert war.

»Tatsächlich? Also, in dieser Stadt kann man sich aber auch wirklich überall amüsieren!«

Sie wollte gerade fragen, ob man sich in der Zelle genauso vergnügen könne wie in einem *ridotto* von San Marco, als ihr Mann mit ernster Miene erschien.

Cesare dalla Frascadas Laune besserte sich nicht im Geringsten, als er erfuhr, dass es seiner Tochter gelungen war, gleich am nächsten Morgen wieder entlassen zu werden, während er dafür zwei Monate Gesuche stellen musste. Im Moment aber beschäftigten ihn nicht die nächtlichen Spaziergänge seiner Tochter, sondern die seiner Frau.

»Meine Freunde haben mir erzählt, Ihr hättet eine große Summe beim Pharao verspielt.«

»Sagt nicht ›meine Freunde‹«, erwiderte Donna Soranza unwillig, »sagt besser ›meine Mitarbeiter‹. Freunden muss man nichts bezahlen, im Gegensatz zu Tron, Bon und Zen. Sie sind nicht unsichtbar, wisst Ihr, und es ist sehr unangenehm, vor den Augen der Spitzel seines Ehemanns Karten zu spielen.«

Er hatte ihr diese Unannehmlichkeit bereitet, weil er ihre pharaonischen Ausgaben beim Spiel einschränken wollte.

»Im Rat der Zehn zu sitzen ist eine große Ehre und verschafft einem Respekt und Ansehen. Alle verbeugen sich vor mir, küssen mir die Hände, ich unterzeichne Briefe an ausländische Fürsten … aber ich verdiene nicht eine Zechine damit, und für meine Finanzen ist dies nur von Nachteil.«

»Was sagt Ihr dann erst, wenn Ihr eines Tages Doge seid!«, meinte seine Frau scherzend.

Er warf ihr vor, ihn mit ihrem aufwendigen Leben in den Ruin zu treiben.

»Ich muss doch etwas für Euren Rang als Berater des Dogen tun«, sagte sie abwehrend, »niemand soll sagen, dass die Rätin dalla Frascada kein Geld hat.«

»Man wird erzählen, dass sie bis zum Hals in Schulden steckt.«

»Verkauft einen Teil unserer Ländereien auf dem Festland!«

»Wie, glaubt Ihr, habe ich im Frühjahr meine Kandidatur für das Dogenamt finanziert!«

»Mein lieber Freund, Ihr habt mehr Zechinen bei dem verlorenen Wahlspiel ausgegeben, als ich jemals auf dem grünen Teppich verlieren werde.«

Leonora ließ sie weiter über die Zufälle von Politik und Glücksspiel reden und lief die Stufen zum Esszimmer hinauf. Hier stieß sie auf ein weiteres Problem, das ihr wesentlich mehr zu Herzen ging.

Cornelia saß da, vor sich die *bigarani* aus Brotteig und Wasser, aber sie hatte mehr Vorwürfe im Mund als *bigarani*: Sie wollte nicht glauben, das Lunardo vorgehabt hatte, sie zu entehren und dann im Stich zu lassen. Sie warf Leonora vor, ihre Entführung vereitelt zu haben, die zur Erfüllung ihres Liebesglücks geführt hätte.

Leonora brummte der Kopf. Die einzige Lösung, Cornelia zufriedenzustellen, ihre langweilige Gesellschaft loszuwerden und künftig in Frieden zu frühstücken, lag darin, eine Eheschließung mit Lunardo zu unterstützen. Die war auch ohne Flucht nach Bologna möglich. Sie ließ ihre Freundin weiterjammern und dachte darüber nach, wie sie dies anstellen könnte. Wie sollte sie einen mächtigen Prokurator davon überzeugen, einen seiner Söhne, und wenn es auch nur der war, den die Natur am wenigsten mit bemerkenswerten Gaben ausgestattet hatte, mit einer Waisen ohne Mitgift zu vermählen, die nicht einmal adelig war?

Mocenigo war einer jener Prokuratoren, die den Adelsregistern besondere Aufmerksamkeit schenkten. Da Cornelia das Glück hatte, Waisenkind zu sein, könnte irgendein Patrizier ohne Vermögen sie als seine Tochter anerkennen und hinterher den Preis für diese Tat an denselben Tischen verprassen wie Donna Soranza.

Was die Mitgift anging, so musste man etwas finden, was in den Augen der Mocenigo als Ersatz dafür dienen konnte. Wer genug Geld hatte, konnte eine Heirat kaufen. Man müsste ihnen etwas anbieten, was sie auf andere Weise nur schwer bekommen konnten. Lunardo war ihr sechster Sohn und nicht der Schlaueste, vielleicht würde ihm ein schönes Geschenk gefallen. Vielleicht war es sogar denkbar, dass sie froh wären, einen respektablen Mann aus ihm zu machen, bevor er eine weitere Peinlichkeit beging, etwa die Entführung der Erbin einer einflussreichen Familie. Leonora musste wissen, was die Mocenigo brauchten.

Vielleicht könnte Ser Cesare seinen Einfluss als Mitglied des Rats der Zehn geltend machen.

»Wir werden Cornelia verheiraten«, erklärte seine Tochter, als er eintrat, um seine nach dem Streit mit seiner Frau angestrengte Kehle mit Mandelmilch zu kühlen.

»Sehr gut«, sagte er und gab dem Diener ein Zeichen, seine Tasse zu füllen.

Dann fragte er nach dem Namen des glücklichen Auserwählten. Leonora zeigte mit ihrem Löffel auf die Fassade des großen Palazzo auf der anderen Seite des Flusses.

Die Miene des Beraters des Dogen verdüsterte sich.

»Sie werden niemals einverstanden sein.«

»Ich habe genug Zeit hier auf dem Balkon verbracht, um mir über viele Dinge klar zu werden. Sag ihnen, dass der Rat die Augen vor dem Schmuggel mit holländischem Brokat verschließt, mit dem sie ihre Einkünfte aufbessern.«

Die Chancen, zum Ziel zu kommen, stiegen ein wenig. Allerdings, so verlockend dieses Angebot auch war, es könnte nicht genügen. Was musste man sich nicht alles ausdenken, um eine Ehe zustande zu bringen! Sie beschloss, auf ihre Weise auch etwas zum Korb der Braut beizusteuern.

Zwei Stunden später ging sie in Cornelias Zimmer, denn sie wollte sich mit ihrer Klosterfreundin versöhnen. Cornelia war gerade bei einer ihrer Nadelarbeiten. Offenbar nähte sie inzwischen Bänder auf alte Tuniken von Donna Soranza, die seit Kurzem zum Sparen angehalten worden war.

»Seit ich in der Nähe der Mohrin wohne«, erklärte Leonora, »habe ich auch die Gabe der Hellseherei.«

»Mach dich nicht über mich lustig, sei nicht so grausam!«

Leonora zündete einen Kegel Benzoe aus Armenien an, legte die Zeigefinger an ihre Schläfen und schloss die Augen.

»Ich bin die Pythia des Canal Grande, die heidnischen Götter übermitteln mir die Geheimnisse unserer Zukunft. Ein Abgesandter wird aus der Ca' Mocenigo kommen. Sieh aus dem Fenster.«

Cornelia stand auf. Man konnte nie wissen. Eine Gondel mit zwei Ruderern kam tatsächlich vom Palazzo gegenüber herübergefahren.

»Aus der *felze* wird Alvise Mocenigo steigen. Er möchte mit dem Berater des Dogen sprechen.«

Als das Schiff den Kanal überquert hatte, sah Cornelia die Gestalt des hohen Beamten. Er setzte den Fuß an Land, die Dienerschaft verbeugte sich tief vor seiner Exzellenz und führte ihn ins Haus.

»Ser Cesare wird dich bald rufen, das spüre ich, das sehe ich!«

Gleich darauf klopfte es an der Tür. Ein Diener war gekommen, um die Näherin abzuholen und in die untere Etage zu führen.

Leonora begleitete ihre Freundin bis zur Galerie der zweiten Etage und sah zu, wie sie den Grünen Salon betrat. Einen Moment später kam ein Diener mit erschrockenem Gesicht heraus, um Riechsalz zu holen, die Signorina war nämlich in Ohnmacht gefallen.

Die Frascadina hörte nun die Stimme von Alvise Moncenigo, der in beleidigtem Ton sprach. Offenbar hatte er sich zu dieser Mesalliance auf Bitten seiner Gattin entschlossen, aus einem Grund, der noch ein Geheimnis zwischen ihnen und Leonora war.

»Ist sie nicht von schwacher Gesundheit?«, fragte er.

»Aber nein, sie ist gesund und kräftig«, versicherte Ser Cesare ihm. »Mir wäre wohl auch übel geworden, wenn Ihr mir vorgeschlagen hättet, Euern Sohn zu heiraten.«

25

Die Vision des Gespensts, das durch den Dogenpalast irrte, beschäftigte Leonora. Sie beschloss, es zu zeichnen, bevor die Erinnerung zu einem vagen Albtraum wurde. Dazu brauchte sie das passende Material.

»Daran soll es nicht mangeln«, sagte Flaminio und suchte in seinen Taschen. »Ich habe immer alles bei mir, was man braucht, um die Wunder festzuhalten, denen ich auf meinen Spaziergängen begegne.«

Er reichte ihr einen Kohlestift und ein Heft, und sie rechnete damit, Madonnen und Ansichten von San Giorgio Maggiore darin zu finden. Es waren aber nur marmorne Apollofiguren zu sehen – sie hoffte jedenfalls, dass die Skizzen nach Skulpturen gezeichnet worden waren – und Engel mit ausgeprägten Hinterseiten, gezeichnet auf Spaziergängen, deren Hauptziel wohl nicht die Liebe zur Kunst gewesen war.

Der Unterricht bei den Ursulinen in Vicenza versetzte Leonora in die Lage, die nächtliche Erscheinung auf dem Papier festzuhalten. Das Ergebnis war eine Art venezianische Mumie im bestickten *corno* mit einem ausgemergelten Gesicht und funkelnden Augen. Ser Cesare warf einen Blick über die Schulter der Zeichnerin.

»Machst du jetzt Porträts von Dogen, mein Kind?«

»Nein, Vater, ich zeichne einen Mann, dem ich gestern begegnet bin.«

»Das ist aber ganz unwahrscheinlich. Pietro Grimani hat uns doch vor zehn Jahren verlassen.«

Er hatte den verstorbenen Souverän oft genug aus der Nähe gesehen, um ihn in dem Heft seiner Tochter zu erkennen, in dem sonst nur unanständige Nacktheiten zu sehen waren. Leonora war nachdenklich geworden. Sie fragte ihn, wer die Staatsgeschäfte während der Krankheit des Dogen geführt habe, welche das Ende der Herrschaft des Fürsten der Poeten zur Folge gehabt hatte. Der Berater des Dogen dachte eine Weile nach und ließ die Reihe der Inquisitoren an seinem geistigen Auge vorüberziehen, die ihm in den letzten zehn Jahren bei seinen Vorhaben in die Quere gekommen waren.

»Michiel Ruzzini!«, rief er aus. »Ein ungeheuer strenger Mann! Den vergesse ich nicht so schnell!«

Seine Tochter konnte sich gut vorstellen, aus welchem Grund.

»Ich muss diesen Ruzzini unbedingt treffen«, erklärte sie. »Flaminio, habt Ihr seine Adresse?«

Der venezianische Höfling wusste, wo er zu finden war, ebenso wie er den Aufenthaltsort aller Magistraten kannte, die in der Republik hohe Ämter innehatten.

»Er liegt in der Kirche Santa Eufemia, in der Ruzzini-Kapelle. Ihr habt ihn um ein Jahr verpasst. Schade.«

»Schon wieder eine Leiche!«, klagte Leonora. Jeder in dieser Affäre war tot oder alt. Die Dogen, die Gedichte, die Senatoren … Alles war alt außer … Sie wandte sich wieder ihrem Skizzenheft zu. Auf der Rückseite war das Siegel des Druckers, der es hergestellt hatte.

»Wie dumm ich bin!«, rief sie. »Natürlich war ein Hinweis in dem Gedicht von Pietro Grimani versteckt! Es war das Papier! Ein unveröffentlichtes Werk von der Hand des Dogen auf neuem Papier! Daraus kann man nur einen Schluss ziehen: Er lebt noch!«

Flaminio nahm eine Serviette und tupfte seine Untertasse ab. Bei ihren Worten war er hochgefahren und hatte seine Tasse umgekippt.

»Ihr seid nicht nur dumm, Ihr seid verrückt! Der Doge Grimani liegt in Zanipolo, jeder kann dort seinen Grabstein bewundern. Gebt dem Küster ein Geldstück, und er zeigt es Euch und verkauft Euch eine Kerze.«

»Er muss exhumiert werden.«

Dell'Oio änderte sein Urteil.

»Ihr seid nicht verrückt, sondern unwissend! Das höchste Gericht verbietet die kleinste Beleidigung der Signoria, der Republik und aller Institutionen unseres heiligen Vaterlands. Schlagt ihnen vor, die sterblichen Überreste des toten Dogen anzutasten, und Ihr findet Euch in einem Loch wieder, bevor Ihr Euren Satz zu Ende gesprochen habt.«

»Ich bin sicher, dass sein Grabmal leer ist. Oder man hat an seiner Stelle jemand anderen bestattet.«

»Wenn es so ist, dann ist es ganz einfach. Man braucht nur nachts in die Kirche Zanipolo zu gehen, eine etwa vierhundert Pfund schwere Bodenfliese anzuheben und nachzuschauen, ob darunter ein Skelett von altem Adel liegt. Alle wissen, dass die Knochen der Patrizier von natürlicher Eleganz sind, wie sie kein Emporkömmling je erreichen kann. Habe ich recht, ehrenwerter Ser dalla Frascada?«

Der Rat des Dogen bejahte mit einer feinen Geste.

»Unsere edle Herkunft erkennt man an allen Dingen«, sagte er.

»Du machst dich lustig«, rief Leonora, »aber wenn ich bewiesen habe, dass meine Vermutung stimmt, wird dir das Lachen vergehen.«

»Wenn wir beide in den Bleikammern herumkriechen«, sagte Flaminio. »Erlaubt mir, dass ich mir heute die Freiheit nehme, zu lachen.«

Leonora sprang von ihrem Stuhl auf, bat ihren Vater um Erlaubnis, sein Opernglas auszuleihen, und zog den venezianischen Höfling zum *portego*.

»Wo bringt Ihr mich hin?«

»Zum Dogen Grimani. Ich bin mir dessen, was ich sage, sicher.«

Dell'Oio seinerseits war sich sicher, dass nicht alle Verrückten den Dogenpalast verhexen konnten.

Ebendieser Palast war das Ziel ihres Ausflugs. Unterwegs sagte Leonora immer wieder den Spruch auf, den sie bei den Ursulinen gelernt hatte: »Es ist ebenso dumm, vor Problemen die Augen zu verschließen, wie zu glauben, dass man sie nicht lösen kann.«

Sie erschienen an der Eingangsloge des Heiligtums und redeten eine Weile mit dem Personal. Die edle Signorina dalla Frascada bat um eine Unterredung mit den Exzellenzen Inquisitoren. Und während sie auf eine

Antwort wartete, wünschte sie, den Abstimmungssaal zu besuchen.

Zwei Hausmeister öffneten ihr den riesigen Raum. Die Bilder von vierzig Dogen waren als Fries an die Wände gemalt. Leonora sah sie sich mit dem Opernglas genau an. Sie brauchte nur wenige Augenblicke, um den Vorletzten der Reihe, den 115. Princeps Serenissimus, zu erkennen. Sie sah das faltige Gesicht mit den lebhaften Augen unter dem *corno*. Genau dieses Gesicht hatte sich ihr zugewandt, und im Mondlicht hatte es ausgesehen wie das eines Gespenstes. Es war blasser gewesen, hatte weniger gesund gewirkt, nicht so jung und freundlich. Ihr gekröntes Gespenst hatte nicht diesen Ausdruck von Güte, die die Maler den Gesichtern gaben, um die gewählten Herrscher als wohlmeinende Beschützer der Völker der Lagune zu präsentieren.

»Wir müssen uns von der Sache überzeugen, dass es einen Wiedergänger im Dogenpalast gibt.«

Und um gegen einen Revenanten anzukommen, brauchten sie einen Spezialisten.

Ein Detail fehlte ihr noch, deshalb bat sie die Türsteher, ob sie sich an den Tag des Ablebens seiner Exzellenz Michiel Ruzzini erinnerten. Einer von ihnen wusste es noch genau, es war im Mai 1761 gewesen. Die Frascadina beglückwünschte ihn zu seinem guten Gedächtnis.

»Das ist nicht mein Verdienst. Es war in dem Monat, in dem der Doge Francesco Loredan krank wurde. Da hat sich mit einem Mal vieles geändert.«

Francesco Loredan hatte ein Jahr gegen seine Krankheit gekämpft. Leonoras Theorie gewann an Präzision.

Der Fluch, der über dem Palast schwebte, hatte mit dem Tod des Magistrats Ruzzini begonnen.

»Bringt Euch das nicht auf eine Idee?«, fragte sie dell'Oio.

»Dass etwas in der Luft dieses Gebäudes faul ist?«, fragte er auf gut Glück.

Ohne ein Wort zu sagen, ging Leonora zum Kabinett der Inquisitoren. Die Epidemie, die die Dogen heimgesucht hatte, war dabei, auf Tausende anderer Opfer überzugreifen. Es war an der Zeit, die Atmosphäre im Dogenpalast zu reinigen, und dies ging nur, indem man eine Falle für Phantome aufstellte.

In der Sala della Boussola sahen die Wächter sie mit sorgenvoller Miene an. In letzter Zeit tauchte nur noch sie hier auf, zu jeder Tages- und Nachtzeit. Sie unterhielt sich öfter mit Ihren Exzellenzen, als sie es taten. Sie begriffen nicht, was für ein Komplott diese merkwürdige Person wohl vorbereitete, und das beunruhigte sie.

Die Mitglieder des höchsten Gerichts saßen steif in ihren Sesseln aus dem vergangenen Jahrhundert wie drei chinesische Affenkönige auf schwarz-rotem Porzellan. Die Frascadina gab ihnen ihre Schlussfolgerungen bekannt, in so gleichgültigem Ton wie möglich, obwohl diese gravierend waren:

»Ich habe die Ehre, Euren Exzellenzen anzukündigen, dass unsere Republik von einem skrupellosen Mann, der zu schlimmsten Verbrechen fähig ist, untergraben wird.«

Diese Worte lösten ebenso viel Erregung aus, wie sie sich ausgerechnet hatte, aber aus anderen Gründen. Saverio Barbaran übernahm die Aufgabe, allgemeine Empörung zu äußern.

»Signorina, Ihr müsst Namen nennen. Wir können uns nicht auf diese Weise beschuldigen lassen.«

»Wen von uns meint Ihr genau?«, fragte einer der schwarz gekleideten Kollegen.

So hohe Positionen wie diese erreichte man nicht, indem man Binsenkörbe flocht. Sobald Leonora ihre kleine Rede vor dem Rat der Zehn gehalten hätte, hätte sie es mit zehn wütenden Männern zu tun gehabt. Sie bat die Herren, sie zu entschuldigen, sie habe sich missverständlich ausgedrückt. Sie meine keinen von ihnen und wolle auch niemanden in Verlegenheit bringen. Sie wisse, dass sie nicht die Würde besitze, den einfachsten Richter der Dominante zu beschuldigen. Deshalb habe sie sich eine Methode ausgedacht, mit der man den Schuldigen dazu bringen könne, sich selbst anzuzeigen.

»Und an was für eine Falle denkt Ihr?«, fragte der Inquisitor Tiepolo.

»Ich würde gerne eine Lesung veranstalten, auf der die Werke des verstorbenen Pietro Grimani vorgelesen werden, zur Freude und Erbauung eines erlesenen Publikums.«

Zwei der Inquisitoren hoben die Arme zum Himmel, der andere erweckte den Eindruck, als wolle er gleich mit seinem Kopf gegen die Wandtäfelung schlagen. Sie hatten eine Ermittlerin beauftragt, um einen Verbrecher zu verhaften, und sie schlug ihnen eine literarische Veranstaltung vor, auf der es um Poesie ging. Warum nicht gleich einen Tee für die Ehefrauen, damit sie Steuersünder preisgaben?

»Es soll wohl Kekse und Getränke geben?«, spottete seine Exzellenz Pisani auf Kosten seines Kollegen Barbaran, die eigentliche Zielscheibe seines Scherzes.

Ohne sich irritieren zu lassen, schug Leonora vor, den *conte* Gasparo Gozzi mit der Lesung zu beauftragen. Er könne das Ereignis im *Osservatore veneto* bekannt geben, das wäre genau die richtige Werbung.

Als sie alles geäußert hatten, was ihnen an bissigen Bemerkungen zu diesem Plan einfiel, erklärten sie sich einverstanden, weil sie im Grunde bereit waren, ein paar außergewöhnliche Dinge zu versuchen, um die Person zu verhaften, die sie in anonymen Briefen beschimpfte. Und weil es nichts kostete.

Genau wie Leonora erhofft hatte, kündigte die Zeitung zwei Tage später ein geistreiches Gespräch vor geistreichem Publikum an, versammelt vor einigen literarischen Größen Venedigs. Leonora sorgte dafür, dass überall im Palast Exemplare des Buches herumlagen. Den Saal, in dem das Ereignis stattfinden sollte, suchte sie selbst aus, nämlich den, in dem sonst der Senat tagte. Wie alle anderen Räume war auch er mit Gemälden ausgestattet, welche die Republik nur gewählten Gremien zu sehen gestattete, doch für ihren Plan hatte dieser Saal einen besonderen Vorteil.

Die Frascadina konnte auf die Mitwirkung der Mohrin zählen. Die Seherin war es leid, in der Ca' Civran eingeschlossen zu sein, und hätte ihre Amulette, Hühner und vielleicht auch ihre Seele – wenn dies nicht bereits geschehen war – hergegeben, um endlich aus der Sache herauszukommen.

»Entschuldigt bitte, Signorina, aber wenn ich länger bei Euren Eltern wohnen muss, dann gehe ich lieber zu den Inquisitoren und lebe auf deren Kosten!«

Leonora konnte sie bestens verstehen.

Am Tag des Ereignisses richteten die Diener, nachdem die Senatoren nach Hause gegangen waren, den Saal her. Die Gäste, zumeist Adelige in schwarzen Roben und einige Damen in ihren schönsten Gewändern, nahmen auf den gepolsterten Bänken Platz. Sie saßen dem *conte* Gozzi gegenüber, der mit einer Auswahl der unsterblichen Werke Pietro Grimanis an einem Ende des Saales thronte. Auf der gegenüberliegenden Seite standen die Mohren, die auf geheimnisvolle Weise zurückgekehrt waren, ohne dass sich irgendjemand darüber zu wundern schien. Wenn die Literaturfreunde, die zu dem Abend gekommen waren, jedoch näher hingeschaut hätten, dann wäre ihnen aufgefallen, dass sie merkwürdig geschrumpft waren.

Alle Anwesenden verneigten sich, als der Doge eintrat. Er setzte sich auf den Ehrenplatz in der Mitte der ersten Reihe. Er bewegte sich ohne fremde Hilfe, aber auch darüber wunderten sich die durch die Liebe zur Literatur vereinten Venezianer nicht. Sie konzentrierten sich ganz auf die Geschichte. Ein Beobachter hätte sich freuen können, dass der Adel Venedigs sich so sehr für die Kunst der Sprache begeisterte.

Leonora, die Mohrin und Flaminio standen nahe der Tür der Nebenkapelle in Seidenlivreen und Turbanen, die an den Karneval denken ließen. Die dunkle Farbe, die sie sich ins Gesicht geschmiert hatten – nur die Mohrin nicht, da sie es nicht brauchte –, kam gut zur Geltung. Trotzdem war es ein Glück, dass nur Eingeweihte diesen Ort hatten betreten dürfen, denn eigentlich sahen die drei den echten Dienern des Dogen, die immer noch auf der Flucht waren, kaum ähnlich.

Gasparo Gozzi begann mit einer Ode an die Republik der Meere, die ihm als Einstimmung hervorragend zu passen schien.

Leonora war überzeugt, dass die ausgebreiteten Fächer der Damen das erste Gähnen verbargen. Von ihrem Platz aus hatte sie den Eindruck, dass diese noch nie Meereslyrik gelauscht hatten. Der Vorleser deklamierte die Verse mit genau der richtigen Überzeugung und Emphase.

Bei der achten Meereselegie befand Leonora, nun könne sie die Qual der Zuhörer beenden, die unruhig auf ihren Sitzen hin und her rutschten und tiefe Seufzer von sich gaben. Selbst dem Dogen in seinem Sessel sank der Kopf vor Müdigkeit nach vorn. Zweimal hatte sie seine Exzellenz Barbaran dabei überrascht, wie er ihn diskret mit dem Ellbogen anstieß, damit er nicht einschlief.

Leonora gab den Komparsen das verabredete Zeichen. Sie entfernten sich von der Tür, die den Senatssaal von der Nebenkapelle trennte, wo sie vor ein paar Nächten die Spuren des Phantoms verloren hatte. Schnell öffnete sie den Riegel und zog die Tür zu sich heran.

Allein Gasparo Gozzi, der allen gegenübersaß, sah, was sich hinter der Tür verbarg. Er hielt mitten in einer Strophe über die Meeresgrillen, die Meeräschen und

Kaulköpfe inne, die eher an ein Gericht als an ein Gedicht denken ließen. Ihm blieb der Mund offen stehen. Er kniff die Augen zusammen, um die Erscheinung besser zu erkennen, die am anderen Ende des Saales aufgetaucht war.

Das Gespenst stand in gebückter Haltung da, das Auge in Höhe des Schlüssellochs, durch das es mit größtem Interesse die Lesung verfolgt hatte. Es hatte sich noch nicht wieder aufgerichtet, als die Zuhörerschaft, irritiert von dem Ausdruck der Ungläubigkeit auf dem Gesicht des Vorlesenden, sich zum Objekt seiner Verblüffung umdrehte.

Das Phantom war erstaunter als das Publikum. Die Damen, die von hinten so vornehm wirkten, hatten alle grobe Züge und manche sogar einen Schnurrbart, der sie den Dalmaten der Signoria zum Verwechseln ähnlich machte. Der Doge hatte nichts gemein mit Marco Foscarini, er sah eher aus wie dieser Taugenichts von dalla Frascada, der so oft seiner verdienten Strafe, in den *pozzi* zu vermodern, entgangen war. Die Patrizier in den schwarzen Roben beäugten ihn mit Polizistenblicken. Der unbekannte Mohr, der sein Versteck verraten hatte, war von geradezu lächerlicher Schmächtigkeit.

Als er sich von seinem Erstaunen erholt hatte, ergriff das Phantom den Türknauf und schloss mit einer heftigen Bewegung die Tür. Leonora stürzte hin, um sie wieder zu öffnen, aber er hatte den Schlüssel herumgedreht.

»Macht die Tür auf!«, rief sie den Wächtern zu.

Zwei falsche Patrizier in Toga und Perücke kamen mit Schlüsseln herbeigelaufen.

Die Läden über dem einzigen Fenster der Nebenkapelle waren geschlossen, und so lag sie im Dunkeln. Alle stürzten nun nach vorn, um das Phantom zu erwischen, und Leonora wurde mit den anderen in den Raum gedrängt. Man konnte nicht viel erkennen. Während sich ein Teil der Dalmaten zur Kapelle aufmachte, sah sie einen gelben Schimmer. Sie hatte gerade noch Zeit, den unteren Teil eines gelben Gewands zu erkennen, das durch die Wand verschwand.

Sie versuchte trotz des Gedränges, in dem dunklen Raum zu dieser Stelle zu gelangen. Dabei wurde sie von den Darstellern und Polizisten stark behindert. Alle wollten sehen, was geschah, alle hofften, den Mörder zu verhaften, aber niemandem gelang es. Die Mohrin deklamierte mit lauter Stimme Zaubersprüche, erreichte aber nichts, außer dass die Slawen in ihrer Nähe erschrocken hochfuhren.

»Dieser Geist hält meinen Zauberformeln stand!«

Also haben er und ich doch etwas gemeinsam, dachte die Frascadina.

Entweder war das Gespenst durch die Wand entwischt, oder es gab einen Geheimgang in der Holzverkleidung. Ihr gesunder Menschenverstand, der den Lehren der Ursulinen erfolgreich Widerstand geleistet hatte, brachte Leonora dazu, dass Letzteres der Fall sein musste. Seit dem Besuch, den ihr Abbondanza Cancanigo ermöglicht hatte, wusste sie, dass es überall im Palast Geheimgänge gab.

Sie bat Messer Grande, der ein prachtvolles rosa Gewand trug, seine Polizisten zurückzurufen und die Läden öffnen zu lassen. Als es hell wurde, sah sie sich die Stelle, an der der goldene Schatten verschwunden war, genauer an. In der Täfelung entdeckte sie einen feinen Spalt. Sie drückte mit der Hand dagegen, bis sich eine Tafel verschob und ein Ring sichtbar wurde, mit dem man die Tür beiseiteschieben konnte.

Die Frascadina empfahl nun dem *capitan della guardia*, niemanden durchzulassen, um das Gespenst nicht zu erschrecken. Wenn sie der Sache wirklich auf den Grund gehen wollten, mussten sie es lebend fangen. Allein die Erwähnung eines Gespenstes erschreckte alle Anwesenden, sodass sie ein, zwei Schritte zurückwichen, damit Leonora sich allein mit der düsteren Macht hinter der Tür auseinandersetzte.

Leonora hatte den Eindruck, ein antikes Grab zu betreten. Der kleine Raum hinter der Holzwand war von Kerzen erleuchtet. Sie sagte sich, die Bewohner des Palasts hätten Glück gehabt, nicht bei lebendigem Leibe verbrannt zu sein.

In der Kammer lagen zahllose Papiere herum, sogar die Wände waren bis zur Decke hinauf damit beklebt. Sie waren mit derselben Handschrift beschrieben wie der Brief, der bei der Leiche von Zan Pelizzioli gefunden worden war.

Sie war in die Zelle eines Gefangenen geraten, der dort seit zehn Jahren ausharrte.

26

Leonora entdeckte gerade noch rechtzeitig das Loch im Terrazzoboden aus Marmorsplittern, der die meisten Böden des Palazzo bedeckte. Jemand hatte zwischen zwei Deckenbalken des darunterliegenden Raumes eine breite Öffnung freigelegt, und man konnte über eine einfache Leiter hinuntersteigen. Da der Flüchtige nicht da zu sein schien, beschloss sie, diesen Weg zu nehmen, nicht ohne eine gewisse Angst vor dem, was sie unten entdecken würde. Sie steckte Kerzen ein und setzte den Fuß auf die erste Sprosse.

Sie gelangte in einen weiteren, kleinen quadratischen Raum, der keine Fenster hatte, vermutlich eine frühere Abstellkammer der fürstlichen Gemächer, die in diesem Teil des Gebäudes lagen. Hier standen Unmengen alter Gegenstände herum, die man auf einem Trödelmarkt hätte verkaufen können. Eine geradezu lächerliche Sammlung von Dogenwappen: Löwen mit dem heiligen Markus aus bemaltem Holz, sitzend, stehend, liegend, mit ausgebreiteten oder anliegenden Flügeln, mit geschlossenem Maul oder brüllend mit oder ohne geöffnetem Buch, je nachdem, ob die Stadt im Moment der Herstellung im Friedens- oder Kriegszustand gelebt hatte. Auf Kleiderbügeln hingen festliche Gewänder, und es gab sogar eine Art goldenen Thron. Die Wände waren mit Brokattüchern voller Mottenlöcher bedeckt, auf denen die Insignien der Republik zu sehen waren. Das Ganze wurde von einem breiten Spiegel reflektiert, durch den quer ein Riss lief.

Auch hier fand Leonora im Boden ein Loch. Offenbar waren dies nicht mehr benützte Abstellkammern, die man notdürftig miteinander verbunden hatte. Sie stellte sich vor, welche Mühe es den Gefangenen gekostet hatte, mit ungeschickter Hand eine solche Arbeit auszuführen. Wie lange hatte er dazu wohl gebraucht? Wie viele Jahre, wie viel Plackerei in seiner furchtbaren Einsamkeit? Und dies nur wenige Schritte von den Räten entfernt, die ganz in der Nähe jeden Tag Sitzung hielten und über Gesetze entschieden!

Oben auf der Leiter erschien ein Paar Füße. Flaminio, immer noch geschminkt, war Leonora nur mit Mühe gefolgt, weil er eine Pistole bei sich trug, die er in der Waffenkammer des Großen Rates ausgeliehen hatte. Er warf argwöhnisch einen Blick auf die herumstehenden Antiquitäten.

»Ist das hier eine Ausstellung von venezianischem Kunsthandwerk?«, fragte er.

Er hielt seine Waffe hoch wie eine Wunderreliquie.

»Zum Glück habe ich an alles gedacht, lasst mich vorgehen!«

Sie stiegen in die dritte und letzte Kammer hinunter, die auf der Höhe des Kanals lag. Auf der anderen Seite der Wand befanden sich die Wirtschaftsräume des Palasts. Unter ihnen waren nur noch der Boden der Insel San Marco und die Baumstämme, auf denen das Gebäude ruhte. Im Halbdunkel bewegte sich eine Gestalt, im Schein der Kerze kaum zu erkennen. Flaminio trat einen Schritt vor, die Waffe auf den Geist gerichtet.

»Geht ihn nicht so grob an, er ist ein alter Mann!«, rief Leonora.

Als sie dies gesagt hatte, kam gerade die Mohrin über die Leiter nach unten. Sie sprach ein paar Zauberformeln, als der Mann, den sie bis in diese Tiefe verfolgt hatten, endlich aus dem Dunkel trat. Der kleine runzelige Doge betrachtete sie lange.

»Meine Mohren!«, rief er. »Meine guten, treuen Mohren!«

Er richtete sich auf, da er wieder Zutrauen gefasst hatte, und jetzt wirkte er eher anrührend als kämpferisch.

»Mohr, ich befehle Euch, mich von meinen Verfolgern zu befreien! Gehorcht oder seid verflucht! Bei der Herrschaft, die mir anvertraut wurde, ich befehle Euch, zu gehorchen. Der heilige Markus und der heilige Theodor haben mir diese Macht übertragen!«

Während ihre Begleiter erschrocken den gekrönten Mann anstarrten, der ihnen Befehle gab, sah Leonora, dass sie auf einer Unmenge von Papieren herumliefen, die den Boden bedeckten. Es waren verschiedene Zeitungen, und auf der obersten Schicht lagen die letzten Ausgaben des *Osservatore veneto*.

Der Redakteur der Zeitung trat jetzt auch hinzu, als käme er zu einer Teeeinladung. In seinen Taschen steckten aufgesammelte Blätter. Das Gespenst entdeckte er nicht. Es hatte sich wieder ins Dunkel zurückgezogen wie ein von Jägern verfolgtes Tier, als es ihn herunterkommen sah.

»Der Verrückte, der hier lebt, hat eine Vorliebe für Grimanis Werk«, erklärte Gozzi und zeigte ihnen ein paar Gedichte, die er von einer Wand der ersten Kammer entfernt hatte.

Er trat einen Schritt vor und stand dann zu seinem größten Erstaunen dem Dichter selbst gegenüber. Die Blätter fielen auf die Zeitungen am Boden. Das Gespenst lächelte ihn mit zahnlosem Mund an und breitete die Arme aus, um ihn zu begrüßen.

»Mein lieber Gozzi!«, sagte die krächzende Stimme. »Mein lieber Freund, was für eine Freude! Ihr habt vorhin so schön gelesen! Keiner kann meinen Ruhm so preisen wie Ihr!«

Gasparo Gozzi war bleich, seine Augen traten hervor, seine Züge erstarrten in einer Mischung von Schrecken und Staunen. Pietro Grimani ließ ihn los und suchte dann in einem Stapel alter Bücher. Er zog einen Band hervor, den er seinem lieben Freund mit seinen leicht zitternden knotigen Händen zeigte. Es war ein Exemplar der *Geschichte der venezianischen Literatur*, die der Journalist veröffentlicht hatte.

»Hier ist das edle Werk, das mich in all diesen Jahren der Unbill vor dem Wahnsinn bewahrt hat. Mein einziger Freund! Ihr habt mich gerettet! Nur Ihr habt den wahren Wert meiner Arbeit verteidigt. Ohne Euch hätte ich den Glauben an mein Genie verloren. Und wahrscheinlich sogar den Verstand!«

Er klopfte mit den Fäusten gegen seine Schläfe und kniete sich dann hin, um seine Zeitungen aufzusammeln, als hätte eine unachtsame Dienerin alles durcheinandergebracht.

Der Redakteur des *Osservatore* war tief erschüttert.

»Ich wollte doch nur meine Anthologie finanzieren …«, sagte er, allerdings zu leise, als dass ihn das Gespenst hätte hören können.

In den oberen Etagen vernahmen sie Stimmen.

»Kommt nicht herunter«, rief Leonora schnell. »Wir kommen nach oben, wartet auf uns!«

Sie schickte Flaminio hinauf, damit er den Leuten die Lage erklärte und sie um Geduld bat. Sie wagte nicht, sich vorzustellen, was geschehen würde, wenn die Wachen den armen Mann in seiner Höhle verhaften würden. Zwischen den Kerzen und all dem Papier war Vorsicht geboten. Es war nicht leicht, sich in einen Eremiten hineinzuversetzen, der seit über zehn Jahren nicht mehr so viele Menschen gleichzeitig gesehen hatte.

Sie wandte sich mit dem gebotenen Respekt an den früheren Dogen.

»Serenissimus, Euer Freund, der Graf Gozzi, wird Euch nun Euren Untertanen vorstellen, die Eure erhabene Gegenwart allzu lange nicht mehr genossen haben.«

Mit diesen schönen Worten gelang es ihr, ihn in die Zwischenetage zu führen. Gozzi, der vor Staunen noch immer wie gelähmt war, konnte nur mit Mühe nach oben geschafft werden. Als sie dort angelangt waren, saß der Gefangene auf seinem goldenen Thron inmitten all der antiken Gegenstände, wie erstarrt in seinem vergangenen Ruhm.

»Noch eine kleine Anstrengung, Serenissimus«, sagte Leonora aufmunternd. »Eure Untertanen sind dort oben und hoffen, dass Ihr vor ihnen erscheint.«

Grimani klammerte sich mit den Händen an den Armlehnen des Throns fest, ein Theaterkönig in einem Jahrmarktsdekor.

»Sollen sie warten! Ich bin immerhin der Doge! Meine Nachfolger haben die Macht an sich gerissen! Nach unseren althergebrachten Regeln darf niemand dem Herrn seine Macht nehmen!«

Leonora konnte nun besser verstehen, weshalb man ihn zehn Jahre zuvor aus dem Verkehr gezogen hatte. Pietro Grimani war nicht mehr ganz richtig im Kopf. Während er kaum hörbar seinen Monolog fortsetzte, sah sie sich um. Auf einem Tischchen standen viele Flakons. Offenbar Medikamente, die man ihm verordnet hatte, als man noch gehofft hatte, ihn heilen zu können, und noch nicht beschlossen hatte, ihn einzumauern. Die größte Flasche roch stark nach Opium, das man ihm wohl als Beruhigungs- und Schlafmittel gegeben hatte. Jetzt begriff sie auch, woher das Gift stammte, das der nach Vicenza gesandte Bote, der sie aus dem Kloster holen sollte, bei sich gehabt hatte.

Flaminio gab Messer Grande Bescheid, der in seinem braunrosa Gewand ungeduldig wartete. Er betrachtete die vertrocknete Mumie, die immer noch leise vor sich hinsprach.

»Wie alt ist er bloß?«, flüsterte er.

Gasparo Gozzi rechnete nach. Für einen Fünfundachtzigjährigen sah Pietro Grimani noch recht gut und gesund aus, nur leider hatte er den Verstand verloren.

»Fünfundachtzig?«, fragte Leonora erstaunt. »Müsste er da nicht schwach und hinfällig sein?«

»Anderswo, auf dem Festland, wäre er es bestimmt«, sagte Gozzi, »aber ein Venezianer gelangt erst in diesem Alter zur vollen Reife. Die frische Luft, der Fisch, die Lebensfreude, all dies steigert die Lebenserwartung.«

Offenbar hatte der geistesgestörte Doge genug von all dem genossen, bevor man ihn einsperrte, denn in diesen Kammern gab es wenig frische Luft und kaum Gelegenheit zum Spazierengehen. Seit dem Tod von Michiel Ruzzini im Jahr zuvor hatte er sich von der in der Küche gestohlenen Beute ernährt.

Eine hagere Hand entriss Leonora die Flasche, die sie sich gerade genauer ansah.

Pietro Grimani war nun doch bereit gewesen, sich von seinem Thron zu erheben, und trank in einem Zug den Inhalt der Flasche. Darin befand sich offenbar kein Gift. Grimani rülpste und näherte sich Leonora.

»So leicht wird man mich nicht los. Ich habe mir bei den Armeniern das Elixier für ewiges Leben gekauft.«

Bei seinem Anblick sagte Leonora sich, wäre es besser gewesen, das Elixier für ewige Jugend zu erwerben.

Oben hörte sie es trappeln. Die Dalmaten würden gleich herunterkommen, und es war nicht abzusehen, was dann geschehen würde.

»Ich bitte Euch, Signor Doge, Euch jetzt zu Euren Untertanen zu begeben.«

Grimani saß inzwischen wieder auf seinem Sessel, als wolle er vor seinen Besuchern in seiner ganzen Majestät erscheinen. Er bewegte die Lippen und hielt wahrscheinlich eine Rede anlässlich seiner Rückkehr in den Großen Rat. Sie stellte sich vor, wie die Patrizier, die vor seinem Thron versammelt waren, reagiert hätten.

Genau das hatte der Mann, der ihn zehn Jahre zuvor gefangen gesetzt hatte, vermeiden wollen.

Sie hörte ein Murmeln, auch dies kaum vernehmbar, aber anders als die sinnlosen Litaneien des Dogen. Sie drückte ihr Ohr an die Wand, und jetzt verstand sie, wie es Pietro Grimani gelungen war, in all den Jahren über alle Staatsangelegenheiten unterrichtet zu sein. Sie hörte Elisabetta Corner sagen:

»Was ist das für ein Durcheinander? Wir sind von dem Lärm einer Verfolgungsjagd gestört worden! Das ist unwürdig! Ihr habt wohl im Senatssaal ein Stiertreiben veranstaltet! Hier geschehen Dinge, über die ich nicht informiert worden bin!«

Und Ihr ahnt nicht, in welchem Ausmaß, dachte die Frascadina. Sie sagte sich, dass ein Erscheinen des Dogen in all seiner Pracht gar keine so schlechte Idee war.

Sie betastete die Holztäfelung und spürte eine kalte Metallplatte, in der sich ein Loch befand. Dies musste das Schloss sein, mit dem man die Geheimtür öffnen konnte. So hatten sie den Dogen 1752 nicht einmal aus seinen Gemächern zu entfernen brauchen, um ihn zu verbergen!

»Sior dell'Oio, glaubt ihr, Ihr könnt das hier öffnen?«

Nachdem Flaminio mehrmals einen Eisensporn in dem Schloss gedreht hatte, zog Leonora an der Metallstange und öffnete die Tür, durch die vor zehn Jahren skrupellose Ungeheuer ihren Fürsten in sein Gefängnis geführt hatten.

Helles Licht flutete durch die Fenster, die das Kabinett des Dogen erhellten, in die kleine Kammer.

In dem reich möblierten Zimmer saßen die »Dogaressa« Corner, Saverio Barbaran und einige Diener. Sie alle erstarrten. Ein alter Mann, dessen Augen im Licht der Kerzen leuchteten, betrachtete sie von seinem goldenen Thron aus.

Der Gipfel der Verwirrung entstand, als ein zweiter Doge mit bestickter Haube die Leiter herunterkam.

»Wo ist meine Tochter?«, rief Cesare dalla Frascada, der immer noch das Kostüm von der Maskerade trug. »Man könnte sie inzwischen zehnmal umgebracht haben!«

Als er den Fuß in den Keller voll geflügelter Löwen gesetzt hatte, sah er, wie ein Gespenst drohend einen Finger auf ihn richtete und von seinem Thron aus sagte:

»Betrüger, Lügner! Gotteslästerer! Du bist nicht der Doge!«

Eine kleine Gruppe Dalmaten drang nun in die Dogengemächer ein.

»Ganz recht, illustrer Signore«, sagte Leonora. »Ihr seid der wahre Doge.«

Inmitten seiner Eskorte erschien jetzt ein dritter Doge. Marco Foscarini, sein *corno* auf dem Haupt, war gekommen, weil der Lärm ihn in seinem Bett gestört hatte. Die Frascadina verneigte sich vor Pietro Grimani.

»Erhabener Fürst, erlaubt mir, Euch Euren Nachfolger vorzustellen, den hundertsiebzehnten Dogen Venedigs.«

Dieser entdeckte mit Verblüffung den verstorbenen Souverän, dessen Sarg er gefolgt war. Zum ersten Mal in der Geschichte Venedigs begegneten zwei amtierende Dogen einander.

»Was für eine groteske Inkarnation meiner Majestät!«, rief der Eingesperrte. »Ich bin der einzige und wahre Fürst Venedigs!«

Wenn man ehrlich war, musste man ihm recht geben. Er war auf Lebenszeit gewählt, und genau das war ihm zum Verhängnis geworden. Dadurch allerdings, dass er noch am Leben war, war die Wahl seiner beiden Nachfolger ungültig.

»Also habe ich richtig gesehen!«, rief Foscarini mit tonloser Stimme. »Es war kein Traum!«

Er stand kurz vor einer Ohnmacht. Die Dalmaten stützten ihn eilig und brachten ihn in sein Schlafzimmer, angeführt von Elisabetta Corner, die vor Bestürzung und Beunruhigung verstummt war. Dies würde der ohnehin schwachen Gesundheit des Herrschers weiter schaden.

Saverio Barbaran war kaltblütig wie immer. Er verbeugte sich respektvoll vor seinem früheren Herrn, als sei sein Wiederauftauchen das Normalste von der Welt.

»Wenn Eure Hoheit, der Erhabene Fürst, bitte diesen Herren folgen will, sie werden Eure Hoheit in Eure Sommerresidenz auf dem Festland bringen.«

Der alte Doge dachte eine Weile nach.

»Dazu bin ich gern bereit«, sagte er, »es ist die Zeit der Sommerfrische, und ich will meine Gewohnheiten nicht durcheinanderbringen.«

Er stand auf und entfernte sich durch seine Gemächer, zwischen Reihen verblüffter Soldaten hindurch, als sei er auf dem Weg zu der Loggia, um von dort die Menge zu begrüßen.

Dell'Oio trat zu Leonora.

»Barbaran meint wohl die Festung von Castel Brando auf dem Festland. Ich habe sagen hören, dass die Gemächer dort recht bequem und die Mauern sehr dick sind.«

Als sie sah, wie sich der fürstliche Gefangene in seinen goldenen Gewändern entfernte, vermutete Leonora, dass die, die ihn jetzt versorgen würden, in ihm nichts anderes als einen alten, unbekannten und harmlosen Irren sehen würden.

»Was für eine wunderbare Geschichte für mein Blatt«, sagte Gasparo Gozzi erfreut und strich sich über das Kinn.

Saverio Barbaran warf ihm seinen Raubtierblick zu und sagte:

»Signor Conte, der Große Rat ernennt Euch am Sonntag zum Intendanten der Bücher und Literatur. Wir übertragen Euch überdies die Bildungsreform für ganz Venetien.«

Der neue Intendant verneigte sich dankbar.

»Ich danke der Signoria der Serenissima für diese Ehre. Aber was wird aus meiner Zeitung?«

»Eure Zeitung wird verboten. Oder Ihr werdet die Zeit mit Seiner Hoheit auf dem Festland verbringen.«

Mit einer Geste machte er deutlich, dass die Unterhaltung beendet war.

Der Schriftsteller verneigte sich erneut und verließ wortlos den Raum. Das Geschenk, mit dem man ihn zum

Schweigen brachte, war großzügig, ja, sein Schweigen war Gold wert.

»Was für ein Verlust für die vermischten Nachrichten Venedigs«, sagte Flaminio. »Er schrieb mit einem Dolch, jetzt kann er mit einer Axt Reformen durchführen.«

Saverio Barbaran wies alle an, hinauszugehen, doch die Frascadina hielt er zurück.

»Ihr nicht. Ihr schuldet mir einen Bericht.«

Sie wünschte sich zutiefst, gut aus der Sache herauszukommen, ohne dass alle in die Festung geschickt wurden. Der Rote Inquisitor ging ein paar Schritte durch das Versteck des gestürzten Dogen. Die geflügelten Löwen erregten seine Aufmerksamkeit weniger als das Tischchen mit den Giften.

»Ich will die Köpfe all seiner Komplizen.«

Leonora glaubte nicht, dass Grimani irgendwelche Anhänger gehabt hatte.

»Wenn Ihr meine Meinung wissen wollt, verantwortlich für all dies sind die Institutionen Venedigs.«

Als der Wahnsinn des Dogen nicht mehr zu bändigen gewesen sei, habe der damalige Inquisitor, Michiel Ruzzini, es für angemessen gehalten, ihn einzusperren und ein rechtlich fragwürdiges Absetzungsverfahren einzuleiten.

Barbaran verteidigte seinen Vorgänger sofort:

»Wisst Ihr, in welchem Zustand Grimani uns das Dogenamt hinterlassen hat? Alle zogen darüber her, die Schreiberlinge veröffentlichten so viele Pamphlete, dass wir Mühe hatten, überhaupt einen Nachfolger zu finden!«

»Dann wäre es wohl besser gewesen, ihn diskret zwischen zwei Kopfkissen zu ersticken.«

»Wir sind doch keine Mörder«, protestierte der Rote Inquisitor.

»Aber Wohltäter der Menschheit seid Ihr auch nicht.«

Zehn Jahre lang hatte ein zum Skelett abgemagerter Greis geglaubt, er regiere die Republik von seinem Gefängnis aus, während auf seinem Thron eine Marionette auf die andere folgte. Seine einzige Zerstreuung, das konnte man an den Wänden sehen, war das Schreiben von Gedichten gewesen, die niemand las. Sein Geheimnis war im Mai 1761 mit dem Tod des Inquisitors Ruzzini verschwunden. Nachdem sein Aufseher nicht mehr lebte, begann Grimani, nachts durch die Säle zu streifen. Wer ihn sah, hielt ihn für den Dogen, und die Mohren hielten ihn für ein Phantom. Er musste ihnen nur befehlen, und sie brachten ihm, was er wollte: Essen, Zeitungen … sie taten alles für ihn.

»Auch morden?«, fragte Saverio Barbaran.

Leonora legte ihm ihre Schlussfolgerungen dar. Die Mohren seien wegen ihres Aberglaubens ganz wirr im Kopf gewesen und zu einer Wahrsagerin gegangen, die böse Geister bannen konnte. Einer von ihnen habe bei ihr ein Autograph des alten Dichters liegen lassen, das Zan Pelizzioli in die Hände gelangt sei. Der ruinierte Adelige habe nun versucht, seine Informationen an die Inquisitoren zu verkaufen. Grimani, der gern durch das Kabinett des obersten Gerichts gelaufen sei, weil er dann zu regieren glaubte, habe Pelizziolis Brief gelesen und die Mohren angewiesen, ihn zu töten. Sie hätten seinen Befehl bei der ersten Gelegenheit ausgeführt, mitten in dem Gedränge bei der Sitzung des Großen Rats. Danach hätte Grimani befohlen, Leonora aus Vicenza zu holen, um den Mord aufzuklären. Er hätte dem Boten eine Flasche Opium als Magenmittel mitgegeben.

Leonora hob den Deckel eines Geldkoffers hoch, in dem sich Goldmünzen mit Grimanis Konterfei befanden. Darin war mehr, als man brauchte, um einen Neudruck seiner Werke zu bezahlen, mit sämtlichen Gedichten. Es war die neue Auflage, welche die Mohren beim Drucker Pezzana in Auftrag gegeben hatten. Grimani war wütend geworden und hatte Odoardo losgeschickt, um den Drucker zu ermorden, wahrscheinlich, weil er mit der Druckqualität unzufrieden war oder Letzterer neugierig geworden war. Aus diesem Grund war sie zur Zielscheibe geworden. Gerettet hatte sie nur die Tatsache, dass sie eine Frau war. Odoardo hatte gedacht, man könne sie ohne Weiteres in einer dunklen Gasse erwürgen oder im Theater von San Luca verbrennen.

Saverio Barbaran sah sich nun die Flaschen auf dem Tisch an.

»Loredan ist auch von ihm getötet worden, oder?«

Wahrscheinlich war es so gewesen. Francesco Loredan war genau zu der Zeit bettlägerig geworden, als Michiel Ruzzini starb, also nachdem Grimani nicht mehr überwacht wurde. Sehr wahrscheinlich hatte der verrückte Dichter auch seinen zweiten Nachfolger vergiftet, den jetzigen Dogen, der gleich nach seiner Wahl krank geworden war. Wie hätte Grimani es auch ertragen können, dass ein Mann regierte, der in seiner Literaturgeschichte kein gutes Haar an seinen Gedichten gelassen hatte? Als er in die Gemächer des Dogen einzog, hatte Foscarini sein Todesurteil unterschrieben.

»Vielleicht müssen wir dem Serenissimus sagen, dass er vergiftet worden ist«, sagte Leonora.

Saverio Barbarans Miene war verschlossen. Sie ahnte schon, dass er niemandem etwas sagen würde.

»Die Republik wird Eure Bemühungen anerkennen«, zischte er zwischen den Zähnen hervor.

Die Zeit der Fragen und Reden war vorüber. Auch ihr Schweigen wurde gekauft, sie wurde entlassen wie eine Dienerin, die sie immer geblieben war. Wenn diese Herren ohne Zögern einen Dogen eingesperrt hatten, dann wollte sie lieber nicht wissen, was mit ihr geschehen könnte, wenn sie in Ungnade fiel.

27

Leonora verspürte ein tiefes Bedürfnis nach frischer Luft und war froh, der Enge des Dogenpalasts zu entkommen. In Venedig war es Nacht geworden. Wie eine Schlafwandlerin ging sie zur Piazzetta und setzte sich auf den Sockel der Säule, auf der San Todaro seinen Drachen besiegte. Sie merkte kaum, wie sich Flaminio, der unter den Arkaden auf sie gewartet hatte, neben sie setzte. Ein Schiff, umgeben von vier weiteren, die alle mit Garden besetzt waren, legte gerade vom Kai ab. Leonora stand auf und verbeugte sich tief und lange. Nur sie wusste, dass wenige Schritte von ihnen entfernt der Fürst der Serenissima ins Exil gebracht wurde.

Wahrscheinlich würde man nie mehr von ihm hören. Seine Wächter würden so tun, als bedienten sie immer noch den Dogen. Wenn er dann endlich bereit wäre zu sterben und sein Leben zu Ende ginge, würde man ihn klammheimlich in sein Grab in Zanipolo legen, unter den Stein, auf dem seit zehn Jahren sein Sterbedatum stand. In Venedig kam es auf eine Lüge mehr oder weniger nicht an. Leonora musste nun ihr Versprechen gegenüber den Mocenigo erfüllen. Sie fragte ihren Höfling, ob er wisse, wo sich Lazaro Corner aufhalte.

»Ich halte nichts von Lümmeln dieses Kalibers«, sagte er empört.

»Ich bin sicher, Ihr interessiert Euch für Lümmel jedes Kalibers, Flaminio«, entgegnete sie.

Er gab zu, er habe gehört, dieser Herr besuche gegen Abend immer eine gewisse *furatola* in Castello.

»Bevor er mit seiner eigentlichen Arbeit anfängt, die darin besteht, ehrbare Leute an der Straßenecke zu überfallen und zu berauben, nehme ich an«, sagte er voll Missachtung.

Sie verließen die schönen Viertel um San Marco und näherten sich dem Arsenal in Castello. Hier gingen sie in eine billige Taverne, in der es angenehm nach kräftiger Hausmannskost roch. Der Besitzer, ein Wurstfabrikant, ließ dort *lunaneghe*, Fischsuppe, und im Schein der Öllampen gebratenen Fisch servieren. Lazaro Corner saß in einer Ecke, vor sich gesalzene Sardinen und Stockfisch mit Knoblauchmayonnaise. Obwohl ihre Anwesenheit an einem solchen Ort völlig unerwartet kam, lud er sie gleich ein, sich auf die freien Hocker zu setzen, und ließ ihre Gläser mit bitterem Bier füllen. Diese Art von Lokal hatte keine Ausschankgenehmigung für Wein.

Leonora holte ein gerolltes, mit einem blauen Band zusammengebundenes Blatt Papier aus der Tasche. Er las es ein Mal durch, dann las er es sehr aufmerksam ein zweites Mal.

»Ich gratulieren Euch zu Eurer Hochzeit«, sagte er, »aber welchen meiner Cousins heiratet Ihr?«

Als er dies hörte, fuhr Flaminio auf. Er entriss Lazaro das Dokument, um es seinerseits zu lesen. Es war ein Ehevertrag, aufgesetzt von Alvise Mocenigo, dessen Siegel unten zu sehen war. Darin stand, dass die illustre *nobildonna* Leonora dalla Frascada einen Corner heiratete – die Vornamen waren nicht erwähnt. Die Braut hatte bereits mit ihrem Namen unterzeichnet.

»Füllt die fehlenden Stellen aus und macht zwei Zeugen ausfindig«, sagte Leonora.

Dell'Oio war erstarrt vor Bestürzung, Lazaro Corner hingegen brach in Lachen aus.

»Ich habe heute Abend offenbar das große Los von Venedig gezogen! Sind denn die Söhne von Prokuratoren keine gute Partie mehr?«

»Freut Euch nicht zu früh«, sagte das Mädchen in gleichmütigem Ton, »Ihr bekommt eine reiche Frau, aber sie ist unabhängig; einen Schwiegervater, der im Rat sitzt, aber er ist ein gerissener Hund; ein Haus am Canal Grande, aber darin residiert die diplomatische Vertretung des Heiligen Römischen Reiches.«

Danach beschrieb sie ihm den Rest der Familie, um nicht zu viel Schlechtes zu sagen. Flaminio und Leonora lasen in Lazaros Augen, dass er sich in der Lage sah, das Römische Reich im Bedarfsfall in die Flucht zu schlagen. Er sah sie fest an und sagte dann:

»Aber ich bekomme meine Hochzeitsnacht, um für diese Nachteile entschädigt zu werden, oder?«

Sie antwortete nicht.

Er bat um Tinte und eine Feder, die ihm der Kneipenwirt brachte, ohne Fragen zu stellen. Einen Augenblick später war der Vertrag vollständig. Lazaro Corner trocknete die Tinte mit ein wenig Asche und rollte das Papier erneut zusammen, das eher einem Vermögenstitel glich als einem Ehevertrag.

»Und meine Hochzeitsnacht?«, fragte er.

»Die bekommt Ihr, wenn Ihr so wohnt, dass Ihr Eure Frau angemessen empfangen könnt«, antwortete die junge Ehefrau plötzlich wütend.

Lazaro sah, wie sie aufstand und entfloh, gefolgt von ihrem erschrockenen venezianischen Höfling. Er fragte sich, wer von ihnen beiden das bessere Geschäft abgeschlossen hatte.

Erst als sie wieder auf der winkeligen und düsteren Gasse waren, gab Flaminio seinem Zorn Ausdruck. Er ging einen Schritt hinter Leonora her und beschimpfte sie, wie er nur konnte.

»Das ist die schlimmste von allen Dummheiten, die ich Euch habe machen sehen! Ihr hättet mit dem Dogen ins Exil geschickt werden sollen! Der hat wenigstens noch die Entschuldigung, dass er zehn Jahre eingesperrt war!«

Ein paar Tage zuvor hatte Leonora der »Dogaressa« geschrieben, dass sie jemanden aus dem erhabenen Hause Corner heiraten wolle, worum man sie gebeten habe. Als Gegenleistung erwarte Leonora von ihr, dass sie die Heiratspläne ihrer Freundin Cornelia mit Lunardo Mocenigo unterstütze. Pisana Corner, die Frau des Prokurators, hatte die Aufgabe übernommen, ihren Mann zu überzeugen. So war Cornelias Hochzeit in die Wege geleitet worden.

Der kleine Vorteil, den Ser Cesare der schönen Waisen angedichtet hatte, war nur ein vorgeschobenes Argument gewesen. Es wurde vereinbart, dass der Vertrag der Verlobten erst unterschrieben werde, wenn Leonora selbst einen Corner geheiratet hätte. Die Mocenigos hatten gedacht, sie werde einen Neffen der Hausherrin wählen, da sich in ihrem Zweig nur die Besten befanden.

»Und jetzt habt Ihr ihren Cousin Lazaro genommen, einen Dieb und Mörder, ein Monster!«, rief dell'Oio außer sich.

Leonora machte das Märtyrergesicht, über das alle bei den Ursulinen erzogenen Mädchen verfügten.

»Wenn ich schon heiraten muss, tue ich wenigstens eine gute Tat für das Volk von Venedig. Ich heirate Lazaro Corner, um ihn zu überwachen.«

Flaminio glaubte ihr kein Wort. Sie hatte einen perversen Sinn für abscheuliche Figuren. Aber er kannte viele Leute, bei denen es genauso war.

»Das ist der Gipfel an Heuchelei! Es ist, als ob der Erzengel Michael Satan hätte heiraten müssen, damit dieser keinen Schaden mehr anrichtet!«

Leonora sah ihn an: »Ich hatte eine andere Möglichkeit, aber mir wurde klar, dass ich darauf verzichten musste.«

Dell'Oio wurde daraufhin ganz unwohl zumute. Er versuchte, die Fassung wiederzufinden.

»Wenn es um Menschen geht, so ist Eure Wahl abscheulich.«

»Macht Euch nicht so schlecht«, antwortete sie.

Er hatte venezianisches Recht studiert und klammerte sich an einen letzten Strohhalm. Die Hochzeit einer Minderjährigen hatte ohne Zustimmung der Eltern keine Gültigkeit. Sie konnten sich weigern, den Vertrag annullieren lassen, den Ehemann wegen Verführung Minderjähriger verklagen, ihre Tochter in ein Kloster stecken oder den Verführer in die Verbannung schicken … Die Familien hatten zahllose Möglichkeiten. Er nahm sich vor, Seine Exzellenz zu beraten, wenn dies das einzige Mittel war, die Armselige vor sich selbst zu schützen.

Die Mohrin hatte in der Ca' Civran ihre Sachen gepackt. Jetzt war sie endlich frei und konnte gehen.

Ihr letzter Spruch hatte mit Leonora zu tun:

»Der Geist des Seehechts hat mir Folgendes über Euch gesagt: Ihr werdet in den kommenden Jahrhunderten viel Ruhm erlangen, weit über Euren Tod hinaus.«

»Möge es so sein«, sagte die junge Frau, die wenig Lust hatte, dem Geist des Seehechts zu widersprechen.

Flaminio verzog das Gesicht. Er war neidisch.

»Ihr seid in meiner Nähe«, tröstete Leonora ihn. »Also werdet auch Ihr berühmt sein. Und da Ihr eine schöne Seele habt, vergesst nicht: Das hat nur die Wahrsagerin prophezeit.«

Er machte sich auf, um zu sehen, ob die starken Getränke des Hausherrn ihn von seinem Zorn über die Ungerechtigkeit des Schicksals ablenken konnten, die von geschwätzigen und widersprüchlichen Seehechten verkündet wurde.

Eine Stunde später holte Loreta mit schreckgeweiteten Augen Leonora aus ihrem Zimmer.

»Der Herr bittet Euch, nach unten zu kommen.«

»Geht es ihm so schlecht?«

»Ihr solltet ihre Gesichter sehen, Armesündergesichter mitten im Juli!«

Der Patrizier und seine Frau saßen im Salon und sahen aus, als sei ein schweres Unglück geschehen. Alle, sogar Cornelia und der Cicisbeo Roberto sahen sie an, als hätte sie ihnen einen Dolch in den Rücken gestoßen. Cesare dalla Frascadas Gesicht war tiefrot, und ohne ein Wort zu sagen, wies er auf den Mann, der ihm gegenüber in einem Sessel saß.

Lazaro stand auf und küsste Leonora die Hand.

»Euer Diener, meine liebe Freundin! Wir unterhalten uns gerade, der Schwiegervater und ich.«

»Ser Corner hat mir gerade dieses Papier überreicht«, brachte der »Schwiegervater« mühsam hervor.

Er hielt den Ehevertrag in der Hand, den ihm der »Schwiegersohn« gebracht hatte, damit er ihn unterzeichnete. Ihm sei eher danach zumute, ihn zu zerreißen. Man könne auch etwas unternehmen, damit Lazaro ein Unglück geschähe, wenn sie es wünsche. Das sei eines der seltenen Privilegien, die er als Mitglied des Rats der Zehn genösse.

Cornelia konnte nicht verstehen, dass ihre Schulfreundin bereit war, diesen Abenteurer zu heiraten, während sie Mitglied einer der ersten Familien der Stadt wurde.

»Du hast nicht das geringste Standesbewusstsein«, sagte das Waisenkind aus Vicenza vorwurfsvoll.

Leonora bat ihren Vater trotzdem, das Dokument von möglichst vielen Personen unterzeichnen zu lassen. Ser Cesare hielt ihr entgegen, dass ein Ehevertrag zwischen zwei Patrizierfamilien aus alter Tradition die Unterschriften von mindestens drei Adeligen tragen müsse. Niemals würde er drei Adelige finden, die bereit wären, ihren Namen auf denselben schmutzigen Zettel zu schreiben wie Lazaro Corner.

»Vater, du weißt genau, dass deine Angestellten Bon, Tron und Zen unten warten und bereit sind, auf ein Zeichen von dir hin. meinen Mann in den Kanal zu werfen. Da hast du deine drei Patrizier, bitte. Die Corner würden uns einen solchen Affront doch niemals verzeihen.«

Dalla Frascada fand sich damit ab, seine Männer unterzeichnen zu lassen. Die gegenseitige Zustimmung der Ehepartner musste im Beisein von Zeugen ausgesprochen werden.

»Dies ist meine Frau«, sagte Lazaro Corner heiter.

»Dies ist mein Mann«, antwortete die Frascadina.

Die Messe wollten sie später feiern, wenn sich alle von dem Schrecken erholt hätten.

Der Berater des Dogen erhob sich von seinem Sitz und richtete sich vor dem Verführer auf.

»Und jetzt verlasst mein Haus und lasst Euch hier nie mehr blicken!«

»Wieso? Gibt es denn keinen Champagner? Stoßen wir nicht an?«, fragte der junge Ehemann und gab sich höchst überrascht.

»Verschwindet, bevor ich Euch erwürge!«, brüllte der Schwiegervater.

Leonora begleitete ihren Ehemann bis zum *portego*. Als sie an der Tür standen, die zum Wasser führte, ergriff Lazaro Corner sie am Arm und zog sie in seine alte, zerkratzte und beschädigte Gondel.

»Was ist mit Euch?«, protestierte sie. »Wohin bringt Ihr mich?«

»Nicht weit weg, keine Sorge.«

Nach drei Ruderschlägen waren sie bei der Anlegestelle des Nachbarn angekommen, des verstorbenen Dario Dandolo. Am Eingang und auf der Treppe standen Diener mit leuchtenden Kandelabern. Corner führte Leonora in das Gemach im zweiten Stock, wo ein Tisch mit schönem Porzellan gedeckt war. Auch das Schlafzimmer nebenan war erleuchtet, darin stand ein wunderschönes Bett, bereit für die Hochzeitsnacht.

Als sie sich umwandte, um ihm zu sagen, er hätte sich umsonst bemüht, kniete Lazaro vor ihr nieder und zeigte ihr die Hochzeitsperlen, die jeder Venezianer seiner Braut zu schenken hatte. Die reichsten Männer bekamen sie von ihrer Familie, die Ärmeren verschuldeten sich dafür, ganz arme Bräutigame mieteten sie. Diese Perlen waren alle im gleichen Rosaton und schön dick, drei ganze Reihen. Die Kette erinnerte an das Collier, das sie den Renier de San Polo zurückgegeben hatte, den Leuten, die sie so schlecht behandelten, nachdem sie den Dieb auf ihrem Dach verfolgt hatte.

»Ihr hättet Euch nicht in Unkosten zu stürzen brauchen«, sagte Leonora, als er ihr den Schmuck um den Hals legte. »Unsere Hochzeit ist von anderer Art.«

»Eben genau deshalb habe ich es getan, Ich war nicht dazu verpflichtet und unsere Hochzeit ist von anderer Art.«

Sie fühlte sich plötzlich wie Rotkäppchen, das unglücklicherweise den bösen Wolf geheiratet hat. Und dass sie genau dies getan hatte, wurde ihr erst jetzt in diesem seltsamen Augenblick bewusst.

»All diese Pracht ist nur eine Illusion«, sagte sie.

»Genau wie unsere Hochzeit, meine Liebe.«

Sie zweifelte daran, dass er das Haus auf seinen Namen gemietet hatte.

»Heute nicht«, gab Lazaro zu, »aber morgen vielleicht, wer weiß? Ihr wisst ja nicht, wie viel Kredit man auf Euer Vermögen bekommt!«

Er hatte den Palazzo von dem Hausmeister des verstorbenen Ser Dandolo gemietet, bis die Erbangelegenheiten geregelt wären.

»Los!«, forderte er die Diener auf. »Serviert Donna Corner das Essen!«

Er benahm sich so, wie er es gewöhnt war, ging mit ihr um wie mit einer jungen Geliebten. Dies missfiel ihr keineswegs, es war ihr lieber, sich nicht allzu sehr wie die Ehefrau eines solchen Kerls zu fühlen. Sie vermutete, dass er die Ehe vollziehen wollte, damit der Schwiegervater dalla Frascada jede Hoffnung verlor, sie zu annullieren. Aber erfüllte sich damit nicht auch ihr eigener Plan?

»Na gut!«, sagte sie. »Wir können schließlich den Braten nicht kalt werden lassen, oder?«

Dann setzten sie sich zu Tisch.

Das Leben der Venezianer im 18. Jahrhundert

Die in diesem Buch verwendeten Familiennamen, so seltsam sie sich auch anhören, zum Beispiel Cancanigo, Griffoni, Barattini oder die der Adeligen Bon, Tron und Zen, stammen aus Namenslisten, die im Archiv von Venedig zu finden sind. Alle alten Familien der Lagune hatten das Bestreben, sich registrieren zu lassen, und zwar die Adeligen im Goldenen Buch, die Bürgerlichen im Silbernen Buch. Alles in Venedig ist außergewöhnlich, etwas Besonderes, was sich auch am Namen der berühmten Dogaressa Morosina Morosini zeigt.

Die *cittadini originari*, Mitglieder der Venezianer Bourgeoisie, hatten eine Bürgerrecht zweiter Klasse, das ihnen gewisse Vorteile bot: niedrige Posten in der Verwaltung, staatliche Finanzierung der Mitgift für Töchter verarmter Familien, in Klöstern reservierte Plätze für Mädchen, die nicht heiraten sollten … Sie durften jedoch keine handwerklichen Berufe ausüben, dies bedeutete den Verlust des Bürgerrechts. Zur dritten Klasse gehörte die übrige Bevölkerung: Familien, die erst kürzlich nach Venedig gekommen waren, Handwerker, Diener, Adelige vom Festland, Ausländer. Alle Italiener, die außerhalb

Venedigs geboren waren, galten als Ausländer. Die Republik unterhielt Botschaften in Rom, Genua, Turin und Neapel ebenso wie in Paris und London. Zur Zeit der Europäischen Union ist es kaum vorstellbar, dass man zur Zeit Goldonis jedes Mal eine Grenze passieren musste, wenn man sich nur einige Kilometer weit entfernte, um nach Mailand, Parma, Mantua, Bologna oder Florenz zu fahren.

Die erste *bottega del caffè* wurde 1683 eröffnet und hieß *L'Arabe*. Es war normal, dass die Kaffeehausmode sich zuerst an der Lagune verbreitete, weil das Produkt, das man Kaffee nannte, aus Gegenden kam, mit denen die Venezianer direkt Handel trieben.

Im 18. Jahrhundert galten die Venezianer als Meister der Herstellung »arabischen« Kaffees, frisch gemahlen und äußerst sorgfältig aufbewahrt. Die *botteghe* wurden zum Zentrum venezianischen Lebens; man kennt sie auch aus den Komödien von Goldoni.

In der Stadt wimmelte es von diesen Kaffeehäusern, die eleganter waren als die Orte, an denen andere Getränke serviert wurden. In den *botteghe* tauchte man Kekse in Wein aus Ypern, trank mit Rosen aromatisierten Ratafia-Likör, Raki oder Malvoisier und ließ sich sämige heiße Schokolade servieren.

In Venedig wurde in allen Dingen übertrieben, und zur Zeit Leonora dalla Frascadas gab es dort über zweihundert solcher *botteghe del caffè*, allein unter den Arkaden der Piazza waren es vierunddreißig. In ihren Namen wurde der Ruhm Venedigs gepriesen oder Träume von weiten Reisen evoziert: »Zur Sultanin«, »Zum Großwesir«,

»Zum Großen Tamerlan«, »Bei der Amazonenkönigin«, »Bei der Moskauer Zarin«. Die berühmteste von ihnen begann ihre lange Karriere unter dem Namen »Triumphierendes Venedig«, *La Venezia trionfante*.

Diese Einrichtungen wurden von den Exekutoren und den *signori della notte*, den beiden Einrichtungen der venezianischen Polizei, streng überwacht. Sie standen im Ruf der Blasphemie, und die war strengstens verboten. Schließlich wurde den Frauen der Besuch dort untersagt, weil man vermutete, diese Cafés leisteten verbotenen Begegnungen und schlechten Sitten Vorschub. Dies hinderte die Cafébesitzer allerdings nicht daran, jeden zu bedienen, der ihr Haus betrat.

»Das Triumphierende Venedig«, das Floriano Francesconi 1720 eröffnete, hatte anfangs nur zwei kleine Salons, dann wurde es durch den Ankauf von Nachbarräumen erweitert. Drei Jahrhunderte ist es nun schon sehr erfolgreich und bei Schriftstellern, Künstlern, Dichtern, Verschwörern, Spionen, Freudenmädchen, neugierigen Reisenden und Karnevalsmasken äußerst beliebt. Als Floriano Francesconi, der durch sein Café der Freund zahlreicher berühmter Persönlichkeiten geworden war, 1773 starb, änderte sein Neffe Valentino, Meister der Innung *Aquavite, ghiaccio e caffè* (Branntwein, Eis und Kaffee), den Namen der Einrichtung, um seinem Gründer ein ewiges Denkmal zu setzen. Das Café *Florian* ist seit dem 18. Jahrhundert durch Jean-Jacques Rousseau, Montesquieu, den Marquis de Sade und später durch Stendhal, Lord Byron und Marcel Proust berühmt geworden.

Entgegen der althergebrachten Meinung war der Doge nicht die mächtigste Figur in der Serenissima. Er war Repräsentant der Republik, etwa wie heute die Königin von England. Die Venezianer waren von der Furcht besessen, einer von ihnen könne sich in den Stand eines Diktators erheben und eine Dynastie gründen, deshalb teilten sie die Macht unter einer großen Zahl von Räten und Kommissionen auf, die sich gegenseitig überwachten. Am meisten gefürchtet war das oberste Gericht der Inquisitoren, deren Aufgabe darin bestand, in der Bevölkerung Ordnung und Sitten aufrechtzuerhalten, vor allem im Adel. Die Inquisitoren wurden jeweils für ein Jahr gewählt und verfügten über eine kleine Armee »Vertrauter«, Spitzel, die ihnen berichteten, was geschah, worüber gesprochen wurde und was man dachte, in den *calli*, den *botteghe del caffè* und sogar in den Salons. Sie besaßen die Macht, zu verhaften, wen sie wollten. So konnte man ins Gefängnis geworfen werden, ohne je zu erfahren, welches Verbrechen einem zur Last gelegt wurde. Der Prozess konnte hinter verschlossenen Türen, im Saal der Inquisitoren stattfinden, in Abwesenheit des Angeklagten. Casanova zum Beispiel erfuhr niemals, was man ihm vorwarf, wie sein Prozess verlief oder zu welcher Strafe er verurteilt worden war. Man warf ihm Freimaurertum vor, Propagierung des Atheismus bei jungen Adeligen und sexuelle Freizügigkeit gegenüber verschiedenen Frauen, darunter eine Nonne aus Murano. Was ihm zum Verhängnis wurde, war die Wahl Antonio Condulmers ins höchste Gericht, der Casanova hasste, seit dieser eine Dame verführt hatte, die er selbst begehrte. Wie Oscar Wilde, der es vorzog, in England zu bleiben, statt nach Frankreich ins Exil zu gehen, weigerte sich Casanova, Venedig zu verlassen, obwohl er von den Gefahren, die ihm drohten, wusste. Er wurde Opfer des übertriebenen Glaubens an sich selbst und des Gerechtigkeitsbedürfnisses seiner Zeitgenossen. Hinter verschlossenen Türen wurde er zu fünf Jahren Haft in den Bleikammern verurteilt und blieb dort, bis ihm nach anderthalb Jahren die Flucht gelang.

Da nichts in Venedig sich so verhält wie anderswo in der Welt, wurde Casanova, der zwanzig Jahre später in seine Heimat zurückkehrte, seinerseits »Vertrauter« der Inquisitoren, also der Nachfolger jener Männer, die ihn eingesperrt hatten.

Man kann Reisenden nicht nachdrücklich genug empfehlen, sich die Geheimgänge im Dogenpalast anzusehen. Die Führer dort wissen gut Bescheid und können alle Fragen beantworten, selbst die schwierigsten. Wenn man die berühmten Bleikammern besichtigt hat, kann man mit Staunen die riesigen Dielen betrachten, die über dem Saal liegen, in dem der Große Rat tagte. Man besichtigt die Vielzahl der verschlungenen Korridore und verborgenen Treppen, die ein wahres Labyrinth bilden. Dies ist übrigens auch eine Gelegenheit, den Folterraum zu besuchen, die Archive der Republik und die kleinen engen Kabinette, in denen die Büros der Serenissima untergebracht waren. All dies ist heute nicht in bestem Zustand, aber man hat den Eindruck, als seien die Beamten in weißen Strümpfen und gepuderten Perücken noch gestern hier gewesen.

Die Magie Venedigs hält bis heute an, und ein Schriftsteller braucht nur die Augen zu öffnen und seiner Feder freien Lauf zu lassen, und schon erwachen die Menschen zu neuem Leben, die im Glanz früherer Epochen gelebt haben. Die Pracht der Serenissima ist immer noch spürbar.

Wiederkehrende Personen:

· Cesare dalla Frascada, Mitglied des Rates der Zehn
· Soranza Soranzo, seine Ehefrau
· Leonora Agnela Immacolata, genannt Pucci, uneheliche Tochter von Cesare
· Flaminio dell'Oio, venezianischer Höfling
· Loreta, Dienerin der dalla Frascada
· Lunardo Mocenigo, Sohn des Magistrats Alvise Mocenigo
· Lazaro Corner, Abenteurer
· Abbondanza Cancanigo, geheime Helferin im Dogenpalast
· Mutter Silvana, Äbtissin des Ursulinenklosters in Vicenza
· Cornelia, Freundin von Leonora

Neue Personen:

· Marco Foscarini, Doge
· Elisabetta Corner, Geliebte des Dogen
· Saverio Barbaran, Roter Inquisitor
· Dario Dandolo, Nachbar der dalla Frascada
· Tommaso Zen, Bartolo Bon und Benvenuto Tron, Angestellte von Ser Cesare
· Gasparo Gozzi, Schriftsteller und Journalist
· Baldassare Galuppi, Komponist

Die französische Originalausgabe erschien 2009 unter dem Titel
La Nuit de San Marco
bei Librairie Arthème Fayard

ISBN 978-3-85179-166-2

Umschlaggestaltung: Christina Krutz
Satz: Christine Paxmann text • konzept • grafik, München
Druck und Bindung: CPI Moravia

www.thiele-verlag.com